良宸吉嫁

3

完

文創風 807

葉沫沫 著

風 文創 807

目錄

第三十一章　能幹的媳婦……005
第三十二章　弟弟有出息……029
第三十三章　管事風波……045
第三十四章　初次交手……061
第三十五章　陸家兄弟……079
第三十六章　出塵上榜……097
第三十七章　凝月勾搭……115
第三十八章　年關將近……137
第三十九章　丟人現眼……161
第四十章　離別之後……189
第四十一章　功成名就……217
第四十二章　妻隨夫貴……231
第四十三章　一憂一喜……249
第四十四章　錦上添花……269
第四十五章　前世今生……287

第三十一章 能幹的媳婦

趙管事被凝洛叫過去問話，倒是絲毫不擔心，她就是不信凝洛會看帳簿。一個沒有親娘、小戶人家的姑娘，能看得懂大戶人家的帳簿？再退一步說，就算看得懂又如何？她有的是法子圓過去。更何況，她與這陸家也不是沒半點關係，她可不像別的管事，大多是自己出力苦熬上來，她也算是有背景的人。

趙管事的姊姊以前是陸宣的奶娘，因頗受陸夫人的器重，當年趙管事沾親帶故地進了陸家，一開始做的就是輕鬆活兒，後來更是直接當上廚房管事，手底下也有幾個婆子使喚，比小戶人家的主子過得還要逍遙自在。

在廚房管了這麼幾年，在陸夫人面前不過行些阿諛奉承之事，陸夫人因為奶娘餵過陸宣的緣故，對她一直還不錯。

仗著這些淵源，趙管事打定主意先不給凝洛說話的機會，因此一進屋先向凝洛假笑道：「少奶奶怎麼這個時候把我叫來了？廚房正一堆事等著，各房的飯食可耽誤不得呀！」

凝洛正拿著那本帳簿繼續琢磨，見那管事的進屋連禮都不行一個就向她發難，不由冷冷一笑，將那帳簿扔到一旁的桌上。「趙管事倒說說，妳拿手菜是哪一道？」

趙管事一愣，不知凝洛何出此言，強裝鎮定地答道：「少奶奶說笑了，我是管事，不是廚娘，並不會做那些能入得了主子口的飯菜。」

「既是不會做飯，那廚房裡能有什麼事等著妳？」凝洛冷著臉反問。

趙管事一噎，想了一下才將前後的話聯繫起來，嘴硬地回道：「雖然不會做飯，但我到底是個管事，廚房裡的事還須得我來拿主意的。」

趙管事到來之前，凝洛已找丫鬟打聽過她的背景，如今見她這副樣子便知道對方是有恃無恐，根本不把她放在眼裡。

「若是主意正，自然能管事；若是個主意不正的，主意拿得越多就越是個禍害！」凝洛看那趙管事囂張，說起話來也沒留情面。

趙管事聽這話說得嚴重也收起了假笑，沈著臉向凝洛問道：「少奶奶這是什麼意思？」

凝洛冷笑一聲，往那桌上的帳簿拍了一下。「什麼意思妳不如問問它！」

趙管事瞄了帳簿一眼，倒是面不改色。「我的帳目記得很清楚，不知道少奶奶覺得哪裡有問題。」

「好！」凝洛不無嘲諷地說道：「那我也不介意多費口舌與妳說清楚。這花膠燕窩價格幾何？前幾日宴席之上用的鰣魚又是多少錢一條？妳這帳簿上登的價格如此之高，妳自己還不覺得有問題？」

趙管事見凝洛聲色俱厲，心中不知怎麼就有點怵，她定了定心神，雖然面上緩和了一些，可仍沒有放棄狡辯。「少奶奶有所不知，這些好東西也是分等次的，我採買的那些都是頂好的，價格自然要高些。」

「所以妳是咬定這廚房的賬目沒問題？」凝洛厲聲反問。

「沒問題！少奶奶可以去查，供到各房裡的補品，宴席上用的鰣魚，除去有些壞了的、品相不好的，全都用到了主子們的身上，沒有一絲一毫苛扣！」趙管事說得信誓旦旦。

「既是如此，那我們去夫人那裡走一遭好了！」凝洛拿起帳簿起身，這管事的不見棺材不掉淚，她自然能進一步審問這管事或者深查下去，可到底是她頭一日接管這些，還須得婆婆來拿主意。

只是那趙管事聽了這話也是毫無懼色，她來陸家這麼多年，陸夫人一直對她還算客氣，她想著這少奶奶不過嫁進來幾天，剛開始管家就大刀闊斧地挑毛病，陸夫人未必會聽信這位少奶奶。畢竟，她也算是在陸家多年的老人了。

陸夫人確實沒想到凝洛這麼快就看出問題，可當凝洛將帳本拿出來，一項項一樁樁地將其中漏洞講得清楚明白，陸夫人登時動了怒，向那管事質問道：「妳還有什麼要說的！」

趙管事一見陸夫人的態度與她想的不一樣，心裡有幾分發虛，口中卻兀自辯著。「那柴米油鹽自是消耗多些，陸家上上下下多少口人呢！家丁護院們都是吃得多，自然也就用得多了！至於那些珍貴些的食材，本來價格就不好說，下腳料有下腳料的價格，貢品有貢品的價格，少奶奶說我買貴了，那可冤枉我了！」

「趙管事，妳知不知道帳簿上的價格高，意味著什麼？」凝洛盯著那趙管事。「意味著妳不是貪墨了銀子，就是苛扣了東西。」

凝洛此話一出，趙管事不由冷汗涔涔，她原想著解釋兩句這事就過去了，不想這位少奶奶這麼難糊弄。

「來人！」陸夫人聽了凝洛這話更是大怒。「去搜，廚房和這管事的住處都給我搜個遍！」

趙管事聞言只覺雙腿發軟險些站不住，卻仍強撐著向陸夫人勉強笑道：「夫人，我給您做事這麼多年，您還信不過我嗎？」

陸夫人並不理會，一面等著搜查的人回來，一面又讓凝洛將帳本中的不合理之處指給她看。

趙管事只能在心中求老天爺保佑，保佑那些東西不被搜出來才好。無奈事與願違，不一會兒，有三五個家丁抬了一筐東西來，還有一小包銀錢。

趙管事再也支撐不住，像是全身的筋都被人抽去般，軟綿綿地癱坐在地上。那些是她私藏的銀錢和沒來得及運出去的糧食，到底還是被搜出來了。

「夫人，聽後院的門房說，趙管事常常親自押著運泔水的車出去，前兒個趙管事沒跟著，那門房查看泔水桶的時候，卻發現那泔水桶似乎還有夾層。」帶頭的護院將方才得的消息告訴了陸夫人。

陸夫人見了那些贓物已是怒不可遏，聽了護院的話更是坐實趙管事一面採購了大量的食材進府，又一面私運出去換銀子的事。

「夫人！」趙管事用盡全身力氣撐起身子跪在地上，一開口就涕淚橫流。「夫人饒了我這一次吧！我是被鬼迷了心竅才做出這種傻事來，我以後再也不敢了，夫人，您饒了我吧！」

陸夫人已對她失望之極。「這些年，我念著妳姊姊的情分，對妳是多麼信任，妳卻利用我的信任做這種吃裡扒外的事情！」

「夫人我錯了！」趙管事向前爬行幾步，跪在陸夫人的腳邊。「我錯了！再給我一次機會吧，夫人！」

陸夫人抬腳向趙管事的心窩處踹了過去。「妳若在少奶奶面前認了錯，她或許還能饒妳，如今將事情鬧到我這裡，我豈能容妳？我若是饒了妳，人人都以為自己有一次機會，誰還會將國法家規放在眼裡？」

趙管事伏在地上痛哭，陸夫人身旁的大丫鬟不由擰眉道：「這是什麼地方能由得妳這樣哭？」

陸夫人向方才回話的護院道：「將她趕出去！」

趙管事聽了這話更是嚎啕，護院忙帶人上前，將那管事拖出去了。

屋中有片刻的靜默，然後陸夫人才轉向凝洛道：「不想妳捉到這樣大的一條蛀蟲。」

陸夫人又拉著凝洛說了一會兒別的事才放她回去，最後又囑咐她家裡這些事儘管放手去做，自有她給凝洛當靠山。

經過這件事，陸夫人覺得凝洛很是能幹，年紀輕輕能看穿趙管事那種老油條的小算盤，何況她也沒有擅自處理而是帶到她面前，可見是個有分寸的人。

這樣聰慧的孩子用心培養一下，假以時日必能撐起一個更大的家來。

凝洛回到院中，陸宸比她先一步，自然聽說了凝洛治家的事。

他一看凝洛進門，忙上前扶住她的肩，二人一起回到房中。

「不承想我這位嬌妻還是個厲害角色！」陸宸扶著凝洛坐好，又親自倒了杯茶。

凝洛臉上卻是微微一紅。「連你都知道了？」

陸宸看著帶了幾分嬌羞的妻子，難以想像很容易被他一句話就說得臉紅的凝洛，竟能雷厲風行地管起家來。

「怕是全家上下都知道妳能幹了！」陸宸將茶遞到凝洛手中，看著凝洛那張俏臉微笑，他一早就覺得凝洛不單單只有美貌，只是那沈魚落雁的長相很容易讓人忽略她的聰穎。

他從前就知道凝洛有副玲瓏心，對於她管家的能力也是頗具信心，今日看來果不其然。

「將我買的東西拿過來。」陸宸轉頭向丫鬟吩咐道。

丫鬟應聲出去，凝洛奇道：「買了什麼？」

陸宸一笑卻是不答。

凝洛見那丫鬟很快去而復返，手中端了一碟糕點，她也向陸宸笑起來。「怎麼想起買這些？」

陸宸一貫不太愛吃這些，不過偶爾陪著凝洛吃上一口已經算是極限了。

「這是蘇仙樓的龍眼酥，每日經過時總見有人排隊去買，便想著味道一定不錯。」說話間，陸宸已拿起一塊酥餵到凝洛嘴邊。

凝洛看了陸宸一眼，陸宸也正滿眼愛意地看著她，當下也不推辭，湊向前以手遮擋著小小地咬了一口。

「可還喜歡？」陸宸看她吃下去，心中竟有一點點忐忑，問話時不覺流露出期盼的情緒。

凝洛想到陸宸為這幾塊糕點，和各色人家的姑娘或者下人排在一起的樣子，心裡覺得又是感動又是好笑。

陸宸看她只是笑著卻不說話，不由再次追問：「還可口？」

凝洛乾脆從他手上拿過那塊酥，又咬了一小口吃下，才說道：「甜而不膩，酥滑細膩，想來正是東坡先生愛吃的那種。」

陸宸總算放下心來，又向凝洛笑道：「我很常吃這蘇仙樓的飯菜，倒不負它頂了個東坡先生的盛名。傳聞這龍眼酥也是蘇仙樓的一絕，每日只供應幾斤罷了，我還真是第一次買。」

凝洛點點頭。陸宸本就不愛各色點心，偏偏這蘇仙樓的龍眼酥頗受城中夫人姑娘們的喜愛，而且還出量少，這種情況下能讓陸宸甘願去排隊，還會是什麼？

凝洛活了兩世才知道被人寵愛的滋味，也知道心戀著一個人的滋味。她相信陸宸對她就像她對陸宸一樣，但凡是自己覺得好的，都恨不能雙手捧到對方面前，只為了看到對方多一次的笑容。

這種甜蜜是凝洛前世不曾體會過的，前世她只一心熬那個名分，聽了陸宣的甜言蜜語心中自是高興，可哪裡比得上如今和陸宸在一起時的踏實心安、彼此相依相戀？

「我想要改變一下廚房管事的權力。」凝洛想起家中的事，自然和陸宸商量起來。有些想法她不太好直接跟婆婆商議，和陸宸述說卻是心安理得。

重生之後的凝洛，很少與人說她的想法，或者說她根本就無人可傾訴。

前世未出嫁之前，她被杜氏和凝月一次次針對，重生之後她一次次地反擊甚至布局，可她的那些想法、那些感受完全無人可訴。一切都是她自己來應對罷了，好像從來沒有怕過孤立無援。

可自從和陸宸在一起，她才知道有人懂得、有人護著、有人傾聽，是多麼幸福的一件事。

剛開始，她甚至擔心陸宸會因為她的某些想法而笑她傻，可她發現不管自己說什麼，陸宸都會認真地聽，在她需要意見的時候，也總能一針見血地指出問題所在，她就迷戀上這種傾訴的感覺。

「你會不會覺得我話很多？」凝洛曾經擔心地問過陸宸。

「不會，」陸宸微笑著搖頭。「我喜歡聽妳說。」

就連陸宸在凝洛面前，話也比在別人面前都多。在這種每日向對方講著自己所見所聞的日子裡，陸宸突然懂得祖父在世時曾對他說過的一句話。

陸宸祖父一生成就只能說平平，在京城的權貴圈子裡頂多在不上不下的位置，倒是幾個兒子光耀門楣，所以年老之後也是頗有威望。

那時陸宸剛到可以說親的年紀，他卻執拗著不肯讓家裡給安排親事，老太太見長孫對成親竟是那般抵觸，曾經急得一日將陸宸叫過去三次問話，問他到底想找個什麼樣的媳婦，只要他能說出來，老太太怕是會發動整個陸家，給陸宸尋一門符合他想像的親事。

可陸宸卻答不出，他只說年紀還小不想這些，非執著於先立業後成家。可看著祖母為他婚事著急，他心裡又有說不出的難過，尤其是老太太那句「因為你，我這白髮又多了」。

最後還是祖父勸解了老太太，陸宸並不知道祖父是怎麼說服她，他只知道祖父將他叫到書房裡先是安慰了一通，讓他不必為堅持不成親的事過意不去。

然後，祖父說了一個他當時根本悟不透的挑妻子人選條件。

「阿宸以後選媳婦的時候，一定要挑一位你願意同她說話，她也願意與你說話的。」

雖然他當時根本無意成親一事，可聽了祖父這話還是有些納悶，既然都成了親，夫妻二人自然是願意互相說話的，難不成還日日沈默以對不成？

「唯有彼此有話說，才能輕鬆甜蜜地過一輩子。」祖父看著他微笑，卻不再多說，就好像在為自己一生沒有納妾做了注釋一般。

陸宸想起這段往事，突然就明白祖父的道理。一生很長，無論二人的感情最初如何醇厚，後來也會慢慢被歲月沖淡，唯有這種互相傾訴和傾聽理解，能將情投意合的夫妻關係長久維持下去。

如今聽凝洛想要調整管事的職責，陸宸也很好奇她的想法如何，不由問道：「妳想怎麼做？」

凝洛拿起帕子擦了一下手上的點心渣，起身拉起陸宸走到窗邊道：「我今日看帳簿的時候，就覺得現在這種管家法子，給管事的權力太大了，所以才讓一些心懷不軌的人有機可乘。」

陸宸看窗前的長几上擺著帳簿和凝洛寫過的紙張，不由微微皺了一下眉。

凝洛做針線也在這裡，看帳簿也在這裡，他怎麼沒想到給她準備一間書房呢？

凝洛並未注意到陸宸的情緒，拉著陸宸在長几前坐下來，然後提起筆一面在紙上寫寫畫畫，一面說道：「現在的廚房管事有採買的權力，還能直接從公中賬上支銀子，而這銀子如何花、花多少卻無人監管，所以我想可不可以這樣……」

凝洛一面說著，一面將紙上「管事」那兩個字分出兩條線。「讓廚房裡訂每日菜譜的廚娘去採買，廚娘決定需要購買的數量和等次，管事清點數量核對等次，然後談價格、付銀子記帳。」

凝洛說著又將紙上的「廚娘」二字圈起來。「因為廚娘在採買的時候已經瞭解過價格，管事就不能在價格上做手腳，而數量是廚娘決定，廚娘使用，自然也比管事定的數量要更合理一些。」

陸宸看著凝洛認真的樣子微笑點頭，那樣投入的凝洛像是全身散發出淡淡的光芒，讓他覺得溫暖又著迷。

他也見過別的漂亮姑娘，可從不像凝洛這樣能夠吸引他，他總算發現是因為那些漂亮的面孔之下沒有凝洛這樣的靈魂。凝洛身上有別人看不到的堅毅，有這種能讓她散發光芒的聰穎，有這種為一件事認真的用心。

凝洛之所以是凝洛，是因為有了這些陸宸會不知不覺被吸引的特質，這才是她真正美到無人可及的地方，是陸宸心中的獨一無二。

凝洛將自己的想法一條條說完，才向陸宸問道：「你覺得如何？」

陸宸點點頭，卻並未一味附和凝洛，而是反問道：「若是廚娘和管事勾結又當如何？」

凝洛自然也是想過這個問題，點頭答道：「她們互相監督著，這種事並不會輕易發生，卻不是沒有可能，所以我想也只有常常盤點來防著這種事發生了。」

陸宸沈思著點點頭。「妳想得已足夠周到。」

被陸宸誇讚總是令人開心的事，凝洛笑吟吟地看著他。「你覺得這樣可以嗎？」

陸宸卻不回答，只笑著將毛筆拿起，塞到凝洛手中。

凝洛疑惑地看陸宸握住她的手，然後龍飛鳳舞地在紙上寫下一個「可」字。

她看著被陸宸握著的手和紙上那個大字忍不住微笑，剛回頭想要跟方才站在她後方的陸宸說些什麼，卻不期然被那人俯下身，堵住了雙唇……

凝洛和陸夫人商議廚房新管事的人選時，提出了那個同陸宸討論過的想法，陸夫人自然也覺得這個辦法好，對凝洛的喜愛又深了一層。

「原看著她漂亮溫柔懂事，已足夠我喜歡了，不想她還這般能幹，竟是個會謀劃的！」

這日家中來了幾位夫人和陸夫人吃茶閒聊，陸夫人自然忍不住提起凝洛管家的事，說起凝洛的法子也是喜不自禁。

眾人聽了紛紛誇讚陸夫人有福氣，陸夫人又是一番心花怒放。

「難為她年紀輕輕便能幫著妳打理這些！」易夫人感嘆道：「那後來管事的人選是怎麼定的？」

陸夫人放下手中的茶杯笑道：「我原本正為那人選犯難，之前那位就看走了眼，再選的時候心裡就總也拿不準，可凝洛卸了一部分管事的權力，再選起人來也不用那般殫精竭慮了。」

「只要是個會算帳的，平日裡安守本分的也就罷了。」陸夫人看了一眼身旁的凝洛。「我給凝洛提了幾個人選，最後讓她決定，這樣新管事也能承凝洛的情，以後不好亂來。」

易夫人同陸夫人相處多年和親姊妹一般，說起話來也比別人隨便些，有什麼便說什麼，因此聽了陸夫人這番話，易夫人頭一個向陸夫人皺眉道：「既是讓兒媳管家，妳還給人家提什麼人選！」

凝洛聞言忙笑道：「夫人有所不知，我才來幾天，家中這些人的情況自然是母親更瞭解一些，母親是疼我才幫我出主意，不然我少不得也要向母親開口。」

在座的夫人，有一臉羨慕向陸夫人說話的。「兒媳這般維護妳，倒像是親生母女呢！」

陸夫人更是笑容滿面。「比親生女兒還要好，我那寧兒也沒為我分過半分憂呢！」

「說到寧兒，」易夫人突然想到什麼似地開口。「我倒要向妳借幾天呢！」

「妳又不是沒有女兒，好端端的借人家閨女做什麼？」有人好奇地問道。

「這不是豫園今年要招學生嘛！」易夫人說起自己的煩惱。「我婆家那邊的一個遠方親戚帶著孩子投奔我們家了，要在家裡備考。」

凝洛心念一動，豫園招學生？

「我婆婆成日催著要我給那孩子請西席，豫園招學生這是多大的事，消息一出那些有名的教書先生和大儒，就被家裡有學子的人家給請去了，我想請根本就請不到。何況這親戚來我家又晚，我是費了多少心力才給請了一位還說得過去的先生，我婆婆卻不滿意，在家教了沒兩日就給攆出去了。」

「妳該不會想讓陸寧去給妳那親戚的孩子當先生吧？陸寧那書連她自己都沒讀明白呢！」陸夫人忍不住插了一句。

易夫人擺擺手。「自然不是！我婆婆也知道如今好先生難請，就打起別的主意，聽說豫園每年會破例收一些棋藝極好的學生，她就想讓那孩子走這條路。」

「即使是圍棋，陸寧也教不了呀！」

陸夫人知道易夫人的婆婆，從易夫人嫁過去就慣愛挑三揀四的，易夫人怎麼做都難得到那老太太的滿意。若是讓陸寧去教那孩子，被橫挑鼻子豎挑眼也就罷了，就怕那孩子考不上豫園，最後歸咎到陸寧身上，陸寧又怎麼擔得起。

易夫人長嘆一聲。「我也是這麼說，可她就是不聽，教棋的那些先生我們也請不到了，她一門心思認準了陸寧，說陸寧和我們家易雪下棋次次都贏，是有真本事的，說什麼也要讓我把陸寧請過去。」

「她還是個孩子，一點耐心都沒有，哪裡教得了人？」陸夫人憂心忡忡，不知怎麼拒絕好友的請求。「而且就她那個段數，不過是玩罷了，根本指導不了別人，還是請妳們家老太太另請高明吧！」

凝洛在一旁沒再聽下去，也不知道婆婆最後有沒有應了易夫人，她從聽到豫園時，心思便有些不在這房裡了。

豫園是朝廷設下的學校，莫說裡面的先生都是如何學富五車、才高八斗，便是那層層篩選過後的同窗，也都不是簡單人物，若是能進入豫園，以後的前途簡直不可限量，簡直可以說考入了豫園，等同一隻腳踏上了仕途。

算起來出塵的年紀剛好，這豫園也不是每年都會對外招生，若是能抓住這次機會，出塵以後的路也會平坦許多。

又陪著婆婆幾人說了一會兒話，直到她們有人要打牌，有人要離開，陸夫人才向凝洛道：「妳也陪我們半晌了，回去歇著吧！」

「我不累，母親。」凝洛向陸夫人一笑。「留在這裡還能為您端個茶、倒個水。」

陸夫人正抓著牌，聽凝洛這麼說不由也笑起來。「我也不是非得使喚媳婦的婆婆，回房去吧！」

易夫人也順著陸夫人的話，向凝洛道：「她讓妳歇著，妳就歇著去吧，她才多少歲？還不到妳伺候的時候呢！」

凝洛聞言看向陸夫人，陸夫人也點點頭。「去吧！」

於是，凝洛向在場的夫人們一一告辭，才不緊不慢地從房裡出來。

那幾位夫人少不得又向陸夫人誇讚凝洛一番，陸夫人心裡高興，即使輸了兩把牌也絲毫不在意，只是笑著說道：「妳們的兒媳都不差，偏偏撿好聽的來哄我，直哄得我暈頭轉向的，一直給妳們餵牌！」

易夫人卻搖頭嘆息。「還真不是哄妳，或許這人當了婆婆就是會看著別人家的兒媳婦好。就說我們家老太太吧，從來都看我不順眼，可說起妳來就是怎麼怎麼好，氣得我只想問問她，當初怎麼沒替兒子去妳家提親呢！」

一番話說得在座人都笑了。

陸夫人向易夫人道：「妳家老太太那樣的婆婆畢竟是少數，況且我看妳們婆媳二人相處久了，也不過是嘴上互相嫌棄罷了，上次妳生病我去看妳，老太太也急得跟什麼似的，那樣子可做不了假！」

又有一位夫人岔開了話題，撚著手中的牌說道：「聽我們家裡說，最近有地方不太平，怕是要起戰事了，陸宸這麼多年的武將，會不會上戰場？」

陸夫人聞言擰起眉，她也聽到這種風聲，依她對兒子的瞭解，陸宸肯定會請命前去，可如今他才與凝洛成親，難道真能狠下心放凝洛在家，自己遠去犯險？

凝洛從陸夫人院裡出來，正碰到有兩個管事來回話，將他們一一打發了，才覺得在房中繃著太久也確實累了，便讓丫鬟收拾床鋪，躺下小憩了兩刻鐘。

起床後，她又給出塵修了一封書，問了問他最近讀書如何、家中如何，便找了個家丁給林家送了過去。

稍晚，因陸宸未回家用飯，凝洛自己也沒什麼胃口，將就著吃了幾口便讓丫鬟將飯菜撤了。

估摸著婆婆那邊應該也用過晚飯，凝洛起身過去請安，卻沒見到人。陸夫人只讓丫鬟傳話，說今日乏了，請安便免了。

凝洛想著婆婆今日與夫人們打牌，確實傷神，也不再多問，自己回院子去了。

走到半路，看見前面一個人影，雖影影綽綽卻仍被她辨識出來，那人是陸宣。

自嫁到陸家後，凝洛倒是很少與陸宣打照面，眼不見為淨讓她覺得比較順心。眼看那人影像是迎著過來，凝洛一轉身便帶著丫鬟繞路而行。

前世的陸宣哄騙她那麼久，也沒能帶她踏入過陸家一步，如今她也不想與他在這一個屋簷下。

前腳剛到家，陸宸後腳也到了。

凝洛忙喚了丫鬟端水、煮醒酒湯，卻被陸宸抬手制止了。「我不喝那個，只洗一把臉就好了。」

丫鬟領命出房，陸宸從背後擁住凝洛。「好想妳！」

凝洛被他噴在耳後的氣息弄得很癢，不由偏頭躲了一躲。「可是喝多了？」

雖然口中這麼說，凝洛心裡是高興的，不管什麼時候聽到陸宸說想她，她心裡總是覺得喜孜孜。

陸宸將下巴抵在凝洛肩頭，然後輕輕搖了搖頭。「沒有喝多，只喝了很少，他們還沒散。」

「那你怎麼先回來了？」凝洛將雙手放在陸宸環在她腰間的雙臂上，微笑著問道。

「我本來想回來陪妳用飯，偏偏被他們拖住，能與他們喝幾杯已經是很給面子了。」

陸宸摟著凝洛輕輕搖著，酒場上的那些推杯換盞，哪有在家陪著凝洛輕鬆自在？

丫鬟端了銅盆進來，一見這副情景也是臉上一熱，忙低頭將銅盆放在盆架上，然後匆匆退了出去。

凝洛抬手拍了拍陸宸的手臂。「去洗臉吧！」

陸宸卻索性將臉埋在凝洛的頸窩，深深吸了一口氣，鼻端全是凝洛身上特有的馨香。

「不想動。」陸宸摟著凝洛捨不得放開，聲音也含含混混地像是在撒嬌。

凝洛無奈地笑笑。「那我幫你？」

陸宸得逞般微微一笑，口中卻道：「再等等，我多抱一下。」說完，摟著凝洛的雙臂又緊了一下。

凝洛放在陸宸臂上的手正欲用力去掰開他，卻聽他接著說道：「我這一日從出門就在想妳，辦差也忍不住想妳，就連跟人說話時，心裡都想著妳正在家做什麼……」

聽陸宸呢喃一般在她耳邊說著對她的想念，凝洛打算用力的手也放下了。她又何嘗不是時時想著陸宸，看著日頭一點點的西移，閉上眼睛，她就能想到院中那棵榕樹的影子是怎樣一寸寸拉長又變短。

「我最近回家的時候都在暗暗數著我的呼吸，」陸宸溫柔的聲音繼續傳來。「我想數數我幾息能到家中見到妳，今日好像又快了一些……」

二人就這麼靜靜地站了一會兒，凝洛終於輕聲道：「我都累了。」

她擔心陸宸的酒意越來越濃，可若是勸他洗臉，他說不定又不肯，於是找了個藉口。

陸宸聞言果然放開了她。「那我們坐著說話。」

凝洛轉身，拉著陸宸坐下。「你先坐，我去洗一條巾子過來。」

陸宸擦過臉，人也覺得有精神了一些，拉著凝洛在身邊坐下，才問道：「今日怎麼樣？家中的事還多嗎？」

凝洛順手倒了杯茶遞給陸宸。「母親從前管得好，管事們都各司其職，處理的事每天大同小異，倒也沒什麼。」

「那也是妳能幹才會覺得沒什麼。」陸宸越看這嬌妻越覺迷人，傾國傾城讓人一見難忘也就罷了，還蕙質蘭心如解語花般叫人不捨，難怪會有「從此君王不早朝」這樣的詩句。

「今日陪母親和幾位夫人說話，」凝洛想起豫園的事。「聽說豫園要招學生了？」

陸宸飲了一口茶。「是有這個消息。」

「我想讓出塵試試。」凝洛總歸掛念著弟弟，出塵年紀還小，這些事必須有人替他操心。

陸宸自然明白凝洛的心情，沈思著點頭道：「我想想看有什麼辦法。」

凝洛不再多說，陸宸從來對她說過的話都很上心，她也不好再囑咐他什麼讓他為難。

看陸宸露出倦意，凝洛起身道：「今日吃了酒便早些睡吧！」

看她似乎是要喚丫鬟進來，陸宸忙制止了。「不想讓她們伺候，我自己更衣洗漱吧！」

凝洛見他自己解著脖頸處的衣扣並不方便，湊上前伸手幫他，口中道：「怎麼好端端的又不想讓人伺候了？」

陸宸微微揚起下巴，讓凝洛幫他解開那顆扣子，自己抬手解其他的。「我從前也不愛讓她們伺候，這些事從前都是我自己做的，不過成親之後，母親看著房裡沒人不像話，才多指派了幾個丫頭。」

凝洛看他自己動手，也脫了外衣，去妝臺前拆髮髻。「那以後我也不用她們伺候更衣了。」

陸宸已經索利地將自己收拾好，人也站到凝洛身後幫她拿下髮間的釵子。「妳就不必了，有些事讓人去做，妳可以省心些。」

陸宸拿起梳子。「我之所以不讓她們伺候，一是因為我一個大男人覺得不方便，二是想著要是哪天上戰場，外面號角一吹，難道我也要伸著胳膊等人來穿衣服？」

陸宸輕輕地為凝洛梳起如墨般的長髮，那頭秀髮黑亮而順滑，輕握在手中猶如上好的絲綢。

凝洛卻因著陸宸這句不經意的話又傷懷起來，從前她只知道陸宸後來權傾天下一時風光無量，可在那之前的戰場廝殺、浴血奮戰又怎麼少得了呢！

陸宸終於覺察到凝洛的沈默中帶了些許憂傷，抬眼望向鏡中，果見那柳眉微蹙，似是若有所思。

陸宸一下就知道是自己方才的話觸動了凝洛的心弦，忙笑道：「我不過一介武夫，想的自然全是上陣殺敵，不過更大的願望是天下太平、國泰民安。」

這句話的效果好像不太好，凝洛的眉頭絲毫不見舒展。

陸宸放下梳子，從背後擁住凝洛。「為還未發生的事憂慮，這可不像妳。」

凝洛勉強一笑，站起身面向陸宸。「『戰場』二字總是讓人心驚。」

她並不是為尚未發生的事憂慮，她清楚知道戰事一定會發生，知道陸宸不止有那一場仗要打，縱使她知道陸宸最後會功成名就，可誰又能保證他每戰都毫髮無傷？

陸宸心疼為他擔憂的凝洛，故作輕鬆地將凝洛拉進懷裡。「那今夜的『戰場』呢？」

依陸宸對邊疆的判斷，他自然知道一場戰事在所難免，可他卻不忍將這種判斷透給凝洛知道，尤其是她看起來已經有隱隱的擔憂。

陸宸看著在枕邊熟睡的凝洛，心裡也是萬般不捨，可養兵千日，如今他正是建功立業的年紀，又豈會縮在京城看別的將士去邊疆殺敵？

誰也不知道烽煙哪天會燃起，陸宸心中只是一日迫似一日，所以他才會在外辦差時一直想著凝洛，才會在歸途上恨不能生出雙飛翼。

他只是希望，在離開之前盡可能多陪在凝洛身邊，也許待到金戈鐵馬之時，他心頭還能留著一絲暖。

第三十二章　弟弟有出息

出塵接到姊姊的修書很是高興，與姨娘商議如何給凝洛回信時，宋姨娘也有些拿不定主意，於是在飯桌上跟林成川提起這事。

林成川還未開口，杜氏先冷哼了一聲。「有那惦念娘家的心，就該常拿著東西回來看看，給兄弟寫封信算什麼？難道寫幾個字就算盡孝了？」

林成川已練就了對杜氏充耳不聞的本領，只向出塵笑道：「你姊姊修書給你，你也不必非要回信給她，也可以親自去陸家拜訪一下，豈不更好？」

出塵臉上閃過難以置信的驚喜，他下意識地看了一眼宋姨娘，才向林成川問道：「可以嗎？父親！」

「一個孩子懂什麼？」說話的又是杜氏。「陸家是什麼門第？他去了還不是給咱們家丟人現眼？」

「當然可以！」林成川只當杜氏不存在，仍是朝出塵微笑著。「你可以先寫個拜帖給你大姊，然後就可以登門拜訪了。」

杜氏見自己一直被林成川無視，索性換了路子。「他一個娘家兄弟，自己去也不大合適，年紀又小，不如讓凝月和他一起，這一起長大的姊弟總還親些！」

林成川終於對這話有了反應，他看了凝月一眼，凝月嘴角還有一道淡淡的疤，遠看並不明顯，可離得近了總覺得哪裡不對勁，然後就會被那道疤吸引了目光。

「下次再說吧！」林成川收回目光淡淡地說。

杜氏剛要發難，凝月已經放下筷子捂著臉跑開了，她自然注意到父親的目光，臉上的疤是她心上的一根刺，而父親的反應就好像將她心上的那根刺，硬生生扯出來又給刺回去一樣，讓她瞬間就疼得淚流滿面。

杜氏見狀也顧不得許多，忙起身追了過去。她為了除去凝月臉上的疤沒少四處求醫問藥，若能求到那還玉膏她就不用擔心那疤了，只可惜還玉膏有市無價，她根本沒有門路能弄到。

好不容易找了一種據說和還玉膏功效很相像的藥，那大夫卻說要一年不見陽光慢慢養著才能好。為了凝月的臉能恢復如初，杜氏讓人給凝月做了許多遮陽的冪籬。

且說對於出塵的來訪，凝洛自然是很高興，提前便讓人備好了茶點和一些小玩意，待到姊弟二人相見自是有說不完的話。

「姨娘身子弱，你記得提醒她每日吃些補品，上次我帶回去的大多都是適合她吃的，別讓她捨不得。」凝洛聽出塵說宋姨娘病了一場，便勸著他多留心。

從前宋姨娘有什麼好東西都留給出塵，自己將身子熬得乾巴巴。前些日子因為凝洛出嫁，宋姨娘沒日沒夜地趕嫁衣，到凝洛回門前，她又趕了幾件繡品，那病十有八九是因此事而起。

「姊姊不必惦記，姨娘早就大好了，如今胃口也比從前好些了，今日一早吃了一顆包子和小半碗粥呢！」出塵眼睛亮亮的，他見了凝洛就高興，覺得一切都明亮起來。

凝洛點點頭。「那就好，姨娘有什麼狀況也不太愛說出口，你細心些多留意。」

「我記住了，大姊！」

凝洛看著聽話的出塵，忍不住說起豫園的事。「出塵，豫園今年要招學生了，你去試試吧！」

「豫園？是朝廷那個豫園？」顯然出塵也是有所耳聞。

凝洛點點頭。「若是考上了，日後的前途不可限量。」

出塵雖然也流露出一絲嚮往的神色，但一想到那可是大名鼎鼎的豫園，又覺得遙不可及了。

凝洛勸說道：「你回去好好準備，看能不能進去。」

出塵卻不抱什麼希望。「我本就開化晚，又耽擱了兩年，縱使後來夜以繼日地補，恐怕也比不過那些自小跟著大儒學習的公子們。」他看向凝洛搖了搖頭。「怕是沒戲。」

「我瞧著你在讀書上有天分，雖然那些公子哥兒們打小就跟著名師在學，卻並不代表他們能將先生教的完全理解。」凝洛耐心地為出塵打氣。「你是比別人開化晚些，可對於先生教授的那些內容能很快通透，你又一貫勤奮用功，想是早就追趕上來了。」

出塵卻不想凝洛對他有什麼期望，生怕最後讓她失望，聽完也只是應道：「我自會好好用功。」

凝洛看他這般也不想給他過多壓力，只是笑著將點心碟子朝出塵的方向推了推。「嚐嚐府裡的點心。」

出塵正欲伸手去拿，卻有丫鬟進門通報。「少奶奶，老太太房裡來人了！」

凝洛聞聲轉過頭去，卻見老太太身旁的大丫鬟已經笑吟吟地走了進來。

「老太太聽說林家少爺來了，特意讓我拿些果子過來。」丫鬟端著一只高足瓷盤，盤中竟是紅豔欲滴的荔枝。

凝洛忙起身，出塵也跟著站了起來。

只見凝洛向那丫鬟客氣道：「他不過一個孩子，倒叫老太太惦記了！」

丫鬟一笑。「老太太還說讓少奶奶好好招待林少爺，若是林少爺喜歡，住上個三五日也無妨。」

凝洛回頭望了出塵一眼，出塵忙上前道：「出塵謝過老太太！」

丫鬟將那瓷盤放到桌上，笑道：「少奶奶先跟林少爺說話吧，我這就回了。」

話音剛落，方才通報的丫鬟又跨進門來。「少奶奶，夫人房裡來人了！」

陸夫人身旁的丫鬟也端了東西走進來，向凝洛笑道：「夫人聽說林少爺來訪，特意命人燉了一盅燕窩羹來。」

老太太身旁的丫鬟見狀，向凝洛行了一禮便退下。

凝洛向陸夫人身旁的丫鬟道：「難為夫人惦記！」

丫鬟將托盤帶燉盅放在桌上，才又向凝洛笑道：「夫人說林少爺正值少年，別的補品用了怕是會上火，唯有這燕窩正合適。」

凝洛又帶著出塵謝過，那丫鬟就要告辭，凝洛少不得要客氣地挽留一下，丫鬟只說夫人房裡仍有事便匆匆離去了。

出塵看了看桌上的東西，不由向凝洛笑道：「方才我問姊姊過得好不好，姊姊說得那樣好，我心裡總歸存著疑慮，如今卻是放心了！」

凝洛也看了看桌上的兩樣東西，婆婆大概早就為出塵燉上了燕窩，只等老太太那邊有了動靜才跟著送過來。說穿了，老太太和夫人都是真心疼她，不然也不會將她這娘家兄弟放在心上。

出塵在凝洛院裡用飯的時候，老太太和夫人房裡又各自給添了菜送來，出塵不由感慨道：「這卻比咱們的那個家要像家呢！」

凝洛笑著為出塵挾菜。「等你再大些，能在家裡說上話，也就好了。」

出塵又想到凝洛提到那豫園的事，不由暗暗下了決心。

稍晚，送出塵離開陸府後，回房的半途中，凝洛卻遇到了鍾緋雲。

遠遠地看著這個前世害了自己的人緩緩走來，她心中不由泛起冷笑。

「那是少奶奶的兄弟嗎？」鍾緋雲踮了踮腳，向凝洛身後望了望。

其實出塵早已出了大門，她不過做做樣子罷了。

凝洛看著鍾緋雲表面上那種溫柔可人的樣子，總想到她前世的蛇蠍心腸。

「可惜年紀太小些，不然就能成為少奶奶的助力了。」鍾緋雲微笑著向凝洛說道，倒像是真心為凝洛著想似的。

「哦？」凝洛一挑眉。「倒不知道我需要助力做什麼。」

如果真有個能擋事的兄弟作為助力，她前世就不會被鍾緋雲設計，逼得跳河了。

鍾緋雲顯然沒想到凝洛這般冷淡，愣了一下才笑道：「也是，少奶奶人都嫁過來了，有婆家這棵大樹，自然就用不到娘家人了。」

鍾緋雲和凝月的區別在於，凝月說些難聽話時從來都是趾高氣昂，讓人看了聽了恨不能撕她的嘴；而鍾緋雲則面上一片歲月靜好的樣子，說起話來甚至還有幾分輕柔，不知情的人還以為她是真心為對方著想，即使話裡有不當之處，也是無心之失似的，所謂笑裡藏刀便是如此。

凝洛聞言笑了起來，聲音倒放得比鍾緋雲更輕柔甜美。「表姑娘說得極是！希望表姑娘也加把勁，早日靠一棵大樹呢！」

鍾緋雲臉上有一瞬掛不住，隨即又笑道：「少奶奶不要拿我取笑了！」像是帶著嗔怪與撒嬌，卻看不到羞惱。

凝洛打量著鍾緋雲。這樣能忍、這樣能裝，難怪上輩子能嫁陸宣。畢竟，陸宣身邊有凝洛，隨便一打聽就能打聽到了，何況作為表妹的鍾緋雲。可她還是明媒正娶地嫁給陸宣，並且沒有給凝洛留一絲活路。

凝洛又向鍾緋雲綻出笑容，只是眼神中卻沒有溫度，她輕輕地一字一句地說道：「那就請表姑娘不要給我取笑的機會。」

是鍾緋雲一副柔弱的樣子嘲諷她在先，她不過是反擊一句，鍾緋雲倒說是她取笑她了。

凝洛這麼一說，鍾緋雲頓時一怔，臉上紅一塊紫一塊，她沒想到凝洛竟然這麼直接地說自己，也太不給人情面了。

說完，凝洛也不看鍾緋雲的反應，轉身向前走去了。

鍾緋雲臉上的笑一下就收了起來，簡直就像是換了一個人般惡毒地盯著凝洛的背影。她的婚事是她最不想讓人拿來開玩笑的事，雖然她以表姑娘的身分住在陸府，表面上是老太太留她跟陸寧作伴，暗地裡大家都知道她打什麼主意。

可越是所有人都知道，她越是不想讓人提。她中意陸宣這麼多年，如今人都倒貼到家裡來，若是最後沒有結果，她不知道自己還有沒有臉活下去。

這樣孤注一擲的行事，她哪裡禁得起別人的一點點指摘，本來她就看不慣凝洛，如今更是暗暗恨上了。

晚上，陸宸回來時，卻並未留在家中用飯，只拉了凝洛便要出去。

「廚房那邊就要傳飯了，這會兒出去做什麼？」凝洛雖被陸宸拉著向外走，口中卻是疑惑地問道。

「賞給下人吃吧，我帶妳出去吃。」陸宸拉著凝洛頭也不回。

一路上卻是不騎馬也不坐車，二人用走的出了府。

出府的陸宸總算放慢步子，帶著歉意向凝洛道：「方才走太急了！」

凝洛跟得有點吃力，可看到陸宸似乎心情很好，她也不由得興奮起來，所以倒不覺得太累。

「只是帶我出去吃飯嗎？」凝洛向陸宸問道。

陸宸仍拉著她的手，紛紛引來詫異的目光。

陸宸應了一聲。「看妳最近好像胃口不夠好，出來換換口味。」

「我其實還好。」凝洛自然不想讓陸宸擔心，她這幾日可能是為家中的事思慮太多，吃飯的時候只吃一點點就飽了。

「你打算帶我吃什麼？」凝洛也不想拂了陸宸的興，又接著問了一句。

陸宸滿眼愛意地看了凝洛一眼，才說道：「吃麵好不好？我很愛去的一家小館子，老闆娘因為兒子娶媳婦歇業了幾日，方才回家時我看那館子開了門，所以想著帶妳去嚐嚐。」

陸宸看了看凝洛又補充了一句。「或者妳要是想吃別的，我就帶妳去。」

「就去吃麵好了。」凝洛笑著說道：「我並不想吃別的。」

那家小麵館離陸府倒是不遠，走過一條大街又穿過一條巷子便到了。

老闆娘見陸宸出現在門口也是熱絡得很。「陸爺！」

陸宸點點頭，牽著凝洛走進麵館，卻看到沒有半個客人，不禁問道：「怎麼今日竟沒有客人？」

「喲！」老闆娘將手中的抹布放下。「陸爺是來吃麵的？」說著，老闆娘忍不住看了陸宸身邊那位閉月羞花的姑娘，才向陸宸繼續笑道：「我今兒個才從鄉下回來，打算明兒個再營業呢！」

陸宸有些失望。「那是沒有吃的？」

「吃的倒是有。」老闆娘在腦中回想了一下。「麵總歸是現做的，湯也熬得差不多了，只是菜怕是沒那麼齊全。」

陸宸看向凝洛，凝洛向他笑著點頭。「我都可以。」

「那老闆娘便看著上吧！」陸宸扶著凝洛在桌邊坐下，自己也一撩衣袍坐下來。

老闆娘又笑著打量了一眼凝洛，這才向陸宸道：「那我得先把門關上，省得有人看陸爺用飯還以為我開業了！」

老闆娘關好門，去了後廚，不一會兒又親自上了一壺茶。「店裡沒什麼好茶，二位將就著解解渴吧！」

對於這樣的小麵館來說，像陸宸這樣高貴的客人很少，本來也是小本經營，提供給客人喝的茶也沒那麼講究。饒是如此，因陸宸常來常往，每每付了飯錢還會打賞，老闆娘也咬了咬牙，專門備了一點好茶。只是她清楚那所謂的好茶，未必入得了陸宸的眼，所以話語中總還是有謙卑。

陸宸雖然生在陸家，可最近這些年卻一直避免養尊處優的生活，他有意讓自己不挑吃食，冷熱都能受得了，畢竟日後上了戰場，有可能遇到更惡劣的環境。

陸宸端起茶呷了一口，凝洛一路走來也覺得口中發乾，也輕輕啜了一口。

老闆娘看著二位神態自若，絲毫沒有嫌棄茶不夠好的樣子，終於忍不住問道：「陸爺，這位是……」

「這是我的妻子。」陸宸抬起頭向老闆娘笑道：「方才只顧著和老闆娘說話，倒忘了介紹！」

凝洛聞言也向老闆娘微微一笑，老闆娘更是笑得合不攏嘴。「我剛才猜著就是，沒想到我回鄉下幾日，陸爺竟成親了！

「嘖嘖……」老闆娘看著凝洛感嘆。「也就少奶奶這樣的仙女能配上陸爺。」說完又看了陸宸一眼。「也就陸爺這樣相貌堂堂的公子，能配上少奶奶。」

老闆娘並不識得幾個字，不過拿些戲文裡聽到的好詞來說，說完了忙笑道：「二位稍坐，我去煮麵。」

凝洛笑著看了陸宸一眼。「想不到你看起來威嚴冷峻的樣子，倒是處處與人相熟。」

陸宸失笑。「妳何時覺得我威嚴冷峻？」

凝洛只是微微笑了一笑，並未答話。陸宸大抵是不自知，不知道自己面無表情的時候比較嚇人，簡直能讓人忽略掉他丰神俊朗的外表。

陸宸見凝洛不說話，繼續為自己解釋。「我與將士們也都相處如兄弟一般。」

凝洛點點頭。這點她是相信的，若沒有那般號召力，陸宸往後的那些勝仗也是難以得手。

提到「兄弟」二字，陸宸顯然想到別的，又向凝洛問道：「今日出塵過來玩得可好？」

凝洛點點頭。「能出門他總是高興的，老太太和夫人也送了許多東西給他，走的時候差點都拿不了。」

「和他提了豫園的事？」

「提了，他沒什麼信心，也許是不瞭解其他學子的水平，把自己看得低了。」凝洛對出塵還是充滿信心，縱然弟弟不是出類拔萃的孩子，卻也不比大多數人差到哪裡。

陸宸點點頭。「讓他安心準備便是。」

正說話間，老闆娘已端了幾樣小菜過來。「麵馬上就好！」

果然放下小菜之後，老闆娘很快又從廚房出來，將兩碗熱氣騰騰的麵放在陸宸和凝洛面前。

老闆娘笑盈盈地說道：「二位慢用，我就在櫃檯後面，有什麼吩咐儘管叫我。」

凝洛看著那只略顯粗糙的青瓷大碗笑道：「這我哪吃得完。」

陸宸將桌上的幾樣小菜朝凝洛推了推。「多吃一些，剩下的可以給我。」

「不如現在就給你，免得你吃我剩下的。」凝洛說著，拿起筷子幫陸宸挾。

陸宸則不斷地叫停，唸叨著凝洛吃得太少。

老闆娘聽著二人的對話忍不住微笑。「你們這樣的小夫妻最是恩愛，這樣你疼著我，我想著你，讓人看了就喜歡且羨慕！」

凝洛發現她和陸宸這邊的動靜，都被老闆娘看在眼裡，心中有些不好意思。她朝老闆娘笑了一下，低頭開始吃起麵來。

陸宸見狀，幫凝洛碗中又挾了些菜，才向老闆娘客氣道：「老闆娘吃過飯沒有？不如一起？」

老闆娘一聽也覺得自己方才話多了些，忙起身道：「謝陸爺好意，後面還有一攤子事，我先過去看看，有事您叫我！」

「這麵館只有老闆娘一人？」凝洛看她進進出出的也沒個幫手，不禁有些納悶。

「也有跑堂的，」陸宸看凝洛似乎愛吃那種醃漬的什錦小菜，又幫著挾了一些。

「想是今日並未營業，所以不在吧！」

凝洛也覺這麵館的麵食濃郁，湯鮮味美，加上那小菜確實開胃可口，竟真的吃了不少。

陸宸見凝洛喜愛那小菜，臨走前向老闆娘買了些，老闆娘倒是受寵若驚，忙笑道：「那是我在鄉下醃漬的，用的都是自己園子裡種的菜，從園子裡摘了洗過就泡鹽水，所以還留住幾分新鮮的味道。既然陸爺喜歡，只管拿去，那也不是我打算拿來賣的，只是看著今日菜太少，才盛出來一小碟，能入得二位的口，也是這罐菜的造化。」說著，老闆娘竟轉身從櫃檯下抱出一個醬菜罈子來。

凝洛驚得連連擺手。「哪裡用得了那麼多！」

老闆娘將罈子放在櫃檯上。「不是什麼值錢的玩意，鄉下家裡還有好多，少奶奶儘管拿去吃便是，清粥小菜最是可口了。」

陸宸也覺得帶那麼一個罈子走有些誇張，向老闆娘笑道：「還請老闆娘找個小一些的器皿裝吧，多謝了！」

老闆娘見他二人如此，只得回身又找了一個小罐子。「承蒙二位不嫌棄，我看陸爺這架勢，即便少奶奶想要天上的星星，陸爺也要攀梯去摘，這麼一點小菜實在算不得什麼！」

凝洛和陸宸對視一眼忍不住笑了。

此時，凝洛心裡滿是甜蜜，陸宸從來都不會因為避諱世人的目光，而遮掩對她的寵愛，所以二人走出去，人們看他們就是一對恩愛的夫妻，這種感覺最是讓人心裡踏實。

兩人慢慢地走回陸府，夜空已綴上閃亮的星。

凝洛被陸宸牽著手，抬頭望了望天空，想到方才老闆娘的話，不自覺又微笑起來。

陸宸一隻手牽著凝洛，一隻手托著小菜罐子，看到凝洛抬頭微笑，自然心有靈犀地知道是為什麼。

「真的想要星星嗎？」陸宸看著凝洛問道，看她細長光滑的頸子在夜色中勾出優美的曲線，像是天鵝引頸高歌一般。

凝洛收回視線，看著前路。「我若真想要，你又如何？」

不過一句玩笑話罷了，難道真的只有摘下星星來才能代表誰對誰好？

凝洛微笑著，並不期望得到陸宸怎樣的回答。

陸宸也確實點了點頭，口中道：「我確實摘不到星星，就算漫天都是，我也搆不到一顆。」

「不過……」陸宸看向凝洛。「這世上僅有的一顆，我卻可以毫無保留地給妳。」

凝洛轉向陸宸，正好跌進陸宸雙眼的深情中。

「那便是只為了妳的那顆心。」

凝洛被那兩道灼熱的目光燙得移開了視線，強裝作鎮定地前行，口中卻輕聲道：

「那我……便拿我的那顆與你來換吧！」

第三十三章　管事風波

回到陸府，家中上下已掌燈。

凝洛與陸宸正慢慢往院子走，半路卻突然衝出一個婆子，撲通一聲跪在凝洛面前。

「求少奶奶做主！」

陸宸忙摟住凝洛的肩，正要安撫，凝洛卻掙開他，向那婆子問道：「妳是哪個房裡的？有什麼事為何不去回管事的？」

那婆子低著頭，夜色中看不清模樣。

「回少奶奶，我是在表姑娘院裡的，實在是找不到管事的正發愁呢，這一看到少奶奶便沒想那麼多，衝撞了少奶奶，還請少奶奶恕罪！」

這下連陸宸也皺起眉來，那婆子不說有什麼事卻在這裡說什麼恕罪，這若是正在打仗，他的手下敢這麼回話，他非得軍法處置不可。

「到底為了什麼事？」凝洛耐著性子追問，她懶得猜鍾緋雲院裡的婆子為何攔她。

「表姑娘腹中疼痛，疼得臉都白了！」那婆子仍跪著，語氣倒像是真的焦急。

「那為何不去請大夫？」凝洛回想起見到鍾緋雲時的情景，明明鍾緋雲看起來好得很，怎麼會短短一、兩個時辰就突然病了？

「我是沒……」

凝洛打斷婆子的話。「先去請大夫看過再說！」

看樣子那婆子想與她解釋為何沒有及時請大夫，而且那解釋必定很長。

「快去！」凝洛催促道。

不管真假，她一個管家的少奶奶知道此事，自然要第一時間去請大夫。

那婆子又愣了一下，似乎把一肚子話硬生生地嚥了回去，這才有些吃力地站起身來，小跑著向大門口跑去了。

「妳管家的時候，打交道的都是這種人？」陸宸同情地看向凝洛，他一向奉行辦事乾脆俐落，難道凝洛每日還要先聽無數的廢話才能處理家事？

凝洛也有些無奈。「管事的倒還好些。」

其實這些看似囉嗦廢話的交談中，總是包含著一些有用的訊息，陸宸在外打交道的大多是爽快之人，自然無法理解家中的這些彎彎繞繞。比如，從方才婆子的話中，凝洛就聽到了一個關鍵點，便是那婆子說找不到管事的人。

「我去表姑娘那邊看看。」凝洛向陸宸說道。

「不是去請大夫了？」陸宸這話問出口，才想到如今那表妹正在家中做客，而凝洛不管是身為管家的少奶奶還是表嫂，都應該去看望一下。

「那我陪妳一起過去。」陸宸馬上又改了口。

「我自己過去就行了，你一個成了親的表哥總不好往表妹房裡去。」凝洛說著便抬腳要走。

陸宸卻一步跟上，牽住她。「我不進她房裡，只在外面等著妳。」

凝洛看著他一笑。「托著這麼一個菜罐子？」

陸宸也與她說笑起來。「妳還怕我吃了不成？」

不管是老太太還是陸夫人，對鍾緋雲這門表親還算是看重，光是陸家單為鍾緋雲準備了一處院子便能看出這點。

走到院子門口，陸宸幫著凝洛叫門，叩了幾下卻不見有人來應。

凝洛見門虛掩著，輕輕一推院門便開了。幾個丫鬟婆子正湊在廊下的燈吃酒聊天，院門被推開的聲音也沒能引起那幾個人的注意。

凝洛臉色沈了下來，只向陸宸道：「你在這裡等我吧！」

說完，一人進了院子。

直到離廊下極近了，才有個丫鬟不經意地看到凝洛，嚇得手中的酒杯險些扔了出去，忙不迭地站起來向凝洛行禮。「少奶奶！」

剩下的婆子丫鬟見狀，忙放下酒杯起身行禮，慌亂之間杯碟亂響，甚至還打翻了一碟瓜子。

凝洛皺眉，凜然地走過去喝斥道：「聽說表姑娘生病了，妳們不在跟前伺候著，卻在這裡吃起酒來！」

眾人只低著頭大氣也不敢出，凝洛瞪了她們一眼，一邊朝屋裡走一邊說道：「之後再與妳們算帳！」

鍾緋雲正一個人躺在床上，搭在身上的被子已被她滾得又亂又皺，頭髮也有些散亂。她蒼白著一張臉，雙手按著腹部口中不停地「哎呦」。

「這是怎麼了？」凝洛走過去問道，看鍾緋雲那樣子倒不像是裝的，難道說她真的生病了？

鍾緋雲將蜷縮著的身子伸直一些，抬頭看見凝洛甚至還想掙扎著起來。「少奶奶……」

「快躺好！」凝洛忙制止她，又回頭向跟進來的丫鬟道：「快扶表姑娘躺好。」

她如今管著家，很多事自然不能再依自己的喜好來辦。

有丫鬟搬來繡凳，凝洛坐下來向鍾緋雲問道：「妳自己這個樣子，怎麼也不留個人在屋裡，反倒讓她們在外面偷懶？」

鍾緋雲擰著眉，似是強忍著疼痛向凝洛虛弱地一笑。「不關她們的事，是我讓她們出去的，誰也不能替我疼不是？」

這話乍一聽好像有理，可凝洛還是覺得哪裡不對勁。

「我已經讓人去請大夫了，妳再等一等。」凝洛按捺下心中的疑惑向鍾緋雲安撫道。

鍾緋雲又是虛弱地一笑。「不過是老毛病了，疼過去也就好了，驚動了少奶奶倒叫我心中不忍。」

「妳太見外了。」凝洛淡淡地回了一句，心中有根弦卻莫名地繃起來。

前世她見識過鍾緋雲陰毒的手段，這輩子凝洛雖自認並未妨礙到鍾緋雲什麼，可她就是覺察到鍾緋雲對她的敵意，而且可怕的是，這種敵意被溫柔、大方、懂事給遮掩著，誰也不知道這張羊皮下什麼時候會亮出獠牙。

鍾緋雲似乎也顧不上再跟凝洛說話，只又蜷起身子按著腹部。

凝洛向呆立在一旁的丫鬟問道：「表姑娘常這樣？」

那丫鬟愣了愣，卻搖頭答道：「表姑娘過來住的這段時日倒未見過。」

凝洛看了看床上的鍾緋雲，打從進屋時她就格外注意，不湊近鍾緋雲，也不去碰鍾緋雲房中的東西，免得出什麼事說不清。

鍾緋雲掙扎地看了床邊的丫鬟一眼，卻向凝洛說道：「麻煩少奶奶倒杯茶給我吧！」

丫鬟聞聲忙去桌上拿茶壺，卻在拿起來輕晃之後說道：「沒水了，我這就去燒。」說完，也不敢看鍾緋雲或凝洛，拿著茶壺就匆匆走出去了。

鍾緋雲喘著大氣向凝洛道：「我記得外屋桌子上還有水，麻煩少奶奶取一杯給我吧，我實在是渴得有些受不住！」

「表姑娘再忍忍，妳這個樣子就算要喝水，也要喝熱些的才好吧？」凝洛遠遠地坐著沒動。「再忍忍吧，大夫應該快到了。」說完，凝洛又向外面喊道：「再進來兩個人！」

有兩個婆子走了進來，帶著酒氣。

「妳在這裡好好照顧表姑娘。」凝洛朝其中一個婆子一指，又向另一個說道：「妳去尋那找大夫的婆子，催催他們！」

那婆子得令轉身往外走，還沒出門就碰上先前那個婆子，如今帶著大夫風風火火地趕回來了。

一番望聞問切之後，大夫坐下來寫方子。原來是鍾緋雲忘記自己身上來了癸水，誤吃涼性的東西，這才疼得翻江倒海起來。

凝洛囑咐丫鬟婆子們，按照大夫的方子抓藥、煎藥和精心照顧，又向鍾緋雲安慰兩句才離開了。

陸宸聽說沒有大礙，也沒有多問和凝洛一起離開了。

只是凝洛在走出幾步之後，忍不住回頭望了一眼鍾緋雲的樣子，莫名覺得這晚的事不尋常。

可鍾緋雲接下來好像沒有什麼動靜，凝洛第二日派人去探望，得到的消息是吃過藥已經大好了，還說謝少奶奶掛念。

凝洛想了想，把這件事告訴陸夫人，陸夫人聽聞表姑娘已無大礙也沒放在心上，無非也就是派了個丫鬟去看望一下。

又這麼過了兩日，雖然未有什麼特別的事發生，可凝洛心中到底也沒將鍾緋雲的事完全放下，實在是這個人她不得不防。

直到這一日晚上，凝洛打發完幾個管事的，然後去婆婆房裡請安。如今因為晨昏定省的緣故，她將管事們統一回話的時辰定在申正，若是有什麼突發的事情，自然也不用拘著這個時辰。

凝洛每晚戌時去婆婆房裡請安，一般都要等上一會兒，等陸夫人從老太太房裡下來才能見到。

老太太年紀大了，晚上歇息得早些，陸夫人每每伺候老太太用過飯、入睡後才回來，時日久了，老太太乾脆就把陸夫人留在她那邊用晚飯。

只是這一日，凝洛等了許久也不見陸夫人下來，她本就是來請安的，若親自去老太太房裡看看，倒像是催著二位長輩歇息。

於是她派了個丫鬟去老太太院裡悄悄打探了一下，那邊院裡的人說老太太和夫人正在房裡說話，凝洛也只有繼續等了，枯坐了近一個時辰，才聽見院裡有了動靜。

門口的丫鬟忙向凝洛低聲通報。「夫人下來了！」

凝洛迎出去卻見陸夫人已走到廊下，臉色卻是不大好看。

凝洛扶著陸夫人進屋，口中問道：「母親累了吧？」

陸夫人卻像是沒想好怎麼答話似地沈默著，凝洛心中暗暗覺得有事情要發生，一時生出許多想法。

扶著陸夫人坐好，陸夫人才有氣無力地向凝洛說道：「妳也坐吧！」

「等了很久？」陸夫人到底關心了凝洛一句。

凝洛剛剛坐下，又因著陸夫人的態度不安著，聽了這句才稍稍踏實些，笑著回道：「原該我等著的。」

陸夫人點了點頭。「方才和老太太說話時也想著要不要將妳叫過去，可老太太覺得這事我問清楚了就好，若把妳叫過去，外人看了倒覺得事大了。」

凝洛一聽，覺得這事與自己有關，淡淡微笑著向陸夫人問：「不知母親說的是何事？」

陸夫人看了凝洛一眼，卻是不乏疼惜。

長嘆一聲後，陸夫人才又開口。「妳接管家中的這陣子，家裡上上下下都是井井有條，這些我和老太太都看在眼裡，難為妳年紀輕輕，有這樣的能力氣度……」

說著說著，陸夫人竟停了下來，像是不知如何再說下去一般。

凝洛自問在管家這件事上並未出現什麼紕漏，輕聲向陸夫人問道：「可是凝洛哪裡做錯了什麼？」

陸夫人又看了凝洛一眼，卻是欲言又止的模樣。

凝洛只得笑著向陸夫人道：「煩請母親明示。」

陸夫人卻搖了搖頭。「妳沒有做錯什麼，要我說，妳比我當新媳婦時做得好多了！如今遇到事情也沒什麼，解決就是了。」說著又安慰起凝洛來。

凝洛點點頭。「定會按母親的吩咐去辦。」

陸夫人見狀，這才開口說起原委。「晚上我過去老太太那邊，老太太跟我說起一件事來，有兩個院裡的婆子們找到周嬤嬤那裡，只差沒哭喊著讓周嬤嬤做主，周嬤嬤如今並不管事了，也沒敢擅自拿主意，這才給老太太透了幾句。」

管著婆子們的管事一向是個靠得住的人，管理起那些有年紀的婆子也頗有一套。畢竟婆子們大多在陸府待了多年，做事未必多索利周全，打混、偷懶倒是頂厲害，而那位管事依著每人不同的性子，該軟的時候軟該硬的時候硬，婆子們一直還算服她的管理。

凝洛正思量著，陸夫人又繼續說道：「說起來也不是什麼大不了的事，無非是幾個婆子不知從哪裡聽說，表姑娘那邊房裡的婆子，領的月例比別房的多，幹得活卻少，成天清閒不說，還好酒好菜地供著，這才鬧起來。」

凝洛蹙眉。「那月例從來都是按老規矩來的，公中每月按時足量統一發放，哪裡會出現月例多的情況？」

「我和老太太自然清楚這些，公中的賬也不可能在這種地方造假，只是婆子們如今不相信，我們也不可能就拿帳簿給她們看不是？眼下的事說大不大，說小也不小，畢竟婆子們的心散了也會影響別人，說不定就帶得丫鬟小子們都無心幹活了。」陸夫人向凝洛提醒道。

事情若出在別的房裡，凝洛可能還會覺得是哪裡有誤會，可偏偏出在鍾緋雲房裡，這事怕就不是誰說岔了話、造成誤會那麼簡單了。

「母親說得極是！」凝洛點點頭。

「我和老太太商議了一晚，覺得這事雖然有人想捅到老太太那裡，可到底還是妳親自解決比較好。」陸夫人和老太太固然可以將此事壓下去，可那樣卻會傷了凝洛的威望。

「我定不會負母親和老太太所托，將這件事處理好。」凝洛自然也懂得陸夫人和老太太的用意。

陸夫人點點頭，卻又嘆了口氣。「說起來鬧事的婆子竟然還有陸寧院裡的，這孩子一直對下人賞罰分明、有情有義，按理說不會出這種事的呀……」

「陸寧未必知道下面的這些事，原也怪不到她頭上。還請母親將事情和涉及到的人都說得更詳盡些，我也好去問話。」說完這句，凝洛又突然意識到天色已經很晚了，又接著道：「不若母親還是早些歇息，我明早再過來吧！」

陸夫人雖稍顯疲憊，仍是擺了擺手。「不妨事，我先跟妳講清楚，回去妳也好合計合計從哪裡下手。」

原來先是陸寧院裡的婆子們，聽說鍾緋雲院裡的婆子晚上不用輪流守夜，早早地就吃酒打牌無人管，白日裡那表姑娘也不給她們做什麼活兒，還因為她們是伺候親戚家的姑娘而多領了一份銀子。

陸寧院裡的婆子哪裡吞得下這口氣，只說自己伺候的是正經陸家姑娘，哪有比伺候一個表姑娘的婆子們，做得多掙得少的道理？

這股不服氣的情緒漸漸地就蔓延開來，又傳到陸宣院裡，陸宣院裡的下人也是不服。怎麼一個陸家二公子院裡的婆子，倒還沒伺候那表姑娘的婆子過得自在？何況，聽說那表姑娘還就是奔著二公子來的，即使陸家對那表姑娘有意，對那表姑娘好些，也輪不到那院子裡的婆子作威作福呀！

就這樣，幾個院裡的婆子之間暗暗攀比、較勁，都覺得自己受到不公平的對待，都覺得是管家的凝洛給鍾緋雲那邊開了小灶，越想越覺得憋屈，活也都不想幹了，也不知誰想到了周嬤嬤，要去那裡討個公道，於是發生這樣的事。

「母親先歇著，明日我就將此事查個明白。」凝洛臨走時向陸夫人說道。

既然已經鬧開，凝洛自然不能等到第二日再過問，回到屋裡她就將那些管事叫過去問話，又連夜問了幾個婆子，問出來的結果和陸夫人所說並無二致。

陸宸見了自然心疼，問清原委便勸凝洛去睡。「聽起來也不是多了不得的事，明日再慢慢問，還是早些休息，身子要緊。」

凝洛已經放管事的回去，又傳了一位鍾緋雲院裡的嬤嬤過來，此刻正等著人來，聽陸宸這麼一說，她搖了搖頭。

「我再問過這一位就去睡，你先去歇著吧！」

陸宸自然也是不肯。「既然答應了母親明日查清，明日一早再查也是來得及，況且母親告訴妳這件事的本意，也不是讓妳立即這樣不眠不休地盤問啊！」

凝洛見陸宸不放棄勸說，只得認真地看向他。「這並不是什麼小事，那些婆子自己無心幹活不算，還將那謠言四散得更加厲害。如今這局面可以說已經是『軍心不穩』了，若是你手下的將士們出現軍心不穩的情況，你還有心睡覺，等到明日再查嗎？」

陸宸聽凝洛這麼說，才知道自己將這家中的事想得簡單了，傳播擾亂軍心的謠言是行軍打仗的大忌，想來放在一個管家的主母面前，也是不容小覷的大事。

「好，」陸宸點點頭。「那我陪妳查清楚。」

凝洛知道勸陸宸先去睡也沒用，又吩咐丫鬟上了兩杯釅茶以做提神之用。

鍾緋雲院裡的這位嬤嬤，到凝洛房裡時似乎還不太清醒，向凝洛二人行過禮之後不住地揉眼睛，倒像是睏極了。

「擾了嬤嬤的好夢。」凝洛呷了一口茶，聲音平靜地說道。

那嬤嬤忙堆著笑。「少奶奶客氣了，我也是剛躺下，還沒睡著。」

這嬤嬤確實是剛躺下，因為吃了酒，所以沾到枕頭就睡著了，去叫的人喊了她很久才將她喊醒。

「嬤嬤怎麼稱呼？」自從這嬤嬤進屋，凝洛就聞到了酒氣，這點發現更是讓她起疑。

「都叫我董嬤嬤。」董嬤嬤半夜被叫過來，自知不是什麼好事，答話的時候很小心翼翼。

凝洛點點頭。「董嬤嬤今晚吃酒了？」

董嬤嬤一驚，忙否認道：「不曾吃酒，少奶奶這話從何說起？」

陸宸見那嬤嬤一開口就說謊，不由皺眉道：「妳人還沒進屋，就有酒氣先飄了過來，如今妳說並未飲酒？」

董嬤嬤見陸家大少爺鐵著一張臉坐在一旁，不由嚇出一身冷汗，雖然沒聽說過這位爺有什麼為難下人的傳聞，可自從少奶奶進門，全家上下很快都知道陸大少爺是將少奶奶捧在手心裡，她今晚上若是當著大少爺的面讓少奶奶不高興，估計她的那套鋪蓋在陸家也放不到天明了。

「晚飯的時候吃了一碗酒釀圓子，許是那酒釀太次，所以酒味格外濃些。」進屋的時候還有些迷迷糊糊，方才被陸宸一瞪，董嬤嬤完全清醒了，腦筋轉得飛快，竟真給她想出個理由來。

凝洛想問的卻不是這個，自然也無心抓著這個問題不放，便向董嬤嬤問道：「院裡的婆子們月例多少？」

董嬤嬤愣了愣。「和從前一樣。」

凝洛點頭。「表姑娘待妳們如何？」

「極好！」董嬤嬤用力地點頭，好像生怕凝洛不相信。

「怎麼個好法？」凝洛自然相信，只是她需要知道得更具體。

董嬤嬤卻像是被凝洛的這句問話噎住了，她確實覺得跟著表姑娘極好，可那種好法……能細說嗎？

怔了一下，董嬤嬤才勉強搜腸刮肚地說道：「表姑娘對我們極為寬厚，人又仁慈……還……還體恤我們做下人的。」

陸宸在一旁聽著，突然覺得還是行軍打仗更容易些，排兵佈陣、用計謀略好像也比處理家事簡單，難怪人家會說「清官難斷家務事」。

這麼想著，陸宸不由佩服又心疼地看了凝洛一眼。

凝洛正盯著董嬤嬤的表情聽她回話，臉上絲毫不見疲色。

「怎麼寬厚？怎麼仁慈？哪裡能看出體恤？妳能不能說出一件事來？」

聽著凝洛一個問題接一個問題地問，董嬤嬤額上都滲出汗來。她一件事也說不出來，她之所以說表姑娘寬厚仁慈，就是因為表姑娘都不讓她們幹活兒，可這話能對少奶奶說嗎？

凝洛從董嬤嬤進屋後的表現，在心裡已經有了眉目，便讓人將董嬤嬤帶下去，卻並未放她回鍾緋雲院裡，還另派了人手暗中看著鍾緋雲的院子，免得打草驚蛇。

直到陸宸擁著凝洛躺下時，他還如墜雲裡霧裡。「妳不找到擾亂軍心的源頭，殺一儆百嗎？」

凝洛在陸宸懷裡找了個舒服的姿勢閉上眼睛。「殺一儆百只是讓她們明面上不敢再說什麼，私底下誰能攔住她們怎麼想？況且，你用殺一儆百這一招時，不也配合著講明真相，鼓舞軍心使用？」

陸宸讚許地一笑。「想不到妳還懂這些。」

凝洛卻睏得只含含糊糊地應了一聲，不管是三十六計還是什麼兵法，不管是兩國交戰還是治國齊家，說來說去，需要去參透的不過「人心」二字。

第三十四章　初次交手

第二日，凝洛向陸夫人請過安之後，就請陸夫人到鍾緋雲房裡。

陸夫人似有不解，鬧事的婆子在陸寧和陸宣等人的院裡，去鍾緋雲房裡做什麼？

「解鈴還須繫鈴人，母親不妨隨我一起去找找這『繫鈴人』。」凝洛微笑地攙扶著陸夫人。

前一晚除了親自問話，她還另派了人手去打探消息，倒是收穫頗豐。

陸夫人見她胸有成竹，又想著此事到底也是因那邊的婆子而起，便也隨凝洛去了。

到了院外，卻見陸寧等人院裡的婆子都在那裡，甚至連陸寧都聞訊前來了。

「都怪我這陣子沒好好管教她們，才出了這樣的事。」陸寧忙上前攙住陸夫人的另一側胳膊。「跟我說一聲，我罵她們幾句也就老實了，哪裡還需要大嫂當成個事來辦呢！」

「妳也老大不小的，眼看著也該尋門親事嫁出去了，怎麼想事情還這樣簡單？」陸夫人佯裝不滿地責怪道。「誰也不知道妳嫁人後會遇到什麼意想不到的事，如今要長點心眼，多學著點！」

陸寧聽了，隔著陸夫人向凝洛抱怨道：「大嫂妳看，我好心過來幫忙，卻還要被一通數落！」

凝洛向她笑了笑。「母親也是為了妳好，我若是平日裡能多用心些，如今也不用母親操心了。」

一行人已走近廊下，陸夫人聞言拍了拍凝洛的手。「妳已經做得很好了！」

話音剛落，鍾緋雲已經從房中迎了出來，向著陸夫人盈盈一拜。「有失遠迎，請夫人海涵。」

「怪不得妳。」陸夫人繞過她，繼續向屋裡走。「進屋吧！」

鍾緋雲看了看凝洛的背影，抬腳跟了過去。

看著陸夫人落座，鍾緋雲才一臉不知所以地問道：「不知夫人前來所為何事？還……」她掃了一眼立在門側的幾個婆子。「還帶了這麼多人？」

說完，鍾緋雲看了凝洛一眼，卻見凝洛並不接她的眼神，只正視著前方某處，嘴邊似乎還帶了冷笑。鍾緋雲見狀，雖面上沒什麼變化，心裡卻暗暗氣起來。

陸夫人聽鍾緋雲問起，對凝洛微微仰了一下下巴。「讓凝洛說吧，我今日只管聽只管看。」

鍾緋雲聞言又看向凝洛，凝洛的眼神終於向她看過來，卻是輕飄飄地落在她身上。

「請表姑娘將院裡的婆子丫鬟一併叫進來吧！」凝洛淡聲道。

鍾緋雲聽了這話卻像是愣了一下，然後面帶難色地看向陸夫人。

陸夫人不解地問道：「叫進來就是了。」

凝洛看出鍾緋雲那一愣有多特意，那一臉為難的神色又多少帶了矯揉造作。

鍾緋雲聽了陸夫人的話，貌似無意地看了凝洛一眼，這才帶了幾分委屈輕聲道：

「夫人有所不知，我怕是……怕是叫不動她們。」

凝洛眉毛一挑，陸夫人已經驚詫地出聲。「什麼？妳叫不動院裡的下人？」

鍾緋雲點點頭，眼圈兒卻紅了。「我原也不是陸家正經的主子……」

話沒說完，鍾緋雲的聲音哽咽了一下，頭也轉向側後方，像是不想讓人看到她哭，可眼眶裡的淚在她一轉頭的瞬間滴落了下來，眾人看了，無不生出我見猶憐的感覺。

凝洛站在婆婆身邊冷冷地看著，若不是這事她被牽扯其中，她真想搬把椅子坐下來好好看鍾緋雲唱這齣戲。

陸夫人皺眉，她從前覺得鍾緋雲也算大方懂事，這一副柔弱委屈的樣子給誰看，倒好像陸家虧待了她。

「妳也不是頭一次住在這裡，怎麼偏偏這次下人不聽妳的了？」陸夫人看鍾緋雲扭著頭落淚，忍不住出聲質問道。

「我也不知道……」鍾緋雲拿帕子擦了擦眼睛，然後轉過頭。「也許是我來太多次惹人生厭，也許是這次住太久大家都煩了，也許……」

鍾緋雲意味深長地看了凝洛一眼，然後才又垂下眼簾道：「也許是受了什麼人指使也說不定……」

陸夫人自然看到鍾緋雲看向凝洛的眼神。她只是有些疑惑，她的兒媳不可能會針對一個投奔過來的表姑娘，那是什麼讓鍾緋雲誤會了凝洛呢？

「指使？妳說有人指使那些下人怠慢妳？」陸夫人多少生出幾分不喜來。

鍾緋雲一個外人，難道要來指摘凝洛？

看在眾人眼裡卻不是如此，她們只看到平日裡寬厚端莊的表姑娘受了委屈，可表姑娘還不願意在夫人面前多事。

而且，表姑娘房裡的人怠慢，也不是那些人的錯，大家都是做下人的，誰還不會揣摩一點主子的心思？

從前表姑娘來住沒事，偏偏這少奶奶進門就不好了，何況方才表姑娘看少奶奶的眼神又冤屈又害怕，想來此事是與少奶奶有關了！

鍾緋雲聽陸夫人語氣不善，忙又解釋道：「或許她們並未直接得到什麼人的授意，可她們也是會看人眼色行事，若是有人存了什麼讓我不好過的心思，被她們看了出來，她們會這麼做也不意外了。」

屋子裡的眾人紛紛看了凝洛一眼，連陸寧都覺出鍾緋雲意有所指，不由直接開口問道：「誰會存讓妳不好過的心思？在這個家裡，能有誰的想法讓那些婆子丫鬟那麼在乎？」

凝洛一直沒有開口，前世她不明不白死在鍾緋雲手裡，那還是她成為冤魂之後才知道的事情。這輩子，和鍾緋雲的第一次交手，卻不得不為她的手段叫一聲好。

裝無辜、裝可憐、裝柔弱，鍾緋雲裝得太成功了，看這滿屋子人同情的目光便可以知道。除此之外，鍾緋雲還一環套一環地給凝洛出難題。別的房裡鬧事的婆子只是其一，若只是揪著鬧事的人處置，鍾緋雲躲在幕後看戲不算，凝洛還難以服眾。

如今凝洛帶了那些人來當著鍾緋雲的面解決，卻在這個問題還未提出來的時候，先被鍾緋雲拋出了一個下人怠慢的事來。

鍾緋雲打的主意大概是將這水攪混，然後隨便扯出哪條能成立的話，凝洛管家不力的罪名便坐實了。

鍾緋雲微微皺了皺眉，陸夫人先前語氣不善或許還能理解，畢竟這個家從前是她管的，如今說下人們的不是也好像在打她的臉，陸寧為什麼不站在她這一邊？

雖然如此，鍾緋雲還是勉強笑了笑，硬著頭皮解釋。「自小鍾家和陸家常來常往，不管老太太還是夫人都對緋雲疼愛有加，就連府上的下人也都拿我和陸寧妳一樣對待，所以此次出了這種事，我……」

鍾緋雲有意無意地又瞟了一眼凝洛，才收回眼神繼續說道：「我實在想不明白是為何。」

可這屋裡的人卻都想明白了，府裡上上下下，除了老太太和夫人，都是聽令少奶奶的了，可憐這表姑娘還被蒙在鼓裡。

「表姑娘，」凝洛終於開了口，她決定將主動權收回手裡。「妳既然想不明白，那就不要想了。別房裡的婆子們聽說妳這邊的婆子月例多了，我想讓她們出來對質。」

鍾緋雲心裡暗暗生氣，她好不容易鋪陳半天，讓人們猜測她被下人苛待是因為凝洛在背後搗鬼，凝洛卻不接這個話題，難道她就不想洗清這種嫌疑？

「不用了，」鍾緋雲對上凝洛的眼神，二人的眼中都冷冰冰的。「她們的月例是公中發的，有沒有變多，奶奶自然清楚不過。」

這話又是說得模稜兩可，聽在眾人耳中，就像是凝洛示意公中給鍾緋雲房裡的人加月例銀子。

凝洛一笑。「我清楚可別人不清楚，還是叫出來說明白的好，不說明白的話，這算個怎麼回事，表姑娘，妳說是吧？」

鍾緋雲是故意將話說成那樣讓人誤會，這樣就算她後來澄清了，也還是會有人停在最初的印象。

聽凝洛直接問起婆子們鬧騰的事，陸夫人也不再多言，倒是陸寧還想問個究竟，想讓鍾緋雲說清楚，這個家裡誰不想讓她好過了，可又沒有說話的立場，也只能忍了。

「我又叫不動她們。」鍾緋雲向著凝洛一笑。

眾人看了那笑便覺有許多無奈，可凝洛在那笑中看出了得意。

「少奶奶也是知道的，我生病了要請大夫，她們推三阻四的不去請，說沒有少奶奶發話不敢請。」鍾緋雲確實得意，她終於把話題又繞回她想說的。

「後來少奶奶體恤，親自去看我，不是親眼看到我那房裡連杯熱茶都沒有？」鍾緋雲說著又含了淚。

別的房裡的婆子看得咋舌，這表姑娘也太讓人心疼了！

「那日我拉下臉來讓少奶奶幫我倒水，就是因為下人不受指使呀！」鍾緋雲說著，眼淚滾滾而下，直叫凝洛嘆為觀止。

陸夫人看她那哭哭啼啼的樣子卻再也忍不住，向屋裡人怒道：「我陸家何曾出過這種事，將那些人都叫上來，我倒要看看她們是怎麼不把主子放在眼裡的！」

「母親，」凝洛眼看陸夫人被鍾緋雲的說法牽著走，不由出聲干預。「這種怠慢的事，即使叫了她們也不會承認的，不如先把月例的事問清楚，好給在場的各位一個交代。」

眾人雖覺得鍾緋雲有些可憐，可比起月例多少，確實更關心這個問題。

鍾緋雲再次拒絕叫那些人進來，只是雲淡風輕地說道：「不用問了，她們的月例沒有多，多的那些是我賞的。」

除了凝洛，房裡所有人都驚詫不已，傳聞說伺候鍾緋雲的婆子們拿的月例多，竟是鍾緋雲賞的？可她剛才還說那些人慢待她啊！

「本想著讓她們看在銀子的分兒上對我好些，所以賞了銀子。」鍾緋雲面不改色地解釋，倒引得眾人紛紛點頭。

「好了！」凝洛一笑，看著句句下套的鍾緋雲。「我倒想到了一個好辦法！」

陸夫人疑惑地看向凝洛，凝洛卻自信地對著眾人一笑。「今日我前來是為了解決妳們月例多少，和表姑娘這邊婆子們吃酒、打牌、不幹活的事。」

「月例的事妳們都清楚了，公中從來都是一視同仁。至於吃酒打牌……」凝洛停下來，冷冷地掃了眾人一眼。「陸家仁厚，並未強令各位不許吃酒打牌，只是怕酒吃多了誤事，所以才對不向主子稟報、私自飲酒一事三令五申地禁止。可表姑娘這邊我已經調查清楚了，表姑娘既然允許下人吃酒，所以也怪不得那些婆子們。」

此話一出，滿屋譁然，表姑娘竟允許婆子們每日吃酒？

「少奶奶有所不知，我本就鎮不住她們，她們要飲酒，我又能如何？」鍾緋雲的語氣比先前稍急些，她本來還等著和凝洛辯駁一番，怎麼凝洛突然就說有了解決辦法？

陸夫人顯然對凝洛的辦法更感興趣一些，不由開口追問道：「妳說的好辦法是什麼？」

陸寧也看向凝洛，她覺得這一攤爛事簡直就像泥潭一樣，凝洛竟想到了辦法？可是，不應該向眾人先解釋一下，她並未指使下人怠慢鍾緋雲的事嗎？

「母親，」凝洛笑著看向陸夫人。「既然別的房裡的婆子們覺得在表姑娘房裡伺候好，那就讓她們來表姑娘房裡伺候好了，各房輪著來，好事每個人都有份，豈不美哉！」

眾人愣了一下，紛紛覺得有道理，雖然好像哪裡不太對勁，竟也都跟著點起頭來。

鍾緋雲更是一愣，這個彎轉得太大，她簡直都不知道這話是怎麼說到這兒的。

陸夫人看到凝洛眼中的神色，會意地一笑，也點頭道：「這個法子好，極好！」

鍾緋雲見狀按捺不住，難道下人怠慢這事就這麼了了？

「可那些人對我……」鍾緋雲欲言又止，一副可憐巴巴說不下去的樣子。

凝洛對她一笑。「表姑娘，對妳不好的人換到別的房裡，這批人若是對妳還不好，那不是還有下一批嗎？妳對她們又大方，她們又能吃酒打牌的，總能趕上一批對妳好的吧？」

鍾緋雲只覺氣得胸口發疼，她好不容易讓人覺得是凝洛指使下人怠慢她，難道就這麼被她混過去？

「夫人……」鍾緋雲又眼淚汪汪地看向陸夫人。

陸夫人管家這麼多年，為何在凝洛的事上這麼糊塗？

「還有什麼問題？」陸夫人故意一副不解的樣子。

「夫人！」鍾緋雲覺得自己如果再不把話說明白些，這事怕是就這麼解決了，不由一狠心咬牙道：「從前有老太太和夫人護著，緋雲在陸家從未碰到過這種事。如今少奶奶管家偏偏就出了這事，這實在讓緋雲不得不猜測，下人們是得了少奶奶的授意呀！」

聽到鍾緋雲這麼說，陸夫人有種「總算說出來了」的感覺，然後呢？凝洛要如何應對？

「所以換下人有什麼用呢？她們還是會看著少奶奶的眼色行事啊！」

讓婆子們輪著來？虧凝洛想得出來，那樣她的心血豈不是都白費了！

「表姑娘，我原不想把話說得太明白，畢竟妳是陸家的親戚，可住在這裡到底還算是客人，我總得顧及一下彼此的臉面。」凝洛冷冷地看著鍾緋雲說道。

「妳什麼意思？」鍾緋雲一時忘了溫柔的偽裝，露出幾分猙獰的神色，倒把眾人嚇了一跳。

反倒凝洛一直不慌不忙、不急不緩，還是那般大氣端莊的模樣。

「我昨晚已經把整件事的來龍去脈查清了，雖然想不通表姑娘為何要這麼做，可還是決定為表姑娘保守這個秘密，所以之前我才說讓各房的婆子輪著來。」

凝洛的聲音不輕不重，可聽在眾人耳中便覺十分信服。

「可方才表姑娘的話突然讓我明白了，明白表姑娘為何要那麼做，所以我為了洗清表姑娘加諸我的罪名，也不得不說出來了。」

眾人看向凝洛，原來少奶奶也有隱情啊！看來之前是誤會少奶奶了也說不定。

鍾緋雲看著凝洛，心裡有隱隱不安，雖然她相信口說無憑，凝洛查到什麼她都能抵死不認，可就怕有什麼地方疏忽了，讓她無從反駁。

「凝洛，妳查到了什麼儘管說！」陸夫人向凝洛命令道，她倒要看看這齣大戲是誰在背後寫戲文。

眾人聞言，紛紛看向凝洛，這位少奶奶一管家就揪出廚房的趙管事，這讓她們從來不敢小看她。

「我昨晚問了一位表姑娘這邊的董嬤嬤。」凝洛看著鍾緋雲。

鍾緋雲的神色已不如之前自若，雖然她也正看著凝洛，眼神卻不敢與凝洛接觸。

「那位嬤嬤已經承認，這邊婆子們領的月例多是表姑娘讓人傳出去的，吃酒打牌不幹活也都是表姑娘授意的。」

此話一出，眾人皆吃了一驚，表姑娘這是意欲何為？縱著底下人不幹活，還多給錢？

鍾緋雲冷笑一聲。「少奶奶怕是用了什麼手段，才讓董嬤嬤說出這般不合情理的話吧？」

陸夫人心裡是信凝洛的，畢竟她和老太太都是看中凝洛的行事穩重，才決定將管家之權交到她手上。可鍾緋雲一句話暗示凝洛向那嬤嬤使了手段，凝洛又要如何自證呢？

眾人也不由暗自猜測起來，這位少奶奶看著倒不像是個會用刑的，難道是花錢買通了那嬤嬤？

凝洛看向鍾緋雲，冷冷地反問：「不合情理嗎？不合情理的事還有很多，希望表姑娘可以一一解釋。

「方才表姑娘說她賞了婆子們額外的銀子，既是婆子們暗地裡得了好處，誰會四處去宣揚？可妳們在場的人，確實有人是從那些婆子口中，親耳聽到這個消息。」凝洛尋找謠言的源頭時已經發現了這點。

屋裡的婆子們便有兩個點頭，她們確實是從表姑娘的下人口中親耳聽到的，所以才深信不疑。如今想來也是蹊蹺，往日裡這種事藏著掖著都來不及，怎麼還會到處顯擺呢？

「而這個家裡的其他人，根本沒有立場讓婆子們傳這種話。」

「那我又有什麼立場呢？」鍾緋雲委屈巴巴地問了一句。

「表姑娘的立場大家最後自然會明白，而排除其他人的立場，事實已經很清楚了。」凝洛掃了鍾緋雲一眼，看她好像又有了底氣，想來是做好嘴硬到底的準備。「事實是婆子們確實是按照表姑娘的意思傳話，這不就與表姑娘說的，下人們不聽妳的這件事不符了嗎？」

鍾緋雲一副無辜的神情。「少奶奶是為了洗清自己管家不力的罪名來編排我嗎？妳這麼說有什麼證據？」

凝洛見眾人的表情似乎又因為鍾緋雲的一句話而疑惑起來，不由暗暗感嘆鍾緋雲手段高明，乾脆反問道：「證據嗎？表姑娘是認定了這件事沒有證據？

「妳不肯讓婆子們上來對質，不就是怕婆子們供出事實，而故意引出下人們怠慢的事。就算婆子們來了，妳也可以說她們胡說，所以自始至終妳都是有恃無恐。可是妳卻漏算了一項。」凝洛輕聲一笑，讓鍾緋雲的心瞬間提了起來。

「那便是給婆子們的酒，婆子們吃的酒並不是自己打的散酒，而且表姑娘送的，是婆子們吃不起也買不到的『醉佳人』。」

「醉佳人」三字一出，屋裡的婆子們當場倒吸一口冷氣，鍾家有一支以釀酒出名，這釀出來的醉佳人不是送進宮中，就是京城的達官貴人們買去了，尋常百姓家也難以吃到，這表姑娘院裡的婆子們吃的酒竟然是醉佳人！

連陸夫人和陸寧都吃了一驚，想不到鍾緋雲竟拿那樣的好酒給婆子們吃，而做這一切的初衷……

鍾緋雲臉色變了變，很快又恢復鎮定，連語氣也聽不出絲毫的慌張和不安。「少奶奶，妳也知道我們家也就這麼點拿得出手的東西，我一直備了一些不過是做人情往來之用，被那些婆子們竊了去吃也是有可能，何以見得是我給的？」

陸夫人聽了這話，不由從鼻腔中重重地「哼」了一聲。

鍾緋雲這是什麼意思？說他們陸家的下人是賊嗎？那可是她一手調教出來的人，會因為貪嘴偷她的酒喝？

鍾緋雲自然也注意到這點，可話已經說出去，如今為了打壓凝洛也不好找其他藉口了，今日得罪了陸夫人是她情非得已，只能以後再找機會安撫了。

陸寧緊鎖著眉頭，她自然不信凝洛會挑唆下人苛待鍾緋雲，畢竟凝洛的氣度她先前就見過了。鍾緋雲方才點出是凝洛管家不力造成這種局面時，她打從心裡就站到鍾緋雲的對面，如今聽鍾緋雲說陸家的婆子偷東西，自然更是萬分不喜，可她又擔心凝洛拿鍾緋雲的巧舌如簧沒有辦法。

陸寧厭惡地看了鍾緋雲一眼，再看向凝洛，卻見凝洛仍是胸有成竹的模樣，嘴邊甚至還帶了微笑。

「表姑娘也說，那酒是拿來做人情往來的，妳說那些酒被那些婆子們竊了去吃，但婆子們吃的醉佳人，並不是送入宮中或賣給達官貴人們的好酒，而是釀壞了的次酒。

「鍾家為了保證醉佳人的醇正，為了釀酒世家的名聲，從來不會讓這種次酒流到市面上來，就連釀酒的匠人也沒有處置這種次酒的權力，能將這種酒帶出鍾家並決定其流向的，只有鍾家的主子。」

陸夫人自然對鍾家釀酒的種種有所瞭解，聽了這話便向鍾緋雲厲聲問道：「可有此事？」

鍾緋雲登時張口結舌、無從辯駁。婆子們的酒還未喝完，找幾個懂酒的人一驗便知，她當初只是想著那種酒倒掉也是浪費，倒不如讓她給婆子們施些小恩小惠，便直接帶了一些過來。

一開始她並未想到要如何針對凝洛，只是後來才慢慢一步步布起局來，卻忘了她最初賞給婆子們的酒留下了證據。

她故意讓婆子丫鬟們什麼都不做，縱著她們吃酒打牌，只好言好語地對她們說：「讓妳們伺候我這麼一個不是正牌的主子，委屈妳們了，原該比別的房裡過得好些。」

看到別的房裡的婆子們鬧起來，她心中得意得很，在她看來凝洛根本就是難以收場，可如今難堪的卻是她！

鍾緋雲忙向陸夫人認錯。「夫人！都怪我……」

她眼淚汪汪地看著陸夫人，不知情的人還以為她受了多大委屈。「怪我想得太多，怕下人們伺候我有怨言，畢竟我又不是陸家的人，所以才處處縱著她們，鬧出這種事是我沒想到的，回頭我定會好好管教她們，讓她們恪守本分，再不能鬧事了！」

屋中的眾人此時也都回過味來，敢情這表姑娘是故意給少奶奶找不痛快，方才還說是少奶奶授意，現在倒像是沒這回事般認起錯來。

而這表姑娘真是演了一齣好戲，眼淚說來就來，也不提她教唆的那些事，只說是她縱著；也不提少奶奶的事，只說是婆子們鬧事，敢情什麼都憑她那一張嘴。

陸夫人看向凝洛。「凝洛，妳看要怎麼辦？」

鍾緋雲是陸家的親戚，投奔而來的，即使有錯也只能輕拿輕放、罰不得，何況她做的這事只是噁心人，若說罪名還真說不上。

若是因為這種小事損害了親戚的臉面，老太太和夫人定然是不肯。

凝洛知道這點，便向屋中眾人道：「諸位聽信傳言，不明所以跟著鬧事，有事不來問我，卻鬧得老太太和夫人不得安生，哪裡還有一點陸家老人該有的樣子？念妳們初犯，又都是勞苦功高，便罰妳們半個月的月例！」

眾人紛紛低下頭去，不想被那表姑娘當了槍使，好在少奶奶仁慈，只罰了半個月的月例，已經是謝天謝地了。

「表姑娘房裡的人，不好好服侍主子，怠忽職守定當重罰，可這個房裡的都說表姑娘是宅心仁厚的人，想來也不願看她們被趕出去，念在從前的分上，罰兩個月的月例！」

凝洛宣佈完，才看向陸夫人。「母親覺得這樣可好？」

沒有提半句如何處罰鍾緋雲，畢竟那是婆家的親戚，真要罰也輪不到凝洛。

陸夫人滿意地點點頭，起身道：「就這麼辦吧！」說完，看也不看鍾緋雲一眼，向外走去。

凝洛和陸寧自然一左一右地跟了上去，屋裡的婆子們看了看鍾緋雲，也都垂頭喪氣地默默離開。

唯有鍾緋雲，憤憤不平地回轉頭看著離開的人群，對凝洛的恨意更甚。

第三十五章　陸家兄弟

將婆婆送回房安頓好，陸寧被陸夫人留下來說話，讓凝洛獨自離開了。

出了陸夫人的院子，凝洛長舒一口氣，這件事上她確實不能把鍾緋雲怎麼樣。就連婆婆出面，上面還有老太太這關，鍾緋雲也不是輕易能動的。

好在如今大家都看清了鍾緋雲針對她的心思，即使不清楚是為什麼，但只要知道表姑娘看少奶奶不順眼，會暗地裡給少奶奶使絆子，這便足夠了。

凝洛心裡明白，鍾緋雲之所以這樣做是因為陸宣，上輩子她都能為陸宣殺人，這輩子做這點事實在算不得什麼。

正暗自想著鍾緋雲是什麼時候覺察了陸宣的心思，並因此對自己起了恨意，凝洛突然在眼角餘光處看到一個人。她停住腳步看過去，卻見陸宣正望著她，眼神癡癡的竟毫不避諱。

凝洛嫌棄地轉頭，卻被陸宣喚住。「我做了什麼讓妳這麼討厭？」

凝洛轉過頭，陸宣正走過來。他生得英俊，走起路來也頗有風流倜儻之感，況且此時眉宇間又似有淡淡憂愁，若是給涉世未深的姑娘們看去，只怕又會勾走芳心無數。

凝洛嗤笑一聲，轉頭望向前路。「你即使什麼都不做，就已經給我添了無數的麻煩。」

陸宣看著那張絕美的容顏，曾經他愛極那種冷冷的冰山感，可當他看到凝洛在陸宸面前含羞微笑，他終於明白凝洛在他面前的冷豔，只是源於對他的無感，甚至討厭。

「我不明白。」陸宣緩緩地開口，帶著幾分心痛。

他是真的不明白凝洛為什麼會這樣對他，從來沒有女子這般冷若冰霜地對他，他自信不是個令姑娘討厭的男子，為何會被一見傾心的人厭棄，他怎麼也想不明白。

凝洛又看了陸宣一眼，見他果然一臉迷茫的樣子，不由冷冷地說道：「你只要明白我已經被你連累就行了。」說完也不給陸宣說話的機會，徑直前行了。

陸宣怔怔地看著凝洛的背影，卻不明白凝洛的話是什麼意思，站在原地想了好久才百思不得其解地離去。

凝洛回到房中只覺得心累，正想讓丫鬟鋪床躺一下，卻見陸宸回來了。

「每次都前後腳的進房，不知道的還以為你一直在我身後跟著呢！」凝洛笑著迎了過去。

陸宸卻只是一把將凝洛拉進懷裡擁著，凝洛微微仰著臉，越過陸宸的肩頭，看見房中的丫鬟們紛紛識趣地退出去並帶上門。

感覺到陸宸的情緒似乎不大對，凝洛摟住陸宸的腰，卻有些不明所以。「怎麼了？」

陸宸只是低下頭，將自己的側臉貼在凝洛的頸窩處，良久才有些悶悶不樂地開口。「我看到妳跟陸宣說話了。」

凝洛一怔，繼而微笑著想要說什麼，剛張口卻被陸宸的話給截了。

「妳不用說什麼，我自然是信妳的。」陸宸的聲音低低的。「只是……」

陸宸抬起頭，臉頰在凝洛耳旁輕輕蹭了幾下，讓凝洛突然想到小時候見過求人關注的小狗。

「好在還能這樣抱著妳，只要能這麼抱著妳，不開心很快就能消失。」陸宸在凝洛耳邊喃喃地說道。

「你是……」凝洛笑得無奈又甜蜜。「吃醋了嗎？」

陸宸並不答話，索性將凝洛摟得更緊。柔軟而馨香的身子被他摟在懷裡，讓他心中一陣悸動之外，還勾起許多心事。

「從前見妳和陸宣說話，感覺在別人眼裡你們必定是俊男美女養眼的一對，心裡難受得緊，又沒有立場去問妳什麼，只能遠遠地看著，一個人難受著。凝洛，妳一定不知道那種滋味。」陸宸在凝洛耳邊嘆息道，竟讓凝洛聽出他從前的克制和隱忍。

陸宸繼續訴說著他的心事，凝洛也靜靜聽著。

「一個人心裡有了人，總是希望對方心裡也能有自己。可我那時候不知道妳對我是什麼感覺，所以當看到妳跟陸宣說話，想到周圍人大概會認定你們是天作之合，我的心就像被刀子……」陸宸想到更為貼切的說法。「不，不是被刀子，是鋸子，像被一把生銹的鈍鋸子來回在心上拉扯……可即便是再痛，我也不能跟人說，對妳更是說不出口，而且還會中邪似地在面對妳時，就不由地微笑起來，哪怕我心裡已經血流成河……」

凝洛突然想到上輩子，想到了她跟在陸宣身旁時的荒唐時光，那時候的陸宸知道那些嗎？知道她怎樣不得已委身於陸宣嗎？他也曾對她有過一點點好感嗎？

她想到在墳前燒了三炷香的背影，那個挺拔而沈默的背影，像是背負了許多不能向人訴說的心事，令她突然覺得心口一陣陣發疼。

陸宸就好像感應到她的疼痛似的，親暱地在她耳旁輕聲道：「現在好了，妳是我的妻子，我再不用感受那種無法言喻的痛了。」

凝洛的心口仍是發緊，卻笑著輕聲道：「我的心意不用說，你也明白吧？」

陸宸聞言微笑道：「如果可以，還是願意聽妳說。」

凝洛卻臉上一紅，然後埋在陸宸胸前不出聲了。

卻說經過上次那一鬧，鍾緋雲將院子裡的婆子丫鬟叫到一處訓話。
「我原不是妳們的正經主子，輪不到我來教妳們如何做事，只是妳們被罰到底也是因我而起，所以妳們被罰的兩個月的月例，由我來出了。」
那婆子丫鬟們本就覺得這表姑娘一貫對她們都不錯，雖然這件事辦得有些匪夷所思，但到底也是她們怠忽職守在前，所以對少奶奶的處罰也是認了。
只是想到損失兩個月的月銀，說不心疼那是假的，如今表姑娘說她來補上，眾人自然都感恩戴德、感激涕零。
「行了，都各自去忙吧，把屋裡屋外都好好收拾收拾！」鍾緋雲向著眾人發話，眼中並無一點溫度。
她不介意在這些人身上花點銀子，畢竟她在陸家的身分多少有些尷尬，有朝一日她成為陸家的主子，誰會管這些螻蟻怎麼想呢？
都怪那個凝洛！壞了她一齣好戲不算，還讓陸夫人對她的品性起疑，好在她從前一直溫良謙卑，日後好好修補一下也許還有得挽回。
「表姑娘！」有丫鬟進來通報。「二少爺過來了！」
鍾緋雲自小三不五時來陸家小住，小時候常常和陸寧住在一處，陸宣一貫愛找妹妹們玩，因此每當鍾緋雲來住的時候，陸宣去陸寧那邊走動得更勤。

後來大了，老太太說姑娘們也都有各自的心思，再住在一起少不得因為一些小事生閒氣，左右陸家的宅院又多，便指了一處院子給鍾緋雲。

陸宣雖然少到鍾緋雲這邊，但每每聽說表姑娘到陸府住，也少不得要探望兩次。只是這次鍾緋雲前來投奔，除了在陸夫人房裡遇過陸宣，陸宣還沒往她院裡來過，她心中自然是有些失落，患得患失之間，又安慰自己許是年紀都大了，陸宣刻意避嫌罷了。

只是這個理由到底沒能完全說服她，每日想起來還是忍不住長吁短嘆一番。

此時聽到丫鬟通傳，鍾緋雲一下就站起身來，喜出望外地吩咐道：「快請！」

這話剛出口，陸宣已經大步跨了進來，卻是臉色不善。

「表哥！」鍾緋雲忍住心中的喜悅，矜持地向陸宣行了一禮，然後又向門口的丫鬟吩咐。「快去泡茶來！」

陸宣冷冷地看向鍾緋雲。他自小常跟這個表妹一起玩，覺得表妹人長得周正、性子也好，從來都把她看得和陸寧一樣，甚至比陸寧還要更疼她一些，可他想不到表妹竟會做出那樣的事來，倒叫他覺得像是重新認識這個人一般，變得陌生無比了。

鍾緋雲看到陸宣的眼神也是心裡一涼，開口帶了幾分怯意。「表哥……怎麼了？」

陸宣看著鍾緋雲委屈的表情，若是在從前，他定是不忍見她這般，不管怎樣都要好言好語哄上一番，直到這表妹露出笑容。可現在再看到這副表情，他沒來由覺得厭煩無比。

他方才在家中聽到院裡婆子們談論什麼「表姑娘」、「少奶奶」的，忍不住好奇問了一句，這才知道原來是鍾緋雲給凝洛找麻煩，才明白凝洛那句什麼連累不連累的話是從何而來。

「妳做的好事！」陸宣氣沖沖地在椅子上坐下來。

鍾緋雲一見陸宣如此，眼圈都紅了，走到陸宣身旁楚楚可憐地問道：「發生什麼事了讓表哥這樣？」

陸宣見她這個樣子更是怒火中燒。「妳在婆子們身上搞鬼的事，我都知道了！」

鍾緋雲一怔，繼而眼淚汪汪地說道：「表哥你聽我解釋！」

「還有什麼可解釋的！」陸宣「騰」地站起來。「凝洛哪裡得罪妳了，妳要這麼對她？真是沒想到，從小我一直覺得妳懂事乖巧，如今竟會辦出這種事來，真是看走了眼！」

大聲斥責過後，陸宣一甩衣袖便要離去，鍾緋雲哪裡肯就這麼讓他走，忙緊跟在身後喊道：「表哥！表哥！」

陸宣到底步子邁得又急又大，兩步就出了房門。

鍾緋雲眼見二人距離越來越遠，伸手想要扯住陸宣的衣袖，卻不想拉了個空，腳下又走到門檻處沒抬起來，整個人被絆倒在那裡。

「表哥！」鍾緋雲的眼淚滾滾而落。「你聽我解釋呀！」

陸宣卻是頭也不回地走了，甚至在聽到鍾緋雲因為摔倒而驚呼的那一聲，都沒回頭看一眼。

鍾緋雲坐在那裡流著淚，心裡卻暗自發狠。陸宣從來沒有因為一個女子這樣對待她，都是因為凝洛！都是因為她！

陸宣提起凝洛，連句「大嫂」都不喊，顯然是還未死心，她真是恨死凝洛了！

去倒茶的丫鬟見鍾緋雲跌坐在地上，忙放下托盤上前去扶，卻被鍾緋雲一把推開而險些摔倒。

「去死！」

丫鬟好不容易穩住身子卻是吃驚不小，表姑娘竟然這麼凶？

鍾緋雲顯然也覺察到自己的失態，擦了擦臉上的淚痕，向那丫鬟道：「我只是太委屈了，妳扶我起來吧！」

委屈嗎？肯定是有委屈的，更多的卻是惱怒和不甘，憑什麼那個凝洛在陸宣心中的分量會超過她啊！

稍晚，待到心情略微平靜之後，鍾緋雲梳洗打扮一番又去陸宣那裡，她不能任由陸宣和她的關係因凝洛而惡化。

「表哥，我錯了！」鍾緋雲眼淚汪汪地認錯，陸宣雖然讓她進了屋卻還是冷著臉，她少不得要以幾滴淚來博取同情。

「緋雲沒想那麼多，只是想著安撫好下人們，沒想到會惹出這樣的事。」

就算事跡敗露了，她也絕不能承認。雖然不會有人拿她怎麼樣，可她一直苦心孤詣營造的懂事端莊、體貼大方的形象就毀了。

陸宣冷哼一聲。「沒想到？妳可是親口說了，是凝洛的過錯！」

鍾緋雲一愣，咬了咬牙看著陸宣，像是受了多大委屈地說道：「我只是當時想到表哥因為她而不快，想為表哥出口氣才那麼說的。」

不等陸宣說什麼，鍾緋雲又馬上接著說道：「現在我知道了，表哥並不用我那樣做，我以後不會了！表哥，你原諒我吧！我知道錯了！」

看陸宣的表情略有鬆動，鍾緋雲又狠了狠心，試探著說道：「要不……我去給她賠個不是？」

鍾緋雲自然不是真心想要去給凝洛賠不是，她不過是賭了一把，賭陸宣會不會心軟。只是萬一陸宣真的同意了，她也得硬著頭皮走一趟，失了臉面事小，失了陸宣的心事大。

好在陸宣看了看她，語氣也不似先前強硬。「那倒不必了，妳記得以後再不要魯莽行事了！」

鍾緋雲那句想為他出口氣打動了陸宣，雖然對於鍾緋雲找凝洛的麻煩，以至於凝洛怪他連累她這件事，陸宣是真的又氣又惱，可一想到鍾緋雲全是為了他，而且她現在正淚汪汪地求他原諒，他就有些不忍心了。

「我記住了。」鍾緋雲猛點頭，一面笑著一面用手背胡亂去蹭臉上的淚水，倒更惹人心疼了。

豫園考試的日子很快就到了，凝洛早就命人為出塵做了新衣送去。

豫園招生從來都是面對面考學問見識，即使不穿多麼華貴的衣服，至少也不能看起來寒酸。如今林家還是杜氏管著家，凝洛也沒指望杜氏會對出塵考試的事上心，所以乾脆一手操辦了。

出塵雖然之前跟姊姊說沒戲，可回家後也是日日用功，宋姨娘見幫不上忙，便拿了銀子讓廚房給出塵每天燉一次補品。

杜氏知道了少不得又是一番冷嘲熱諷，直說那些補品還不如宋姨娘自己吃了好，至少能換個好氣色，給出塵吃簡直白費。林家的祖墳沒冒那種青煙，根本就不可能考上豫園。

宋姨娘自然不敢給出塵聽見這話，那段時日，宋姨娘一句閒話都不敢跟出塵說，生怕哪句就影響出塵的心情。

待到面試前幾日，出塵要宋姨娘陪著他練習，讓宋姨娘假裝考官，然後出塵自擬了題目侃侃而談。

直到真的面試時，出塵從進門的那一步就開始注意自己的儀態，答題的時候更是謹慎小心，竟真給他識破了考官語言中的陷阱，輕輕鬆鬆按照正確的思路答了上來。出了考場，出塵心中大喜，吩咐了一個隨從回家給宋姨娘報信，自己則直接去凝洛那裡。

凝洛見他走得額頭上都是汗，忙喚了丫鬟端溫水過來洗臉，口中不免有些責怪。

「又不趕時間，慢些走便是了，出了這麼一腦門汗，被那涼風一吹不就生病了？」

出塵胡亂洗了兩把，拿起丫鬟遞上的巾子將臉上的水擦乾，才向凝洛笑道：「姊，我覺得說不定有戲！」

凝洛微笑看著出塵，好似又長高一些，人也更開朗了，今日想來在考官面前表現不錯，所以才有這般自信的模樣。

「我就說你不比別人差！」凝洛笑著將茶杯推到出塵面前。

出塵顧不上喝茶，他還沈浸在順利答題的喜悅中，帶著些許興奮向凝洛道：「一開始我聽完題目還覺得未免也太簡單了，可我再一細想，突然就明白考官真正想問的是什麼。回答的時候，那幾位考官雖然沒什麼表情，但我瞧著至少不像聽到離題萬里的答案該有的反應。」

出塵回憶著，說著自己的猜測。

凝洛聞言一笑。「若是聽到離題萬里的答案，會是什麼反應？」

聽凝洛這麼問，出塵認真想了一下才答道：「就算不是搖頭嘆息，至少眼神也會流露出不認同吧？」

凝洛笑著點點頭。「這倒說得是。」

二人又接著閒聊了一會兒，出塵要回家時，凝洛自然要留他用飯。

出塵見凝洛不肯放，笑著推辭道：「下次我再過來拜訪姊姊，今日出了家門還未回去過，我若再不回去，姨娘怕是在家也吃不下飯。」

凝洛聽了這話才點頭道：「那我不留你了，回去讓姨娘放心便是。」

晚上，陸宸回家時，房中剛好在布飯，凝洛正在自己的書房看著手中的帳簿，聽腳步便知是陸宸回來了，於是頭也不抬地說道：「若再晚些我還怕飯菜涼了，不想剛剛好。」

「這個放在妳房裡好不好？」陸宸走過來，手上拿了什麼東西。

凝洛放下帳簿，這才發現陸宸手上托了兩盆枝幹形狀雅致的羅漢松盆景。

「怎麼想買這個？」凝洛忙起身接過一盆，然後轉身看擺在書案什麼地方合適。

「我的書房倒也罷了，」陸宸已選好地方，將手中那盆放置好，又接過凝洛的。「妳這邊還是添置些花花草草，才配得上妳來用。」

為了讓凝洛有地方聽管事們回話並處理家務，陸宸後來特意吩咐人收拾了一間書房給凝洛，又親自從他的書房裡挑了字畫拿過來裝飾，比對他自己那間還要上心。

凝洛前兩日才聽他唸叨這間書房還是太素淨，今日就搬了盆景過來，放置好了，倒確實覺得房中不似先前那般沈悶，而多了幾分生氣。

「出塵今天來過了。」凝洛想起出塵的事，不由向陸宸打探起來。「你能不能打聽到一些消息？」

陸宸拍了拍手上的浮土，拉起凝洛向外走。「我已經問過面試官，說出塵可以進豫園。」

「真的？」凝洛停住腳步。「真的考上了？」

陸宸也停下來，看著凝洛因興奮而閃亮的雙眸，點頭道：「是的，十拿九穩。」

凝洛雙手一舉就摟住陸宸的脖子，幾乎要原地跳起來。「太好了！出塵可以進豫園了！」

陸宸雖然很享受這種美人入懷的感覺，可想到凝洛的興奮之情是因別人而起，心裡多少有些怪怪的感覺。

「剛才不還說擔心飯菜涼了？」陸宸扶住凝洛的腰肢穩住她，問得有些無奈。

「好！」凝洛俐落地放開陸宸，那種毫不留戀的樣子，讓陸宣心裡又一陣失落。

「去用飯，今晚值得喝一杯！」

陸宸真的是覺得自己吃醋了，他對她那麼多關心和愛護，不見她高興成這個樣子。

為陸宸斟上酒之後，遲鈍的凝洛終於發現他的情緒有些不大對。

「怎麼了？」

凝洛臉上一直蕩漾的笑意終於褪去，這讓陸宸看到，倒有些不忍了。

陸宸搖搖頭。「沒事。」

凝洛看他哪裡像沒事的樣子，關心地問道：「是今日太累了？還是哪裡不舒服？」

陸宸看凝洛到底還是關心他，忍不住抱怨道：「妳方才得知出塵考中時的樣子……就只知道關心弟弟。」他還是覺得有點酸。

凝洛一怔，然後回味著陸宸有些孩子氣的語氣，表情忍不住發笑。「就因為這個？」

陸宸一聽她這語氣便有些不服，剛想說些什麼，凝洛卻將凳子挪到陸宸身邊，好像帶了幾分討好似地說道：「我就這一個弟弟，血脈相連，關心也是應該的。可是那也不代表我關心弟弟就不關心夫君呀！」凝洛笑起來的雙眼像是一泓清泉。「畢竟夫君，我也只有這一個不是嗎？」

說到最後，凝洛拉著陸宸的衣袖搖來晃去，撒嬌安慰著陸宸。

陸宸懂這道理，就是看到凝洛心裡還關心著別人時忍不住小小吃醋，如今凝洛自己發現他的不快，還肯放低身段哄他，他哪裡忍心端著架子？

「那罰妳與我喝一杯交杯酒。」陸宸守著最後一點點驕傲說道。

凝洛聽了，笑著拿起兩只酒杯，一只遞到陸宸手中。「這又何難？」

陸宸接過，向凝洛伸出胳膊。「不難？小心待會兒醉話連連！」

凝洛笑著勾住陸宸的胳膊，二人均把酒杯舉至嘴邊。「醉了我便去睡，不跟你絮叨就是。」

飲過一杯酒，陸宸忙為凝洛挾菜，凝洛也覺得酒到喉頭「騰」地一下就火辣辣的，忙挾了一口涼菜來吃。

「其實我很喜歡聽妳說醉話，」陸宸深情地看著凝洛。「醉了的妳更放鬆、更無所顧忌，也更加自我，我很喜歡。」

凝洛故意嘟起嘴。「那就是不怎麼喜歡平時的我？」

陸宸失笑。「這也能挑出刺來？」

正說笑間，有丫鬟通傳說陸寧來了，凝洛忙起身把人迎了進來，只見陸寧身後的丫鬟端著一個器皿跟著進來。

一對上自家大哥那眼神，陸寧就知道自己來的不是時候，可又不想陸宸以為自己是故意搗亂，忙解釋道：「我也不想打擾大哥大嫂用飯，方才我是在老太太房裡，本來正陪老太太和娘親用飯呢，宮裡賞了兩道菜下來。老太太說這宮裡用的雪蓮是咱們家有錢也難買到，便讓我端給大嫂嚐嚐。」

凝洛已經拉著陸寧入座，又吩咐丫鬟添置碗筷，陸宸聽了陸寧的解釋一言不發，只是緊緊盯住陸寧。

「哥，」陸寧看著陸宸委屈地說。「我還沒吃飽飯呢，再回老太太那邊，想來飯菜早就撤了。」

凝洛看丫鬟將碗筷放到陸寧面前，忙著為她盛湯添菜，完全沒注意到陸宸的反應，因此聽了陸寧的這話便有些奇怪。

「誰說讓妳回老太太那邊了？辛苦妳跑一趟，難道連頓飯都不留妳？」話說完，凝洛也坐了下來，卻看到陸宸從陸寧臉上收回的眼神似有不快。

陸寧又往凝洛的方向挪了挪，好像離凝洛越近越有安全感。她這個大哥真是看不出來，遇到凝洛之前一副不近女色的樣子，如今成親了，恨不能把妻子隨身收藏著誰都不給看。

陸宸拿起凝洛面前的玉瓷湯碗，為她盛上陸寧帶來的雪蓮蔘燉雞湯，口中卻忍不住說道：「這種送菜的事，找個丫鬟便得了，做什麼非得讓妳過來？」

凝洛接過陸宸手中的碗，心中只以為這話是陸宸心疼妹妹走這一遭，可聽在陸寧耳中，便是懷疑她故意送菜打擾他們夫妻二人相處。

「老太太點名讓我來的！」陸寧忙為自己辯解。

她這是造了什麼孽，想要見見從前的好友，還得等大哥不在家的時候。

凝洛對陸宸的心思渾然不覺，一面為陸寧挾菜一面道：「妳大哥也是心疼妳。」

陸寧欲哭無淚地看了凝洛一眼，心中暗道：妳是真不懂妳那霸道自私的夫君嗎？

「不過我們幾人可以一起用飯也實屬難得，」凝洛笑著抬頭看了看陸宸和陸寧。「老太太可能也是怕陸寧在那邊用飯不自在，以後沒事陸寧便常過來這邊吧，一個人也怪無聊的。」

陸寧微笑著正要應了，一抬眼看見陸宸滿含警告意味的眼神，嘴邊的話轉了個彎。

「大哥不在家的時候我就過來，也省得嫂子一個人無聊。」

陸宸滿意地收回眼神。「這才是懂事的小姑！」

「他在不在家，妳都儘管來！」凝洛熱情地邀請。「熱熱鬧鬧的才有人氣！」

於是陸寧在自己大哥飽含深意的眼神中訕笑道：「是呢，感覺在家中和嫂子一起這樣尋常的吃飯，還沒有在各種宴上同席的時候多呢！」

第三十六章 出塵上榜

陸寧口中的這種宴席很快就再次來臨了，安親王府才添了一位世孫，如今那世孫百日，王府少不得要擺百日宴。

這次宴席不同於以往，以往都是京城中權貴夫人們的聚會，而這次是多少年不曾露面的安親王妃，親自下帖邀請各路達官貴人、侯夫人。

陸夫人自是很看重這次宴席，親自帶著凝洛和陸寧盛裝前往。

夫人們湊在一起，無非談論些哪家的兒子未成親、哪家的姑娘才貌雙全之類的，當陸夫人帶著女兒和兒媳出現在親王府的花園裡，三人一下就成為眾人目光的焦點。

陸寧是夫人們常見的姑娘，自小就活潑伶俐又大方懂事，在夫人們間口碑很好。而凝洛則是第一次出現在這種更接近權貴中心的宴席上，有的夫人從前見過，有的卻是沒見過。

只見她一襲清雅而不失華貴的衣裙包裹著優美的身段，許是扶著陸夫人的緣故，步子放得有些慢了，卻更顯得那蓮步輕移的姿態，猶如弱柳扶風一般。雪白的頸項處因為向陸夫人微側著頭而露出優美的鎖骨，再往上則是尖的下巴、小巧的紅唇、挺直的鼻梁、泉一般的雙眼。

吹彈可破的肌膚猶如初冬新雪，飄逸而不失端莊的姿態又如天女下凡，這樣的絕色即使是宮中的娘娘也未必及得上，是以這些見過世面的夫人們，竟一時捨不得移開眼。

直到三人走到跟前，才有位侯夫人笑著同陸夫人問好，眾人也紛紛熱絡起來。

有兩位夫人在人群邊緣斜著眼睛看著凝洛，談論起來語氣中也頗有不屑。「林家？沒聽說過，看著也就有個好相貌，只是到底是小門小戶出來的，上不得檯面。」

另一位似乎更瞭解凝洛的出身，譏笑道：「若是正經的小門小戶也便罷了，聽說這位的生母生下她就死了，沒兩天繼母就進門了，還是大著肚子進門！」

先前的那位驚呼。「竟還有這種事？」

「可不是嗎？妳想想，咱們這些略有些頭臉的人家，何時出過這種不顧禮義廉恥的事？那位成長在這樣的家中，又能長成個什麼人？」

周圍也有人被這二人的討論聲所吸引，紛紛轉過頭看著她們，只是有的抱著獵奇之心，有的卻覺在背後議論別人的家事到底不妥，因而流露出厭棄的神色。

陸夫人自然察覺到別人對凝洛身世的看不起，故意向正在與她說話的侯夫人笑道：「我如今已經不管家了，都交給大兒媳，我這兒媳不光是人長得好，管起家來也是一把好手！如今事事不用我操心，我只養養花草、逗逗鳥兒，感覺又好像回到了當姑娘時的日子呢！」

有人向陸夫人恭維，說她福氣好，兒媳漂亮又能幹。

陸夫人笑著，看了凝洛一眼又道：「一個好兒媳真是強過兒子數倍！自從凝洛到了我們家，我就覺得好像又多了一個女兒，真真是懂事又貼心！」

眾人見陸夫人這般誇讚凝洛，眼中也是實打實的喜愛，便又覺得凝洛命好。試想這婆媳之間有幾家能做到如此這般？可見眼前的這婆媳兩個確實是有造化的。

先前看不起凝洛身世的那二位見此情形便有些訕訕的，又見別人投過來的目光似乎帶了幾分輕視，多少覺得有些沒臉，找了個藉口去一旁賞花了。

那位明賢侯夫人又接著向陸夫人嘆道：「我真是挺羨慕妳的，孩子們都大了，連家也有兒媳幫著打理，哪像我，還有個小兒子要操心！」

那位侯夫人年紀與陸夫人相仿，膝下三個女兒一個兒子，兒子是成親多年千盼萬盼盼來的，如今剛十多歲，整個侯府都將那位公子捧在手心裡，真真是要風得風、要雨得雨。

聽侯夫人提起那位小兒子，有人想到什麼便說道：「聽說貴府的公子今年也報考了豫園？」

「是呢！」那侯夫人一提起兒子就雙眼放光，滿臉透著驕傲。「豫園難得招學生，誰得了消息不去考？況且我家那孩子，雖然被慣得有些小脾氣，可學問卻是得到過先生大家讚賞的！」

「這話卻是沒錯，」有人附和道：「早就聽聞侯府的那位小公子才高八斗，有七步成詩之才，此番考豫園必定是手到擒來！」

那明賢侯夫人笑得眼睛幾乎看不見。「這不是我自誇，我那兒子自小就比他那幾個姊姊聰明，學什麼都比姊姊們快，八歲時背的書，連他大姊都不懂！」

「妳也是個有福氣的！」又有人誇讚。「雖然這兒子來得晚些，可這般聰穎有才，是天降文曲也說不定呢！」

侯夫人滿臉驕傲，掩不住的得意之色。

眾人又談了一會兒豫園的事，朝中的誰就是豫園裡出來的，直到開席之時，眾人才一面說笑著，一面去親王府為百日宴特意搭造的花廳。

席間凝洛不管是吃飯還是端杯，處處透著端莊有禮，眾人暗自看著，全程凝洛並未出一點差錯，那般的禮儀姿態即使是大家閨秀中也難尋出一二。

見此情景，再想到之前聽說凝洛的身世，便不由都對她刮目相看起來。

宴席上的佳餚剛剛撤下，就端上各色瓜果點心，安親王妃一向身子不大好，如今也有些乏了，便留了兒媳世子夫人招待賓客，自己則回房去了。

凝洛端起茶杯在鼻端輕嗅了一下只覺清香撲鼻，卻一時辨不出是哪種茶，掀了掀茶蓋，卻發現是兩、三種名貴的茶葉混在一起，這卻是新奇的喝法。

正想著泡茶之人是根據什麼選了這幾種茶葉，便有王府家的小廝跑上來回道：「世子夫人，豫園放榜了！」

眾人聞言一陣躁動，只聽世子夫人問道：「可曾謄了榜單來？」

「謄了，世子說今日賓客們都來王府做客，未必消息那麼及時，讓小的謄好送過來。」那小廝說著已經拿出捲成一卷的宣紙。

「快讓夫人們傳著看一看！」世子夫人見下面的眾人已有些按捺不住，忙向那小廝吩咐道。

離得最近的夫人已經朝那小廝伸出手去，名單到了那夫人手中便被她迫不及待地打開，然後從頭看起那份錄取名單來。

一開始離得近的幾位夫人忍不住圍了過去，到了後來連明賢侯夫人這種離得遠的人也忍不住湊了過去。

陸夫人倒是坐著未動，凝洛也不好過去看，只想著等夫人們看完傳到她手裡時再看便是。

如今看凝洛穩如泰山的樣子，陸寧卻有些沈不住氣了，她聽說凝洛的娘家弟弟也去考了，正欲起身走過去。

圍在周邊乾著急的一位夫人道：「哎呀！咱們都圍得那麼密實做什麼？讓邱夫人唸一遍錄取名單不就得了？」

此話一出，同樣沒能擠到那位邱夫人身邊的幾位夫人紛紛稱是，於是人群稍散了散，聽那位邱夫人唸起名單來。

待到唸出「林出塵」那個名字時，陸寧一喜，扭頭向凝洛道：「嫂子，林家弟弟考上了！」

念名單的邱夫人停了下來，眾人聞言紛紛看向凝洛，也有人問道：「是妳娘家弟弟？」

凝洛微笑著點頭。「正是！」

「真是了不起呀！姊姊這般能幹，弟弟也是個有才的！」眾人紛紛誇讚不已。

明賢侯夫人還未聽到自己兒子的名字，可那名單她也是瞧不見，心不在焉地跟著眾人向凝洛稱讚了兩句，又轉過頭向邱夫人道：「快接著唸！」

邱夫人笑著向明賢侯夫人道：「放心，肯定有你們家的！」說完，這才又接著唸下去。

只是那邱夫人越唸卻越讓人覺得沒底氣，直到她停下來前一個名字，已經唸得非常小聲了。

眾人在邱夫人停下後，陷入短暫的沈默，甚至還有些尷尬。

「唸完了？」明賢侯夫人問道，帶著難以置信也帶著一絲僥倖。

邱夫人不好意思地看著明賢侯夫人，只低頭看著手中的名單答道：「唸完了。」

明賢侯夫人頓覺面上無光，可眼下這氣氛正尷尬著，她也不能表現得太過失落。

「這孩子，想來是哪裡疏忽了！」侯夫人勉強笑道。

「以後還有機會，小公子一定能考中的！」平日裡與侯夫人要好的一位夫人安慰道。

眾人也紛紛點頭附和。

侯夫人羨慕地看向凝洛。「恭喜啊！林家的公子真是爭氣！」

其他人見狀，也覺得侯夫人周遭的氣氛有些尷尬，便向凝洛道起喜來。

凝洛雖然心裡高興，卻因為有失落的明賢侯夫人在，也不好表現得太明顯，她微笑著向眾人道過謝，然後順著某位夫人的話不著痕跡地轉移了話題。

回到家中，凝洛再也不用掩飾心中的喜悅，雖然一早就從陸宸那裡聽說出塵考進了豫園，可如今親眼見了錄取名單，那種高興的心情完全不會因為預先知道而減少分毫。

陸宸靠著門框，看著凝洛嘴角帶笑、裙帶飛揚地在屋裡走來走去地收拾東西，也忍不住微笑起來。他從前對自己多有克制，有意讓自己「不以物喜，不以己悲」，可自從認識了凝洛，他的喜怒哀樂就好像完全繫在凝洛身上。

凝洛一轉身猝不及防地看到陸宸，倒嚇了一跳，拍著心口問道：「你什麼時候站在那裡的？嚇死我了！」

陸宸忙走過去抱了抱凝洛，語氣中滿是歉意。「看妳正忙著沒忍心叫妳，不想嚇到妳了。」

說完，陸宸還用手掌在凝洛的頭頂摩挲了幾下，像是安撫小動物一般。

凝洛心裡很快安慰下來，仰起頭向陸宸道：「出塵考進了豫園，我想回娘家看看。」

「好，」陸宸答得滿是寵溺。「我陪妳。」

說完，陸宸抬起手正要撫上凝洛的臉，她卻輕巧地一轉身。「我馬上就收拾好了！」

陸宸的手停在半空，看著凝洛的身影笑了。

自凝洛出嫁後，林府好像沒有什麼變化，可又好像變得有些舊了。

凝洛在林府門外站了一會兒，才和陸宸一步步走進府裡。

她還記得杜氏將家裡翻修那年，蓋好之後各處都看著那麼光鮮亮麗，在年幼的凝洛眼中，那些建築都是無比氣派。

可隨著凝洛一年年長大，隨著時光在屋頂窗櫺上、在花草山石上、在被人一步步踩過的青石小路上靜靜地流過，這所曾經氣派華麗的大宅變得有些破敗起來。

凝洛回家途上的喜悅不知怎麼就被惆悵所代替，直到出塵喊著「大姊」跑向她，她的心裡才突然又明亮起來。

出塵跑到凝洛面前，才看到一旁的陸宸，忙立住身形畢恭畢敬地行禮。「姊夫！」

陸宸點點頭，出塵的眼神又落到凝洛身上。「大姊，我真的考上豫園了！」

語氣中自然難掩興奮，宋姨娘也走了過來，笑道：「你大姊怕是比你還要早知道呢！」

一行人走進花廳，杜氏正指揮著下人擺放菜餚碗筷，覺察到有人進屋才轉頭看見凝洛。

「回來啦？讓丫鬟們伺候著你們淨手吃飯吧！」語氣是平淡的，倒沒有從前的尖酸刻薄。

凝洛對杜氏微微點了點頭，算是回應。

林成川自然分外高興，拉著陸宸無論如何都要喝幾杯。出塵和宋姨娘臉上的笑一直掛著，杜氏雖然笑不出來，卻也沒說什麼不合時宜的話。

凝月來得晚些，杜氏假意斥責了兩句，倒沒像從前那般指桑罵槐。

這種難得的表面平靜，讓凝洛有種在夢裡的錯覺，她看向出塵，出塵正笑著以茶代酒敬陸宸；再看向宋姨娘，宋姨娘也是微笑望著出塵，眼神裡滿是欣慰和滿足。

這對母子何曾有過這樣的笑容？這樣發自內心的喜悅，這樣不卑不亢的眼神，這樣挺直的脊背……

凝洛再看向杜氏，杜氏的眼神剛好從出塵那裡收回來，卻是意味深長地看了凝月一眼；而凝月則低著頭默默地玩弄碟子上的筷子，看不出什麼表情。

「姊，姊！」

出塵的呼喚讓凝洛從一瞬的恍惚中回過神來。

「怎麼？」

「我也敬姊姊一杯吧！謝謝姊姊為出塵做的一切！」

凝洛見出塵正向她舉杯，而父親正微笑地看著他們姊弟。

「是出塵自己爭氣！」凝洛笑著端起杯，向出塵的杯子上輕碰了一下。

「妳只抿一口就好。」酒杯剛湊到凝洛嘴邊，陸宸突然忍不住出聲提醒。

凝洛抬眼看了陸宸一眼，眼神中含情脈脈，臉上的笑意如春風拂過三月桃花。

從陸宸出聲時，凝月便抬頭看向那二人，只見他們都濃情密意，眼神中交流著無言的情愫，彷彿周遭一切都不存在了。

凝月心中只覺有一團火苗，她嫉妒得厲害，凝洛為什麼那樣好命？婆家有權有勢也就罷了，夫君又對她好成這個樣子。若是陸宸長得不好或者身子弱有毛病，凝月心裡也能有些安慰，可偏偏一切看起來都是那麼完美。

陸宸那副冷峻的面孔一對上凝洛，就像是冰山融化般，像春日裡山上的積雪，柔情地化為潺潺溪水，清澈地順流而下。

凝月突然也想要那種溫柔，在她看來，陸宣那樣對每個人都差不多的溫柔不夠珍貴，只有陸宸這種對全世界冰冷，獨對一人的柔情，才是世間難得的。

曾經被陸宸傷過而帶來的恐懼早就消失不見，凝月滿心沈浸在陸宸對凝洛的溫情中，幻想著自己也能被那樣對待。

桌上的幾人或飲酒或挾菜，誰都沒注意到凝月看向陸宸的灼灼眼神。

林成川看出塵連宋姨娘都敬過了，忍不住出聲提醒道：「也敬你母親一杯吧！」

當著女婿的面，還是要維護當家主母的臉面，何況今日杜氏的表現讓林成川頗為滿意。

已有丫鬟為出塵再次續上茶，出塵怔了一下，還是拿起茶杯向杜氏高舉。「母親。」

他原想說些什麼，至少說些在成長歷程中杜氏對他的幫助，然後才可以順理成章地感謝一下，可當他飛快地在腦中搜尋一番，卻一句話也說不出口。

杜氏倒也不在意，端起杯矜持地向出塵示意了一下，便湊到嘴邊抿了一口。

杜氏放下酒杯，心中卻滿是失落。

她沒想到出塵這麼有出息，雖然這個家表面上還是她管著，可她覺得自己在這個家裡說的話，越來越沒有分量了。

真是不甘心啊！她苦心經營了十幾年的家，以後就要落到別人手裡。

杜氏看了一眼凝月，凝月正魂遊天際一般，只恨她是個姑娘，若是個兒子多好！

杜氏不由想起當年懷凝月的時候，那個給她藥的婆子，反覆問過她是不是要那麼做，那藥用了之後確實十有八九能懷上身孕，可以後再想要孩子，幾乎就是不可能了。

她自然是權衡過利弊的，段氏已經告訴她有喜了，林成川好像也注意到她遞出去的眼神，最近幾次相見便與她眉來眼去。以她的家世出身，她恐怕是難攀上比林成川條件更好的男人。何況段氏又一向與她要好，先去林家作妾，日子也不會難過。

生米煮成熟飯還不夠，必須也懷上身孕以後才能跟段氏爭個高下。這樣想著，杜氏義無反顧地吃下藥，後來懷上了凝月。

她曾經無比迫切地希望肚子裡是個兒子，那樣她的後半生就有了著落。尤其是在凝洛出生以後，她就更盼著能生個兒子出來。段氏已經去世了，只留下一個女兒，若她生下了兒子，這林家的一切就都是她的。

然而事與願違，凝月出生之後她難過了許久，起初的兩天甚至連孩子都不願多看一眼，可後來想到她這輩子也許就這麼一個女兒了，才摟在懷裡心啊肝啊地疼愛起來。

如今她卻嫉妒起宋姨娘的好命來，她從沒想過自己有一天會嫉妒這個農戶家的女兒，今日因為考進了豫園的出塵，她確確實實嫉妒了起來。

凝洛一段時日沒回來，這次回家便留宿一晚。

飯後眾人說了一會兒話才散了，凝洛和陸宸二人都吃了些酒，有意在園子裡走一走醒醒酒氣。

凝月在另一條小路上剛好看到陸宸夫婦，只見陸宸向身後的丫鬟吩咐了些什麼，那丫鬟匆匆離開了，然後陸宸拉著凝洛的手在園子裡漫步。

凝月藉著樹木和山石遮擋著，將腳步放得極輕，隨著陸宸二人的方向慢慢移動，她也不知道為什麼，突然對陸宸生出一種著迷的情緒來。

凝洛和陸宸一面走著一面低聲說笑，竟都沒注意到另一邊還有人跟著。丫鬟很快取了披風回來，陸宸接過來親自為凝洛披上，又細細地在頸項處打了個結。

凝月嫉妒得緊，她既想要陸宸也能那般對她，也想陸宸突然厭棄凝洛，總之就是不想看到二人濃情密意的樣子，恨不能親手撕爛那二人夫妻恩愛的模樣才好。

不知不覺，凝月竟遠遠地跟著陸宸夫婦出了園子，失去了樹木的遮擋，她才恍然回過神似地停住腳步。

遠處相依相偎的兩個身影繼續慢慢前行，直讓凝月妒火中燒，找不到出口。立了半天，涼風絲毫沒能將她發熱的頭腦退下一點溫度，反而在這朦朧的夜色中，生出越發大膽的想法來。

因為凝洛夫婦是臨時留宿，所以芙蕖院這邊也並未照著從前那般抽調那麼多下人，只幾個丫鬟在二人房裡伺候，院裡留了個值夜的小廝。

那小廝正要插門落栓卻見凝月一推門走了進來，正要開口詢問，卻聽凝月輕聲道：「姊姊好不容易回家一趟，我們說說體己話，你關門就不用通報了。」

小廝聽她說得有理，依言關上門，任凝月一人朝正堂走去了。

只是走了幾步，凝月卻停了下來，回頭見那小廝已經回房歇息，一個轉身走到一間廂房門前，輕輕地推開門走了進去。

「我看妳今日也吃了不少酒，竟又續了一次！」陸宸正和凝洛坐在房中說話，看著凝洛朦朧的眼和粉嫩的雙頰，滿眼愛惜。

凝洛確實覺得頭有些微微發暈，可同時又有一種亢奮的情緒，讓她心情控制不住變得很好。

「一高興便沒想那麼多。」凝洛托著有些發熱的臉頰，嘴角也是控制不住地上揚。

「陸宸，」凝洛一喝過酒話就會多起來，就好像腦中閃過什麼話語，嘴巴就會不受控地說出來一樣，只覺痛快淋漓。「我從來沒有見姨娘和出塵那麼高興過。從我見到宋姨娘的時候，我就覺得她拘謹得很，後來生了個兒子也是和她一樣……」

陸宸握著凝洛的手，聽她不停地絮絮叨叨，看著她的眼神裡滿是寵溺疼惜。

「他們從來不會笑一樣，不對！是不敢笑，他們在這個家裡就好像不存在一樣，如果你不用心去看他們，根本察覺不到他們的存在……曾經，我也是那樣的……」凝洛喃喃地說道，眼中的光暗淡了一下。「可能從前我們是一類人？

「我曾經暗恨他們不懂抗爭，那完全是對自己也無能為力的厭棄感吧？」凝洛苦笑一聲，想到自己重生之前的那段歲月。

陸宸摟著凝洛，在她手背上輕輕摩挲著。

他在第一次見過凝洛之後，讓人打聽過凝洛的事，卻只知道她大概是生長於什麼樣的家庭，對於她經歷過什麼卻是一概不知。

凝洛似是覺察到陸宸的沈默，好像也跟著她有了情緒上的變化，不由抬眼笑問：「你在想什麼？」

「我……」陸宸開了口，卻覺得喉嚨發緊，頓了頓才接著說：「我心疼……」

凝洛一怔，繼而笑道：「心疼我？」

陸宸看著凝洛，鄭重地點點頭。

凝洛倏地紅了眼圈，卻看向別處努力眨了眨眼睛，好像是要把眼淚眨回去似的。

凝洛深吸一口氣，然後再次笑著看向陸宸。「有你心疼我，我就沒那麼讓人心疼了！」

陸宸微微用力將凝洛拉至自己懷中。「以後我只允許妳幸福快樂，再不許有從前的那種日子了！」

「好。」凝洛靠在陸宸胸前，答得乾脆而乖巧。

陸宸的吻輕輕地落在凝洛的額上，然後順著鼻梁一路向下，在要觸碰到凝洛的雙唇時卻被她躲開了。

陸宸不解地看向凝洛，凝洛卻紅著臉，垂著眼簾不敢看他。「我、我先去洗個澡。」

「不用了！」陸宸自覺身體已經躁動起來，並不想委屈自己等著，說著又向凝洛那小巧的紅唇湊過去。

凝洛卻一把推開他。「喝酒出了許多汗，我還是先去洗洗！」

說完也不等陸宸回答，一轉身跑出去了。

第三十七章　凝月勾搭

凝月在廂房裡緊緊盯著凝洛那邊的動靜，她並沒有什麼詳盡的計劃，只是覺得難得有這個機會，自己必須做些什麼。

凝洛出嫁後，芙蕖院便閒置了，杜氏也並未派人時常打掃，因此這間下人住過的房間充滿了黴味和灰塵。

凝月在漆黑的房間中凝神等待，竟因為心頭的那團火而忘記害怕。她像是一隻伏在草叢中的豹子，全神貫注地盯著自己的獵物，不知疲倦。

直到她看見凝洛快步走出房，進入放置浴桶的那間屋子，然後拴上了門閂。

凝月心裡突然緊張起來，她艱難地嚥了一口唾沫，然後將交疊著的衣領扯得鬆一些，將鎖骨以下的部分都露了出來。

她輕輕地開門走了出去，然後盯著房間的燈光一步步走了過去。

短短的幾步路她覺得自己走了很久，每一步都像是踏在心跳上一樣，全身的弦都因為緊張而緊繃著。

凝月走進房的時候，陸宸剛鬆開一顆扣子。

陸宸聽見身後關門的聲音，轉身笑道：「還是決定不洗了？」卻不期然看見了凝月，陸宸的臉色一下變得鐵青。「怎麼是妳？」

「姊夫，」凝月努力讓聲音放得嬌滴滴，然後一臉嬌媚地走過去。「我過來找姊姊說說話，她不在嗎？」

陸宸正在解衣扣的手又飛快地扣上，然後正了正衣襟道：「很晚了，我們要歇息了，有什麼話明天再說吧！」

「姊夫……」凝月慢慢地走向陸宸，腰肢自以為扭得風情萬種。「姊夫是不是對凝月有什麼誤會？」

「妳多慮了！」陸宸見她向自己走來，換了方向朝門口走了幾步。「妳的一切我都沒興趣知道，又何來誤會？」

凝月突然發現自從進屋跟陸宸說上話，心裡就不緊張了，一切都是那麼自然而然，想來她和陸宸注定要發生些什麼了。

見陸宸躲開她，凝月也不惱，仍是嬌笑著跟過去。「姊夫這話多叫人傷心！若是姊夫肯多瞭解我一下，也許就能發現，我並不比姊姊差呢？」

陸宸走到離門邊近的位置，抱著雙臂鄙視地看向凝月。「妳有什麼資格與凝洛相提並論？」

凝月自然是不死心，又往下拉了拉衣領，人已飄到了陸宸面前。「那得姊夫試過才知道啊！」

陸宸冷冷地看向凝月，暗道：世上還有如此厚顏無恥的人。

他克制住自己的拳頭，黑著臉道：「現在滾出去，我還會給妳留點臉面。」

凝月故作嬌羞地一笑。「所以姊夫還是疼我的吧？」說完，竟然撲到陸宸身上，摟住他的脖子。

陸宸只覺胃裡一陣翻騰，想都沒想地一把拉開門，然後順勢一腳將凝月踢了出去。

這一切都發生在電光石火之間，凝月剛剛聞到陸宸身上的氣味，下一秒只覺身上劇疼，然後人就飛了出去。

反應過來的時候，凝月正趴在地上面對冰冷的青磚，一條腿疼得幾乎失去知覺。

「誰在外面？」

凝洛的聲音傳來，顯然是凝月落地的聲響太大了，連正在洗澡的她都聽到了。

陸宸忙快步走過去，隔著窗子柔聲道：「沒什麼，一隻野貓從房上跳到院子裡了。」

凝月想動卻動不了，聽陸宸溫柔地哄著凝洛，再想想自己這副狼狽的樣子，心裡感受到空前絕後的屈辱。

「怎那麼大聲？」凝洛似是不相信。

陸宸冷笑著看了地上的凝月一眼，才又貼著窗子道：「許是隻笨傻的，直接踩空從房上掉下來。」

凝月費力地撐起身子，只聽陸宸又輕聲安慰道：「沒事，妳慢慢洗吧，我就在外面守著妳。」

凝月用盡全身力氣爬起來，卻忍不住又望向陸宸。

「滾！」陸宸絲毫不掩飾對她的厭惡，眼神冷厲無比似乎都起了殺意。

凝月一個哆嗦，忙向大門口走去，一條腿卻疼得幾乎抬不起來，只得一瘸一拐地拖著那條腿向前挪。

「也許是迷路了，你對牠那麼凶做什麼？」凝洛在房中嗔道。

陸宸冷笑一聲。「不請自來的東西，妳要對牠好了，牠還以為妳要收留呢！」

凝月聞聲停了一下，回過頭去卻見陸宸滿是嘲諷地看了她一眼，然後收回眼神向著窗子柔聲道：「妳不要操心了，待會兒水都要涼了。」

凝月羞憤地扭回頭繼續前行。她真是太天真了，陸宸那種鐵石心腸的人，除了面對凝洛時能化為繞指柔，對任何人都是能下得了手吧？

尤其是方才那一腳，凝月毫不懷疑陸宸用盡十成的力氣，一絲一毫都沒顧及過她是個女子，若那一腳踢在要害處，她的小命只怕都沒了。

本來只覺得被踢的那條腿疼得厲害，走幾步路之後，凝月只覺全身上下無一處不疼，整個人像是散了架一般，好像再走幾步就會嘩啦一聲散在地上。

右手掌心鑽心地疼，凝月顫巍巍地抬起手去瞧，只見手心裡一層皮都磨破了，火辣辣的。她倒吸了一口冷氣，想哭卻只能硬生生忍著，萬一被下人看到傳開了，她的臉面就丟盡了。

凝月咬牙繼續往門口挪，眼淚一直反覆湧上眼眶又被她壓回去，她開始思索自己為什麼會鬼迷心竅。

陸宸根本就不是個正常的男人，連她那樣的勾引都橫眉冷對，甚至還下狠腳踢她，她真是瘋了，才會毫無計劃貿然前往。

凝月挪到門前打開門走了出去，心裡卻對凝洛咬牙切齒起來。她恨恨地想，這樣無情的男人，早晚有一天也會這樣對待凝洛，凝洛最後說不定會被陸宸活活踢死。

瘸著腿快走到自己院子的時候，前方卻出現一個提著燈籠的人。

凝月怔了怔，停了下來。她不想給人看到她現在的狼狽模樣，不管那個人是誰。而那人顯然也看到有人走過來，往上提了提燈籠，想要看清來人的樣子。

凝月想轉身離開，可腿疼得要命，再者她好不容易走到這裡，眼看就能回到院子了，實在是不甘心再躲到別處。

「照什麼照？哪個房裡的？該幹麼幹麼去！」凝月向那個人影怒道，家裡的下人大都還是懼怕她，希望那個人聽出她的聲音乖乖滾走。

那人的燈籠降下來，凝月剛要鬆一口氣，卻聽那人驚喜道：「二姑娘！真的是妳？夫人等妳等得都急死了！」說著，提著燈籠快步向凝月走來。

凝月都來不及反應，立春已走到她面前，提起燈籠打量起她來。

頭髮散亂著幾綹，臉上似乎有土，還有淚痕造成的泥道。甚至那衣裙好像都磨破了，破破爛爛的口子上也沾滿塵土。

「二姑娘！這是怎麼了？」立春見到凝月這副狼狽樣也不由大吃一驚。

凝月一見被立春看了個正著，索性也不再躲了，喪氣地伸出胳膊。「扶我回去。」

立春見狀，忙騰出手去攙扶，卻不想碰到凝月的手又換來一聲痛呼。

凝月抖著手帶著哭腔喊。「妳倒是小心點啊！」

要不是她的腿也疼得用不上力，她非得抬腳踹立春不可，方才被立春碰到手上的傷口，她差點疼得昏死過去。

立春一時也不知道要怎麼去扶凝月，她哪裡知道凝月什麼地方有傷啊！她也不敢追問凝月是怎麼受了傷，夫人還在凝月房裡苦等著，看到凝月這個樣子只怕又要發脾氣了。

凝月見立春伸著胳膊不敢動，也唯有自己靠過去，將手肘靠在立春手臂上，立春這才小心地扶著她。

「走吧！」凝月吩咐道，立春這才扶著凝月慢慢向前走去。

杜氏見了女兒也是大吃一驚，她原本過來要跟凝月說說以後的事，可誰想竟撲了個空。耐著性子左等不來、右等也不來，偏偏房裡的丫鬟下人們都不知凝月的去向，杜氏直等得滿肚子火，也不知積攢了多少話要罵凝月呢！可凝月被立春攙進來時那副慘兮兮的樣子，倒讓她一下子忘了滿腹憤懣，取而代之的是滿滿心疼。

「這是怎麼了？」杜氏火急火燎地走過去要攙扶凝月。

「別！」凝月尖叫一聲，倒讓杜氏嚇了一跳。

杜氏一時被定在那裡，凝月皺著眉道：「疼，別碰我！」

「這到底是怎麼了呀？」杜氏跟在立春和凝月身後亦步亦趨。

凝月擰著眉，小心地在椅子上坐下來，口中只好說道：「天黑在園子裡摔了一跤。」

杜氏滿腹狐疑地打量著凝月，頭髮凌亂著，衣服領子歪在一旁，手掌都摔破了，衣裙也是又破又髒，方才進屋的時候還瘸著一條腿。

「摔得這樣厲害？」

凝月見杜氏好像不相信的樣子，心裡一陣發虛，面上卻故作惱怒地喊道：「園子裡連一盞燈都沒有，我一下就摔在那裡，半條命都沒了！」

杜氏見凝月發脾氣，又心疼她一身傷，也不再追問，只向立在一旁的立春斥道：「還不快去拿藥來！」

翌日，凝洛離開林府的時候，最捨不得她的人自然是出塵和宋姨娘，一直囑咐要常回來玩。

林成川環視了一圈，然後皺起眉來。「凝月怎麼回事？越大越不懂事！都不知道來送一送！」

「月兒昨晚摔了一跤，今早床都起不來了。」杜氏也是不滿，她一見到林成川的時候，明明說了要為凝月請大夫的事，他竟然半分沒往心裡去。

只是在場的眾人，除了陸宸，都當杜氏是在為凝月找藉口。

凝洛也不過向林成川笑了笑說道：「父親請留步。」

揮別眾人之後，陸宸和凝洛也未在路上逗留，即刻返回陸府。

凝洛忙著將娘家帶回來的東西一一收好，口中還說道：「姨娘總是這樣客氣，又親自縫了枕頭給我們。」說完卻沒等到陸宸的回應。

凝洛納悶地回頭，卻被陸宸從背後擁住了。

陸宸不想跟凝洛說凝月的事，她好不容易從那樣的家庭走出來，半點也不想她再為那些荒唐事難過。

「怎麼了呀？」凝洛輕聲問道。

陸宸今日話少了許多，就像藏起許多心事。

陸宸將下頷輕放到凝洛肩上，在凝洛耳邊柔聲道：「這些年為難妳了。」

從踢走凝月之後，陸宸又想到凝洛去洗澡之前說的那些話，想到凝洛在這樣一個不正常的家庭中孤獨長大，他就覺得揪心般的疼。

一個姑娘家，自小沒了親娘，父親又是那樣不管事，繼母本身也不正派，又養了那樣一個飛揚跋扈、又毒又壞的女兒。

陸宸不願想像凝洛吃過什麼樣的苦，怎麼在那樣的家庭中長大，可是又忍不住去設想那些，然後就抑制不住地難過。

越是這樣，他越是想對凝洛好，想要彌補凝洛似的，不但要讓凝洛以後的日子只有幸福快樂，還想讓她將從前的不快全忘記。

出嫁前的凝洛得到的疼愛太少，他唯有用加倍的疼愛，才能補償一點點。

這年冬日來得早，剛到十月就得穿棉衣了，凝洛怕老太太身子受不住，早早地給那邊房裡添了炭。她原想給陸夫人房裡順便添上，婆婆卻是不肯，只說不覺得冷，和大家一起便好。

雖然如此，凝洛還是讓人每日送薪炭去陸夫人房中，至於燒還是不燒，由著婆婆決定了。

凝洛剛將冬衣的事安排給管事的，便見陸寧帶著一個毛茸茸的暖袖走了進來。

「感覺昨兒個還穿單衣呢，怎麼突然就這樣冷起來！」陸寧端著手抱怨。

凝洛先前忙著處理管事們的回話，並不覺得冷，如今看陸寧雙手縮在暖袖中，好像還帶了一身外面的寒氣，也覺得雙手漸漸涼起來。

凝洛順手拿過桌上的茶杯，先前丫鬟倒的茶尚有餘溫，雙手捧住了才覺得舒服一點。因為還未開始供炭，現在連手爐也還不能用。

「坐吧！我就不起身讓妳了。」凝洛看著陸寧笑道，因為從前就相識相交的緣故，她們姑嫂的關係比別人總是要好上一些。

陸寧卻立著不動。「不坐了，越坐越冷，我們去老太太房裡吧，那邊暖和！」

凝洛想了想這邊暫時也沒有別的事，便欣然應允，臨出門前，又囑咐丫鬟若是有人找去老太太房裡回話，這才隨著陸寧離開。

才走了幾步，有個丫鬟追上前來給凝洛送暖袖。

凝洛看著那雪白的暖袖，疑惑道：「何時有這個？」

那丫鬟幫著凝洛將手攏進暖袖，一面說道：「少奶奶興許是忘了，這是您嫁妝包裹裡的，先前還曾拿出來晾曬。方才您說要出門，我就去找，不想找到的時候，您都走這麼遠了。」

凝洛低頭看了一眼那兔毛暖袖的做工，倒像是宋姨娘的手法。她出嫁時天氣還熱著，嫁妝裡也大都是時令的東西，有幾件冬衣是姑姑提醒著才放進去，她一個初嫁的姑娘，又哪裡能想到暖袖這些！

「難得這皮子一根雜毛也沒有。」陸寧看向凝洛的暖袖笑著誇讚了一句。

兔皮雖不是尋常小戶人家能隨便用的東西，可在陸家這種門第來說，到底寒酸了些，可對於宋姨娘來說，那已經是她能拿出的最好皮毛了。況且，那暖袖確實如陸寧所說通體雪白，想來是宋姨娘千挑萬選出來的。

「家裡的姨娘做的，我都不知何時放嫁妝裡了。」凝洛向陸寧笑了笑，一起並肩前行。

陸寧的那個暖袖看起來是貂皮，光滑水亮的毛色彰顯著那暖袖的高貴，只是凝洛還是更喜愛自己手上套的這個罷了。

「改天讓姨娘也給我做一個吧！」陸寧邊走邊說。「這白色襯得妳更好看了！」

「也就是樣子好看，要說暖還是妳那貂皮的更好些。」

陸寧搖搖頭。「我也戴過兔皮的，不覺得差多少。這滿眼蕭索的樣子，就是這抹白引人注意，若非這是妳的嫁妝，我非要拿我的與妳換不可！」

倒不是陸寧顧及凝洛的感受故意這樣說，實在是冷風吹得園子裡一副枯敗的景象，那截暖袖的白便格外惹人喜愛，再加上凝洛的天人之姿，那雪白的暖袖直把陸寧的那個比了下去。

「我捎個信回家讓姨娘再給妳做一個便是，瞧妳將這暖袖誇得天上有地下無的樣子，不知道的還以為是龍皮、鳳凰皮做的呢！」凝洛笑著打趣陸寧。

「一則是因為這暖袖確實好，二則我也是怕妳心疼娘家的姨娘，不肯做給我呢！」陸寧說著抽出一隻手來，笑嘻嘻地搔癢凝洛一下就跑開了。

凝洛躲的時候已經晚了，無奈地笑了笑，繼續不緊不慢地前行。

陸寧跑了幾步停下來，回頭看著凝洛皺眉。「何時變得這麼無趣了？」

凝洛笑一笑。「嫁人之後。」

她是陸家的大少奶奶，現在還管著家呢，哪裡好與陸寧跑跳打鬧呢！

陸寧只得老老實實等她。「那我以後還是不要嫁人了！」

凝洛已走了過去，卻出其不意地也抽出一隻手去撓癢陸寧。「妳確定？」

陸寧忙笑著躲開，口中兀自喊道：「我就知道！」

二人一路說笑著到了老太太房裡，鍾緋雲竟然也在那裡。

陸寧自從婆子們鬧事之後，對鍾緋雲的態度也有了些微妙的變化。因此鍾緋雲向凝洛和陸寧問好，二人的回應都是淡淡的。

老太太卻沒注意到這番情形，她有一群人伺候著，萬事不用她操心，因此這日子稍嫌無聊，如今這小一輩的都到她房裡來，她自然是高興的。

「凝洛，我看妳今年也不用給各房發炭了，到時候妳們一個個冷的全往我屋裡來，我倒還能熱鬧熱鬧！」老太太一面向孫女和孫媳招手，一面笑著說道，眼角的皺紋都笑得更深了。

凝洛和陸寧一左一右地走到老太太身旁，陸寧嘟著嘴道：「老太太也太狠心了！為了一點熱鬧，倒要把孫女凍死了！」

鍾緋雲本來陪在老太太身邊，凝洛二人一來便沒了她的位置，本來心裡暗恨著，聽了陸寧這話，又堆起溫柔又善解人意的笑容。「老太太不過是想常見見我們罷了，哪裡捨得讓妳這個唯一的孫女受凍呢！」

凝洛聽她這話有賣乖之嫌，向老太太道：「我們本就是差不多日日都來，只是怕老太太成日見我們見得煩了，老太太若是喜歡，我們少不得要每日來鬧上一番了！」

老太太就愛聽這些年輕姑娘、媳婦們說笑，聽了這話忙點頭向凝洛道：「那妳可要記住了，若是哪一天沒有來，我可是要罰的！」

說笑了一會兒，老太太才向凝洛認真道：「若是覺得冷了就先將炭燒上，我年輕的時候管家，也像妳這般要強，現在想想又何必呢，咱家又不是燒不起那些！」

凝洛正幫老太太捶著腿，聞言笑道：「這兩日太陽被北風吹得不見，所以才覺得冷些，但我瞧著用不了兩天，太陽一出來這氣溫還會提升。若是急著燒了炭，天一暖屋裡就更顯熱。老太太您這屋裡也須得注意些，若是明兒後的天暖了，讓下人們少燒上一些。」

老太太聽她說得有理，不由笑著點點頭。「還是妳想得周到些。」

鍾緋雲心中滿是不屑，卻不好表現出來，正兀自氣著，隨著下人的一聲通報，陸宸大步走了進來。

老太太見了這個長孫更是高興。「今兒是什麼日子，倒都聚到我這裡來了！」

「給老祖宗請安。」陸宸一撩衣袍便向老太太行禮。

「行啦行啦，那些虛禮不必了，你拿的那是什麼東西？」

陸宸一進屋，眾人見他提了個包裹，都猜測著裡面是什麼東西，正好奇間便聽老太太問了一句。

陸宸聞言下意識地看了凝洛一眼才將那包裹打開，口中道：「天涼了，我看凝洛冬衣不多，給她尋了一件厚實的大衣。」

陸寧掩嘴偷笑，就陸宸看凝洛的那一眼真是甜死人，若非這是在老太太房裡，她這位大哥怎麼會允許嬌妻離他那麼遠？

說著，陸宸已將那大衣抖落開來，饒是鍾緋雲再怎麼故作鎮定也忍不住捂嘴，露出驚豔之色來。

那是一件貂皮大衣，若說陸寧先前的那個貂皮暖袖是光滑水亮的上品，那這件大衣簡直就是一件極品。

那是一件紫貂皮的大衣，雖然名字叫「紫貂」，實際上顏色卻是黑褐色。陸宸手中拿的那件顏色幾近純黑，也是紫貂中難尋的品相。何況那毛色發亮，猶如夏夜的小溪在月色下泛著粼粼的波光，竟讓人對著那件黑色大衣生出「流光溢彩」的這種感覺。

「拿來我看看。」老太太向陸宸笑道，倒像是真想瞧個稀罕。

「大表哥對表嫂可真好！」鍾緋雲滿是羨慕地說道。

她故意將這句話說得無意，實則是想提醒老太太，陸宸得了這麼好的東西先想到的不是家裡的老祖宗，而是他的妻子。只是她沒想到老太太根本就不在意這些，看到孫子孫媳恩愛有加，心裡還不知道多高興呢！

「凝洛，」老太太扭頭喚她。「妳也過來摸摸。」

凝洛依言向那大衣輕輕撫摸了兩下。「真是又軟又光滑呀！」

陸宸走上前。「從幾百上千隻紫貂中，才挑出幾隻毛色相近的來，這才湊成一件大衣，說起來也算是世間難尋之物了。」

凝洛柔情似水地望了陸宸一眼，正見他也雙目含情地看了她一眼。

鍾緋雲自是不甘心，向老太太湊近兩步，像是好奇那大衣似地兀自說道：「也就是說這世上僅此一件？若是再多一件多好，大表哥還可以送給老太太。」

凝洛眼神冷了一下，這個鍾緋雲還真是挑事的一把好手，只是不等她說什麼，老太太卻先開了口。

老太太看著膝上的那件大衣，一隻手在上面輕輕順著毛撫摸著，口中不輕不重地說道：「方才凝洛進來的時候，我就覺得她穿得單薄，原想著把阿宸去年送我的那件大氅送給凝洛穿，又想到我那件讓凝洛穿太老氣了些，這才沒有開口。還是阿宸知道疼人，給凝洛挑了件合適的。」

鍾緋雲心裡一涼，她原想著不著痕跡地添把火，可老太太這語氣表情分明就是在敲打她，正想著說些什麼話，卻被陸宸打斷了。

「給您的那件您自己留著穿便是，不用想著送這送那的。」陸宸向老太太笑道。「孫兒知道您見慣好東西，一向不惜財，只要是您喜歡的人，不管什麼好東西都捨得送出去。可那大氅到底是太平貂皮的，那才真真是世上僅此一件，您若給了人，可要傷了孫兒的心了！」

一番話說得老太太笑了起來，她疼愛地看著長身玉立、挺拔剛健的陸宸。「你們都只當我這長孫是個冷面少言，其實數他最會疼人了！」

陸寧含笑看了凝洛一眼。「我這嫂嫂好福氣。」

凝洛臉上微微一紅，只聽陸宸道：「我也是好福氣！」

鍾緋雲覺得自己就像個插不上話的外人，看著凝洛和陸宸一副恩愛的樣子，心裡很是嫉妒，只盼著有一天她和陸宣也能那樣。

「來，凝洛穿上試試吧！」老太太拿起膝上的大衣對凝洛笑道。

陸宸早就想看看凝洛穿上大衣的樣子，不然他也不會發現凝洛不在家，就急匆匆地追到這裡來。

有丫鬟走上前來，從老太太手上捧過大衣輕輕抖落開，然後為凝洛穿在身上。

剛一上身，眾人還來不及打量，又有幾個陸宸叔伯家的親戚來老太太屋裡說話，幾人一見凝洛差點都忘了向老太太行禮，全都迫不及待地想要細細觀看一番。

老太太也忍不住笑著炫耀。「阿宸給凝洛尋了件貂皮大衣，我剛說讓她穿上看看你們就來了！」

凝洛今日穿了一襲黛青色的束腰長裙，雖然裡面已穿了一層夾棉中衣，可那腰肢仍是不盈一握的樣子，因此即使外面罩上大衣，也絲毫不顯臃腫。何況那領部露出的黛青色與貂皮大衣十分相宜，看起來高貴華麗。而那大衣就像是為凝洛量身而做，肩膀腰部無一處不合。

眾人紛紛稱讚不已，貂皮本就是高貴之物，如今配上凝洛的一張花容月貌，整個人格外大氣端莊、從容優雅，直教人看呆了。

「阿宸真該請個畫師把凝洛畫下來！」一位按輩分陸宸應該叫嫂子的親戚，看著凝洛嘆道。

「是呢！」一位嬸子也開口。「以前我看那些畫上的美人，還想著這都是畫師的假想，哪有那樣完美無缺的美人呢？膚如凝脂，盈盈秋水，朱唇紅潤，身段婀娜……如今見了姪媳婦才知道，那些人也只畫了美人的七分，姪媳婦倒比那畫上的美人還要多三分神韻呢！」

眾人聞言紛紛點頭稱是，唯有鍾緋雲面無表情地看向別處。

陸宸一雙眼也黏在凝洛身上下不來，聽了這話笑道：「我素日山水畫得多，有空倒是可以試試畫凝洛。」

凝洛被他那眼神看得不好意思，向丫鬟遞了個眼神，幫著將那大衣脫了下來。老太太這房裡本就暖和，穿了一會兒大衣，凝洛都覺得自己微微出了汗，可見那貂皮是頂保暖的好東西。

那位嬸子聽了這話不由羨慕道：「現在的年輕人，真是！我成親這麼多年，也沒見我家那位送過我什麼東西！」

先前說話的那位嫂子也說道：「莫說嬸子妳了，就說我們家那位吧，才比陸宸大幾歲？我也從沒見他送我一針半線的呢！」

凝洛臉色微紅，也不知是方才穿大衣被熱著，還是聽了親戚們的話有些害羞。陸宸目光灼灼地看著她，她的眼神倒像是受驚的小鹿般躲開了。

老太太接過話道：「這跟現在不現在、年輕不年輕都沒什麼關係。關鍵在人，阿宸的祖父不是『現在的年輕人』吧？當年也愛買些小玩意回家逗我開心，我看我們家阿宸啊，是隨了他那祖父了！」

「本來就羨慕姪媳婦羨慕得緊，偏生又沒人疼，好不容易給自己找個藉口還被老太太戳穿了，真是讓人心口疼！」那嬸子捧著心口，皺眉做出難受的樣子。

老太太又撫掌笑起來。「行了吧！別裝樣子了，誰不知道你們家的銀子都攥在妳手裡，倒叫妳男人哪裡去變銀子給妳買貂皮！」

一時屋中眾人都笑了，老太太向凝洛等人道：「你們都回吧，我和你嬸子她們打一會兒牌，你們去別處玩吧！」

陸寧聞言嘟起嘴。「方才還怕我們不來，現在就要趕我們走。」

陸宸看向凝洛，雙目中盡是期待，凝洛看了他一眼卻微笑著別過眼去。

「妳不總嫌我打牌太慢，看得著急？」老太太倒是喜歡跟這個孫女鬥嘴，因此一老一小都互不相讓。

陸寧一跺腳。「好吧、好吧，我不煩您打牌了，您要是待得煩了，可別讓人去喊我啊，我還不一定有空呢！」

「陸寧！」陸宸向陸寧低低呵斥一聲，即使仗著老太太寵愛，也不能這般沒規矩。

可陸宸到底低估了老太太對陸寧的大度，聽了他那一聲，老太太立馬向陸宸道：「行了行了，不用在我房裡立規矩，都回去吧！」

於是陸宸帶著凝洛和陸寧向老太太告辭，鍾緋雲卻站出來同老太太笑道：「我還是留下來吧，給您端茶倒水、捏肩捶背都行，不然回去也是一個人，怪無趣的。」

凝洛打量了鍾緋雲一眼，還沒來得及細看她的表情便被陸寧拉走了。

這一世有許多事都變了，也有許多事沒變；變的是她嫁給了陸宸，沒變的是鍾緋雲仍鍾情於陸宣。

方才鍾緋雲的語氣那樣真摯，聽起來像是特別願意留在老太太身邊伺候，可凝洛知道，這只是鍾緋雲人在屋簷下不得不低頭的舉動。

只是不知道她在老太太跟前的討好，對於以後有沒有益處，能不能在她嫁給陸宣這條路上有所助力，又或者，鍾緋雲這輩子還能不能嫁給陸宣？

第三十八章　年關將近

從老太太房裡出來，陸宸偷偷給陸寧使眼色，陸寧卻假裝沒看見，還直接挽起凝洛的胳膊。

陸宸對陸寧瞪了一眼，恨不能將她瞪消失，他明明可以和凝洛手牽手回去的！如今他不甘地落後一步，跟在凝洛二人身後，心裡想著如何琢磨個法子，讓陸寧乖乖回自己房間。

終於在陸宸乾咳兩次之後，凝洛納悶地回頭問道：「你是不是受了風寒？」

陸寧瞥了陸宸一眼忍不住偷笑，她就裝沒聽見不知情，怎樣？大哥還能當著凝洛的面出手打人不成？

「沒有。」陸宸生怕凝洛擔心。「只是喉嚨有點癢。」

「那我回去煮碗銀耳蓮子羹給你喝吧？」凝洛認真道。

陸宸就喜歡看凝洛關心他的樣子，點頭道：「好，我要少糖。」

陸寧從凝洛回頭就跟著她停了下來，聽他們二人你來我往地說了幾句，不由翻了個白眼無奈道：「就你們倆這甜甜蜜蜜的樣子，不放糖也會覺得太甜啦！」

陸宸聞言拋過去一個「不關妳的事，識相就快走開」的眼神，陸寧卻只是訕訕地回過頭向凝洛道：「我把哥哥嫂嫂送回家再走。」

雖然這話是向著凝洛說，但實際上是說給陸宸聽。

陸宸正納悶陸寧今日一反常態，便聽凝洛邀請道：「跟我回去喝蓮子羹便是，說什麼送不送的。」

「我就是想在路上跟嫂子說幾句話。」陸寧的神色突然變得有些凝重。

凝洛聽陸寧的語氣嚴肅起來，不由也收了臉上的笑。「怎麼了？」

陸寧卻回頭看了陸宸一眼，那意思明顯是想讓他回避。

陸宸雖然見妹妹神色嚴肅也有些擔心，但這麼明目張膽地趕他離開凝洛，他還是有些氣不過。

「我不聽就是，妳們先走，我遠遠跟著。」陸宸有些沒好氣，那是他媳婦！

凝洛對他安撫一笑，他心情才平復些。

陸寧雖覺得還不夠好，但也無奈地接受了現實。

走出幾步之後，陸寧向凝洛低聲道：「方才那個婦子，那天跟老太太說，我也該說門親事了，今天老太太將咱們打發出來，說不定就是要談這事。」

凝洛知道陸寧屬於情竇未開、無比戀家的那種姑娘，不知道會有什麼人來提親，對她來說自然不是好消息。

「也未必會是。」凝洛不知怎麼安慰。「鍾緋雲不是留下了嗎？老太太總不能當著她的面談妳的婚事吧？」

陸寧挽著凝洛慢慢走著。「就算今日不談，那明日呢？總有一天會談的吧？」

凝洛張了張口，卻沒說出什麼，陸寧接著說道：「其實我也想過了，終歸要嫁人的，只是不知道會嫁個什麼人，所以心裡總覺得沒著沒落。」

「老太太和夫人都那樣疼妳，肯定會千挑萬選，挑個人品、家世、樣貌個個都好的。」凝洛雖是安慰，卻也是發自肺腑。

陸寧向後側了側頭，好像是看了陸宸一眼，才轉回來向凝洛道：「好羨慕妳和大哥，若是我也能有這樣的親事就好了。」

陸宸耳力一向不錯，雖然故意落後幾步，可陸寧和凝洛的話，他還是聽了個清清楚楚，只是假裝沒聽到罷了。

但是見陸寧一直憂心忡忡的樣子，陸宸終於忍不住開了口。「大哥會為妳把關的，放心。」

陸寧一跺腳，回過身去。「大哥！」

陸宸一副坦然的樣子走上前。「這事妳也不必特意避著我，即使是從別處那裡聽說，我也是要過問這人選，妳應該知道『長兄如父』。」

凝洛看著陸宸自然地走到二人中間，陸寧只能怔怔地放開挽著她的胳膊。

陸宸順手就撈起凝洛的手牽住，才向陸寧道：「別擔心。」

凝洛的手先前被冷風吹得直想往袖子裡縮，她被陸寧挽著胳膊也不好戴暖袖，如今被陸宸溫暖的手握住，整個人一下就沒了那種瑟縮的感覺。

陸寧看著陸宸卻泛上淚來。「大哥，我還不想成親呢……」腔調因為忍著哭而有些怪，連凝洛看了都覺得心疼。

「別哭。」陸宸抬起另一隻手輕拍著陸寧的肩。「只是先訂親，又不是要馬上成親。」

陸寧自然也不想在兄嫂面前落淚，拿出帕子輕拭了一下，然後委屈巴巴地說道：「訂親之後還不是要成親？」

「誰說的？訂親之後若是妳覺得那人不好，我們就退親！」陸宸說得理所當然，好像根本不在意退親對姑娘家的名聲有損。

「有大哥在，哪會讓妳受委屈？」陸宸又補了一句。

凝洛的手被陸宸握著，聽他對著妹妹一再勸慰，心裡又是溫暖又是感動。她這輩子沒有嫁錯人，陸宸是有情有義且值得託付的人。

「那大哥一定要幫我打聽好那人的品行！」陸寧向陸宸認真道。她也覺得大哥最是穩重可靠，有大哥在，她心裡還能踏實些。

「那是自然！」陸宸點頭應允。

陸寧總算破涕為笑。「那大哥大嫂請回吧，我也要回我那邊了！」

凝洛忙道：「一起去喝碗蓮子羹吧！」

陸宸握著凝洛的手微微用了一下力。「她方才就不是誠心送咱們，妳又何必邀她？」說完，便看向陸寧。「回去吧！」

陸寧忍不住撇了撇嘴，到底向他們二人屈了屈膝才離開了。

凝洛不由笑著向陸宸道：「感覺陸寧有時候很怕你。」

「她才不怕我，這個家裡只有她，誰都不怕。」陸宸又走到凝洛的另一側，牽起她的另一隻手，並忽視掉凝洛那句「我有暖袖」的提醒。

「那你怕誰？」凝洛抓住陸宸話裡的漏洞追問道。

陸宸失笑。「有沒有人說過，妳有時候也實在調皮。」

凝洛踩在一片乾枯的樹葉上，腳下傳來樹葉碎裂的聲音。「沒有人給過我調皮的機會。」

陸宸一陣心酸，腳步也停了下來。

凝洛不解地抬頭看他，卻被陸宸的大手扣上腦後，然後輕輕地擁向陸宸，凝洛下意識地閉上眼睛，感覺到額頭一陣溫暖而柔軟的感覺。

陸宸離開凝洛光滑而微涼的額，看著凝洛緩緩睜開眼睛，鬈翹的睫毛也慢慢忽閃起來。

凝洛仍是笑著問他。「你到底怕誰？」

陸宸繼續牽著凝洛向前走，凝洛確實對於陸宸會怕誰這個問題有些好奇。她嫁過來之後發現，婆家人都很看重陸宸，有什麼事都願意與他商量，這樣一個備受家族喜愛的陸家大少爺，也會有害怕的人嗎？

「妳覺得我怕誰？」陸宸笑著反問，雖然方才他想到凝洛的過往便心酸不已，可凝洛自己好像並不在意，她似是更看重當下，這一點陸宸倒覺得自己要向她學習。

凝洛聽他問起，好像真的認真思索起來，口中唸道：「老太太那麼疼你，你甚至還會在她面前撒嬌，肯定不是怕老太太……」

「我哪裡撒嬌了？」陸宸忍不住出聲抗議，他一個蒼松驕陽似的男人，竟被妻子說會撒嬌，這哪能認？

凝洛看著他粲然一笑。「你在老太太跟前就像個孩子似的，可不是在撒嬌？」

陸宸自然是要接著反駁，只是剛一張口就被凝洛打斷了。「父親母親也都看重你的意見，看你在他們面前也是自如得很，你還會怕誰？」

「家裡人妳都數過了？」陸宸寵溺地看向凝洛，決定放棄「撒嬌」問題的爭論，他一個鐵骨錚錚的君子，沒必要和媳婦在口舌上爭高下。

凝洛想了一下。「那你也不至於要怕弟弟妹妹。」

陸宸笑著提醒她。「我就不能怕妳？」

這次輪到凝洛失笑。「你會怕我？」

陸宸再次停了下來，和凝洛面對面站著，拉住她的手，然後看著她的眼睛認真道：

「家裡人確實沒有讓我怕的，因為我知道與他們到底血脈相連、情分難斷。

「可與妳卻不是。」陸宸聲音裡飽含深情。「妳我萍水相逢，能走到一起全憑我的一顆心，我是真的很怕，怕妳的心有一天不屬於我。」

陸宸捧起凝洛的雙手放在唇邊輕輕哈了一口氣，然後將她的雙手合在掌心中。

凝洛從聽到陸宸的那番話一顆心狂跳不已，如今被他這麼捧在手心裡，更是覺得心裡暖暖的。

「走到一起全憑你的一顆心？」凝洛忍著流淚的衝動勉強笑著。「那我的那顆心呢？」

陸宸知道凝洛一直因為姑娘家的矜持，而不曾向他直抒胸臆，所以如今得到這麼一句含含糊糊的反問也能令他欣喜不已，乾脆將她擁在懷裡喃喃道：「如果真有繫紅線的月老，我希望他將我們的紅線繫了死結，誰都解不開。」

陸宸的外衣微涼，不過凝洛靠在上面一會兒就暖了。衣物特有的摩挲感、陸宸胸腔中跳動的聲音都讓她留戀，這樣的擁抱一直讓她覺得踏實，好像周圍的一切都不存在也沒關係。

「就算能解開，我也會這樣纏著你的。」凝洛的雙臂用力地在陸宸背後繞住。腰間傳來的力度讓陸宸微微一笑，心中也泛起甜來。

夫妻倆一回到自家院內，凝洛急著要為陸宸煮羹。

陸宸自然捨不得她親自下廚，只拉著她的手道：「我又覺得沒事了，還是不要煮了。」

「最近天乾物燥，還是煮上一些好。」

凝洛說著就要出房門，卻被陸宸拉著不放開。「讓下人煮也是一樣的嘛！」

凝洛輕輕將陸宸的手推開笑道：「他們難免有個偷懶、顧不上火候的時候，我也不怎麼親自動手，只說著讓他們做便是。」

待到凝洛剛吩咐了丫鬟如何準備那些蓮子銀耳，陸宸又出現在廚房裡。

「有事？」凝洛回頭望了他一眼，又轉回去囑咐丫鬟將銀耳撕得更小朵一些。

「沒事，」陸宸走到凝洛身邊。「陪著妳。」

處理銀耳的丫鬟想笑又不敢笑，憋得臉都要發紅了。這大少爺黏少奶奶實在是黏得厲害，只要大少爺在家，便是哪裡有少奶奶，哪裡便有他。

凝洛轉頭又瞥了他一眼，見他一本正經地站在旁邊，不由笑道：「君子遠庖廚。」

「君子遠庖廚不過是說惻隱之心，我一個隨時要上戰場的人，還談什麼君子？」陸宸說得坦然，他是不惜為國為君浴血奮戰的。

凝洛一滯，想到陸宸有一天會在遠方的戰場廝殺，心裡就像堵了一團棉花。

陸宸也覺察到凝洛的異樣，忙勸慰道：「也未必會有戰事，如今天下還算太平。」

凝洛勉強一笑，盯著丫鬟將銀耳一朵朵撕碎，口中道：「我心裡也做著準備呢，準備著你隨時離開……」

丫鬟端著泡發銀耳的瓷盆默默地走到角落裡，背對著凝洛二人繼續剝蓮子。

陸宸從背後擁住凝洛。「有妳在，我會更強大，妳放心。」

凝洛眼中濕潤，她努力不讓陸宸聽出她的哭腔，依然溫柔地笑著道：「我自然放心。」

放心嗎？陸宸會因為一場場戰事而一步步走向高位，他生命無虞她是應該放心的。

就像陸宸每次說出「放心」二字都會讓人特別踏實，就像他方才安撫陸寧一樣，一句

「放心」便是一諾千金。

可刀劍無眼，誰知道中間又會經歷什麼呢？

凝洛不敢想像和陸宸的離別，一想到胸口就痛；更不敢想他會不會受傷，一將功成萬骨枯，即使最後凱旋歸來，誰又能保證他自始至終不傷分毫？

陸宸俯下身，在凝洛耳邊輕喃。「妳真的放心，我才能心無旁騖。」

他不再說什麼「天下太平」，想來是戰事真的臨近了吧？

凝洛深吸一口氣將眼中的淚全部逼回去，然後轉過身投入陸宸的懷裡。「我是真的放心，嫁給你的時候就放心，以後都是放心的。而且，真到了那一天你也不用記掛我，公婆都對我那麼好，老太太也疼我，家裡的事我也能都管理起來，你只要顧好自己就行了。」

凝洛埋在陸宸胸前，有兩滴淚沒忍住滾了出來，倏地就被陸宸的衣物吸走不見了。她輕輕吸了吸鼻子抬起頭來。「我要去煮羹了，要麼你幫我生火吧！」

陸宸見凝洛一副努力開心的樣子，也故意裝作沒看到她發紅的眼眶和鼻頭，笑道：「好，我生火可是一把好手……」

他原想接著說在軍營中的男人都會學著生火，卻覺得這個話頭開得不好，硬生生打住了，故作得意地向凝洛問道：「妳信不信？」

凝洛看著他微笑。「信，你做什麼都能做到最好，你是我天底下第一佩服的人！」

陸宸挽起衣袖。「看我生火給妳看。」

凝洛被這句逗得發笑，在一旁笑看陸宸一步一步地點火引火，將那小爐子生了起來。這是陸宸院子裡的小廚房，並未配專職的廚娘，不過用來燒水、煎藥或者燉補品用。

凝洛和陸宸並排蹲在小爐子前，微微的火光映在兩個人的臉上，使得二人的臉都紅紅的。

待到燉盅燉上，凝洛也捨不得離開這個溫暖的地方。

「不如將這大衣鋪在這裡，我們坐著聊天吧！」陸宸拿起那件貂皮大衣。

凝洛忙奪過來，好像生怕慢一點就會被陸宸鋪在地上。「這是我的東西，你怎麼能這麼糟蹋？」

陸宸笑起來。「我開玩笑的。」

凝洛狐疑地看向陸宸，她相信如果她方才點了頭，陸宸連絲猶豫都沒有，將那大衣鋪在地上。

「還說老太太不惜財，我看你才是最不惜財的那個！」凝洛口中數落著，小心地將大衣折好抱在懷裡。

陸宸笑意藏不住。「有妳惜財就行了，反正咱們家的家底都在妳手上。」

凝洛白了他一眼，喚過丫鬟將大衣交出去，千叮萬囑地說要收好，然後再找兩張矮凳來，才放那丫鬟抱著大衣走出去了。

二人在小爐邊說說笑笑地燉著那盅銀耳蓮子羹，直到後來香甜的氣息瀰漫出來，小火慢燉，燉盅裡發出小聲而持續的「咕嘟咕嘟」聲音。

陸宸從未想過在廚房裡可以有這樣甜蜜而有趣的時光，原來很多事讓人覺得枯燥無趣，只是身邊缺少個人而已。

凝洛起身拿湯勺輕輕地攪動了一下那盅羹，然後盛起一點點遞給陸宸。「嚐嚐甜不甜？」

陸宸接過來輕吹一下，然後在湯勺尖上抿了一下，又回味一下才說道：「我覺得剛好，妳可能會覺得不夠甜。」

凝洛接過湯勺又在燉盅中攪拌了一下。「先遷就你吧，待會兒母親覺得不夠甜的話，就加些蜂蜜進去。」

「要給母親送過去嗎？」

「早上請安的時候，聽母親的聲音有些啞，我特意多煮了一些，你要不要和我一起送去？」

「當然。」

這樣平凡瑣碎的對話，當時只道是尋常，可後來陸宸在無數個寒光照鐵衣的夜裡，那些能暖心的回憶，卻全是這種平凡的場景。

陸夫人見小夫妻二人一同來請安，自是高興，看丫鬟先是從陸宸手上接過燉盅，又有人上前為二人解下斗篷，臉上的笑意就一直未褪。

一個玉樹臨風，一個嬌小可人；一個面如冠玉，一個沈魚落雁，真是好一對璧人！

陸夫人越看就越覺得舒心，尤其小倆口懂事知禮不說，還出奇的有默契，只見他二人交換了一個眼神，一個為陸夫人盛羹，一個打開了蜂蜜罐子。

「有你們兩個陪著，我覺得我能多吃一碗！」陸夫人笑著說道，滿是欣慰。

「那我們有空的時候，便常過來陪母親吃飯。」凝洛向湯碗中加了一勺蜂蜜，攪拌了一下，然後推到婆婆面前。

「那倒不必，我常去老太太那邊，你們兩個還是在自己院子裡吧，不然等年底公中的賬一出來，大家還以為我多能吃呢！」陸夫人嘴上說的是玩笑話，心裡想的卻是這兒子兒媳只怕不久就要分離一段時日了。

從陸宸走習武這條路，她就做好兒子隨時會上戰場的準備。

戰場是什麼地方？會流血會犧牲，就是不會歌舞昇平。

陸夫人也是出身世家，自小也是有家國情懷在心，自然不會對陸宸有什麼阻攔。只是看到凝洛的時候難免會有些心疼，這年輕夫妻最怕分離，那相思的苦最是難熬啊！

陸宸二人也不知陸夫人玩笑話的背後有這許多心思，只是都被陸夫人逗得發笑。

陸宸為凝洛盛好那一碗，又被凝洛推回去。「你吃。我自己盛就好。」

陸宸已經拿起一只空碗。「我也馬上就好。」

陸夫人拿銀勺吃了一口那羹，暖暖甜甜的感覺就像面前的兒子兒媳，她一面小口吃著，一面用眼睛的餘光看那小倆口，看他們小聲交談，偶爾還互遞著眼神交流，心裡是又高興又唏噓。

情況好的話，陸宸還能在家中過個年，待明年春天事情有轉機便不用上戰場也說不定。若是那邊的情況突然惡化，只怕陸宸連年也不能在家中過了。

凝洛和陸宸終於不再推讓，每人面前放了一碗羹，她又見婆婆已經吃起來，忙問道：「母親覺得還可口嗎？要不要再加些蜂蜜？陸宸怕甜，我加的冰糖也少些。」

陸夫人放下銀勺笑道：「不用加了，我覺得挺好吃的，不知道往日裡加糖的東西是不是吃太多的緣故，如今我也不大愛特別甜的東西了。何況看著你們，我心裡已經足夠甜了！」

凝洛二人陪著陸夫人吃過蓮子羹，又閒聊了一會兒，直到老太太房裡那邊快要傳飯的時間才離開。陸宸二人互相為對方整了整披風領口，這才相視一笑，再次一起向陸夫人告辭。

陸夫人向陸宸笑道：「這個兒媳我是越來越覺得順心稱意，若是阿宸能再早點娶回家就更好了！」

天氣越來越冷，年關越來越近，家中的事也越發多起來，陸宸有時候看凝洛晚上不能早睡，在那間小書房裡又寫又畫又算便心疼不已，每每要去幫忙卻總被凝洛擋回來，嫌他礙事。

也不能怪凝洛趕他，一開始前兩次凝洛是讓他進了書房，剛去的時候他也是認真為凝洛幫忙，可過不了一會兒就離凝洛越來越近，然後順理成章地黏上她。最後凝洛也不知道為什麼，自己明明在書房抄婆婆囑咐過要打理的各種關係，卻稀裡糊塗地就躺在臥房的床上了。

這麼「幫忙」幫了兩次，凝洛再不肯放陸宸進書房了。陸宸自己覺得有些冤枉，他是真心要去幫凝洛，最後發展成那樣實在是情到深處身不由己，那能怪他嗎？

他又心疼凝洛的身子熬不住，眼見她白天夜裡的忙，陸宸只得買了各種補品回來，變著花樣讓丫鬟燉了送到凝洛面前。

直到連陸宸也放了年假，凝洛還是忙個不停，忍了一日，陸宸再也忍不住了。見凝洛放下筷子又要去書房，陸宸不由皺眉道：「才吃了多少？」

凝洛回首望了一眼。「感覺吃得比平時還要多些呢！」說完，又要邁步，只是衣袖卻被扯住了。

陸宸正仰頭看著她。「那至少陪我一下，我還沒吃好呢！」

凝洛看他那副樣子不由微笑，卻是伸手將自己的衣袖從陸宸手裡拉出來。「管事的都等在書房呢！」

「我在家待一日都跟妳說不上幾句話。」陸宸抗議道，一副受委屈的樣子。

凝洛在心裡合計了一下，然後才向陸宸認真道：「再有兩日便能清閒了，我管家以後第一次過年，母親也一直幫著我呢，我能做的自然要多做些，好讓母親喘口氣。」

陸宸無奈地接受了這個事實，向凝洛道：「那我今日出去拜訪幾位親戚，晚上回來。」

凝洛點頭。「好，公中已為各家備了禮，你直接去取就是。」

待陸宸在外拜訪幾家親戚回來，不出意外地看見自己房裡黑著，而小書房則亮著燈。

「少奶奶用過飯沒有？」陸宸掀開棉門簾進屋，向站在門口的丫鬟低聲問道。

丫鬟也輕聲回道：「就在書房吃了一些。」

陸宸看著正在伏案似乎沒聽見他進來的凝洛嘆口氣，又向那丫鬟道：「我帶回一隻烏骨雞，已經吩咐大廚房在燉了，妳去那邊盯著，燉好了就端過來。」

丫鬟領命出去，陸宸這才走向凝洛。「到底應該注意著身子，書房哪是用飯的地方？一面吃著飯一面思慮著別的事，仔細傷了腸胃。」

凝洛聞聲總算抬起頭來。「年前的事項都差不多了，現在把年後的事打算好就沒什麼事了！」

凝洛原本估摸著還須得兩日才能把這些事理清，但今日因為陸宸的抱怨又趕了趕，如今總算看見了曙光。只是聲音雖然透著喜悅，但多少有些疲憊，陸宸見了又少不了一陣心疼。

走到凝洛身後為她捏肩，陸宸掃了一眼書案上的紙張，卻見一張上面用朱筆劃著一個圈。

「那是什麼？」

凝洛不用回頭看也知道陸宸指的是什麼，拿起那張紙口中說道：「明賢侯夫人安排了一個年後宴席，說是趁著家裡的男眷女眷那時都清閒，要把人都叫上，越多越好。方才去向母親請安的時候，母親說她帶著我們這一輩的人去就可以了，天寒地凍的不必驚動老太太。」

陸宸已經看清那個用紅圈圈住的是鍾緋雲的名字，凝洛又繼續道：「回來我才想起表姑娘也在咱們家住著，也不知道母親說的我們這一輩人包不包括她。」

陸宸又輕輕在凝洛肩上捶了兩下，作為捏肩的結束動作，才坐到凝洛身邊道：「明日去問問母親便得了。」

凝洛點點頭，又帶著疑惑問道：「表姑娘以前也常在這邊過年？」

陸宸又看了看凝洛記下的其他事項，倒是詳盡而周到，口中不甚在意地說道：「有時候會在年裡年外的過來住幾日，像這次住這麼久倒是第一次，不過既然說是投奔而來，只怕要住到嫁人了。

「真是苦了妳。」陸宸握住凝洛的雙手。「還要多操著一份心。」

凝洛看著陸宸卻只是微笑不語，現在為鍾緋雲操的心不值一提，若是有一日她嫁進陸家，二人成為妯娌，那才熱鬧了。

「回屋吧？」陸宸搖著凝洛的手。「我還讓人燉了雞湯，咱們回屋等著吧！」

凝洛臉色卻微微一變，但很快就笑著向陸宸道：「好！」

陸宸說完話，低頭看向被自己握住的凝洛的雙手，因此沒發現凝洛的神色有異。雖然屋中炭火燒得很旺，可凝洛的手還是稍嫌涼了，想來是一直寫字的緣故。

陸宸暗想，原來管一個家竟如此辛苦。

凝洛隨著陸宸站起身向外走，沒走兩步便被陸宸發現異樣。

「妳的腳怎麼了？」陸宸皺眉，凝洛好像一邊的腳使不上力似的。

凝洛掩飾似地笑了笑。「沒事，大抵是坐得太久有些麻了。」

「是嗎？」陸宸狐疑地低頭望去，只是隔著鞋襪什麼也看不出來。

凝洛正要再說些「過會兒就好了」之類的話，卻冷不丁被陸宸打橫抱了起來。

「呀！」凝洛驚呼一聲，下意識地摟住了陸宸的頸部。

「好像輕了。」陸宸自言自語道，向門口走去。

凝洛也不掙扎，只是含羞笑著伏在陸宸頸側，任他抱著自己慢慢走回房去。

然而，陸宸在面對凝洛時從來都是心細如髮，見她一反常態沒有嬌羞著捶打他要下來，便覺得凝洛肯定不像她自己說的腿腳麻了那樣簡單。

凝洛被陸宸放在床邊坐下來，卻見陸宸一臉凝重的樣子，正要問他什麼事，只見陸宸馬上蹲下來要脫她的鞋襪。

凝洛忙躲開，口中問道：「不是還有雞湯嗎？現在脫鞋做什麼？」

陸宸也不解釋，握住可疑的那條小腿，然後輕輕地將鞋襪脫了下來。凝洛自然不肯讓他脫，只是小腿以下被陸宸固定住，腳踝也疼得受不了，只是徒勞地挪了挪身子，然後眼睜睜看陸宸順利地脫下了鞋襪。

看著凝洛紅腫的腳踝，陸宸臉色更差。「怎麼回事？」

凝洛像做錯事般不敢去看陸宸，只低頭看著那隻腳踝。「就是走路的時候扭到了，明日也就好了，算不得什麼。」

「所以就撒謊騙我？」陸宸追問，腳踝腫成那樣，方才還裝沒事一般要走路，他心裡真是又氣又疼。

「就是怕你這個樣子小題大做嘛！」凝洛索性耍起賴來。

「妳知不知道如果傷到了骨頭，還像妳這樣硬撐，有可能就瘸了？」陸宸輕輕地一點一點地摸著凝洛的腳踝。

還好，並未傷到骨頭。

凝洛忍著疼，看著陸宸為她檢查，只是他檢查過還不放心，抬頭道：「還是請個大夫過來看看好。」

「不不！不用了！」凝洛連忙擺手。「真的沒事，你這一請大夫肯定要驚動母親和老太太，大晚上的讓長輩們不得安生，是何其不孝啊！」

「那妳就沒想到若是傷重讓她們擔心，也是不孝？」陸宸皺眉道，心疼凝洛全然不顧自己。

「明日肯定就好了！」凝洛向陸宸保證，生怕他真的去請大夫。

「我記得還有藥。」陸宸起身去翻他的藥箱，不一會兒拿著一只小瓷瓶走回來。

「好在跌打損傷、活血化瘀的藥我都有。」陸宸再次在凝洛面前蹲下來。「今晚先用上藥，明日不見好，一定要去請大夫。」

凝洛看著陸宸從瓷瓶中挑出些藥膏，然後抹在紅腫的地方，繼而搓熱了手掌，慢慢將那藥膏化開來，又輕輕地揉著她的腳踝，好讓藥膏滲進皮膚去。

凝洛鼻子發酸，撇過臉忍住了眼淚。她不過受了點傷，他便能心疼至此，前世站在她墳前的他，又是什麼樣的心情？

「陸宸……」凝洛看著床上一側的帳子喃喃說道。

陸宸好像沈浸在小心翼翼為她抹藥中，並未聽見她的呢喃，好在她也並不是要說什麼，就是想喚他的名字一聲，好像喊出來就覺得自己堅強起來了。

為凝洛上好藥，陸宸又抬頭囑咐道：「這隻腳還是少用力，最好臥床休息兩天。」

「沒有那麼嚴重。」凝洛有些無奈，哭笑不得地向陸宸道。

「小心一些好。」

陸宸起身將藥箱收好，又回到凝洛身旁坐下。「母親那邊也別去請安了，方才妳說事情也處理得差不多了，這兩日便安心歇著。」

「還是不要讓母親知道這事吧？」跟婆婆說腳扭了不去請安，這事多少有些讓凝洛難為情。

陸宸眼神嚴肅起來。「要麼我抱妳去請安，要麼妳在房裡歇著，我代妳去請安，選一個。」

凝洛毫不懷疑若是她堅持請安，陸宸會真的抱她去婆婆那裡。

和陸宸對視了一會兒，凝洛敗下陣來，垂著眼簾道：「好吧，那你讓母親不要擔心。」

陸宸的臉色這才緩和一些，又關心道：「怎麼就扭到了？」

凝洛卻敷衍道：「就是走路扭到了。」

陸宸不滿。「在哪裡扭到的？是路不平還是哪裡不好？說出來我好讓人去修呀！」

凝洛簡直瞠目結舌，她從來不知道扭到腳之後，還有這種解決辦法。

「我就是……走得太急了，要說哪裡不好……那只能怪我不好了。」凝洛看向陸宸，兩手一攤。

陸宸見狀忙摟過凝洛安慰。「好了好了，我不問就是了，妳怎麼會不好，天下唯有妳最好。」

凝洛伏在陸宸肩頭，卻想到在林家磕磕絆絆的那些年，有誰曾這般將她放在心上？

那年杜氏翻修家中的房子，舊料新檁堆得到處都是，她那時尚且年幼，進進出出多了便難免會被絆倒。一次摔得狠了趴在地上大哭，嬤嬤忙跑過來抱，杜氏卻在一旁大罵凝洛是不是瞎了。

「妳從來都是從容的，今日走那麼急做什麼？」陸宸輕撫著凝洛的背，心裡還是有些疑問。

凝洛沒有答話。當時天色晚了，手頭還有兩件事，辦完隔天便能好好陪陪陸宸，於是心裡有些急，走起路來也如腳下生風，一個不小心就把腳給扭傷了，扭的那一下疼得真是眼前發黑，可緩過來之後第一個念頭就是不想讓陸宸知道。

二人正相擁著，感受這段時間以來難得的靜謐時光，便聽丫鬟敲門說雞湯好了。

陸宸不捨地放開凝洛。「妳不要動，我餵給妳喝。」

丫鬟將雞湯放在桌上，本打算拿湯勺來盛，卻被陸宸拿了過去，然後眼睜睜看著大少爺盛湯，端到少奶奶面前，小心翼翼地吹了又吹，才餵到少奶奶嘴邊。

凝洛知道推辭也是徒勞，便乖乖喝了，陸宸的眉頭這才舒展一些。「我還讓人加了人蔘，冬日進補，妳最近把身子熬得太過了。」

凝洛笑著打趣他。「你休假了倒變得婆婆媽媽起來。」

陸宸又餵了一勺。「誰叫妳不知道愛惜自己的身子。」

丫鬟守著雞湯，抬起手用衣袖遮擋了一下半張臉。雖然大少爺沒對她們發過火，可她們也不能笑得太明目張膽了。

她這動作到底引起陸宸的注意，陸宸像是才想起來似地對她說道：「妳先出去吧，晚點叫妳再進來。」

丫鬟忙放下衣袖，忍住笑向陸宸和凝洛行了一禮，然後止不住嘴角上揚著，匆匆走出去找小姊妹們談論少爺和少奶奶如何恩愛去了。

凝洛因為腳上的傷，被陸宸逼著休息了幾日，也不知陸宸到底怎麼跟陸夫人說她的傷情，陸夫人不但將凝洛的晨昏定省給免了，還送了許多珍奇補品到房裡來，不知道的還以為她病得多重呢！

這段養傷時日，倒是和陸宸越發蜜裡調油起來，二人成日膩在一處只覺日子過得飛快，成日像是有說不完的話，聊些詩詞歌賦、市井見聞等等，又或者在一間書房裡各自看書寫字互不打擾，怎麼相處都是舒服的。

第三十九章　丟人現眼

待到過年那幾日忙完了年節祭祀、拜訪親友等事，就到了明賢侯府舉辦宴席的日子。

後來凝洛問過陸夫人的意見，陸夫人的意思是，鍾緋雲雖然是投奔來的表親，可到底形同一家人，何況鍾家與那明賢侯府也是有走動，自然還是一起去的好。陸府給家中人做過年的新衣時也沒落下鍾緋雲。

凝洛剛扶陸夫人上車，回身便見鍾緋雲穿了一身紫衣，同陸寧一同上了馬車。

「上車吧！」陸宸已打起車簾作勢要去扶凝洛，但凝洛伸手搭上陸宸的胳膊時，卻見陸夫人的馬車前正站著一個人往這邊看。

凝洛一眼掃過去，認清此人是陸宣，也不再做停留跨上了馬車。

陸府此次用了三輛馬車，陸夫人帶陸宣乘了第一輛，陸宸和凝洛坐了第二輛，陸寧則和鍾緋雲在第三輛馬車上。

凝洛很納悶，鍾緋雲竟沒等陸宣出來再上馬車，依她往常的性子，她必定要輕輕柔柔地叫一聲「表哥」才肯罷休。

到了明賢侯府門前，一行人各自下了馬車，凝洛本想去攙扶陸夫人，但看到陸宣在陸夫人身旁扶著，便作罷了。

凝洛下意識地回頭望了一眼鍾緋雲，心裡想著也許鍾緋雲會覺得這是與陸宣親近的好機會，而上前攙扶陸夫人，卻見她只是和陸寧說笑著什麼，連看都沒有看陸宣一眼。

凝洛只是暗暗驚奇，卻並不表露什麼，她和陸宸一起進了侯府，又引來眾多豔羨的目光。

陸宸宛若游龍，凝洛翩若驚鴻，一個風度翩翩一個絕世獨立，這樣的一對璧人看向彼此的眼神充滿了愛意和默契，不但那些未成親的公子姑娘，連已經有兒有女的夫人們也都羨慕不已。

進了暖閣，陸宸幫凝洛將那件貂皮大衣脫了下來，眾人還未看夠穿著大衣的凝洛那雍容華貴的模樣，便見她內裡一襲鵝黃滾嫩綠邊的衣裙讓人眼睛一亮。

冬日裡的衣物大多顏色偏深一些，看多了難免絮煩沈重，凝洛的這身打扮就像春日裡微風中綻放的第一朵迎春花，不聲不響地立在枝頭，很難不引起人們的注意。

「若是我有這般相貌，說不定都能進宮做娘娘了！」一位著墨綠衣裙的姑娘小聲向一旁的姑娘說道，手卻伸向桌上放置小食的碟子，口中吃個不停。

那一旁的姑娘穿著一身暗紅色衣裙，顯然是那墨綠姑娘的好友，絲毫不留情地向她笑道：「這是姑娘家說的話嗎？先不說這個，即使妳有了那樣的相貌，沒有人家的氣度，這般吃個不停也沒有做娘娘的命！」

墨綠衣裙的姑娘總算住了口，不服氣地向暗紅的姑娘道：「難道妳不羨慕？能在這樣的宴席上大放異彩，每個姑娘都會想要吧？」

二人又看了看凝洛，她才剛剛坐下來，那把椅子也是陸宸幫忙拉開擺好的。

「羨慕！」暗紅衣裙的姑娘毫不掩飾真實的心情。「我更羨慕他們夫妻恩愛的樣子，真真讓人覺得『只羨鴛鴦不羨仙』！」

明賢侯夫人因為凝洛弟弟考進豫園之事，對凝洛的印象尤為深刻，又覺得這位年輕媳婦美若天仙、性情溫和，也是深得她喜愛，見凝洛離她較遠，還特意下來同她說了幾句話。

「看到了吧？」墨綠衣裙的姑娘又含了一塊蜜餞。「容貌好的人，走到哪裡都討人喜歡。」

暗紅衣裙的姑娘再次不同意她的觀點。「容貌只是第一眼印象，討不討人喜歡還要看性子如何。」

鍾緋雲在一旁聽得直皺眉，陸寧陪著陸夫人入座，她則被安排在這些尚未成親的姑娘們這邊，原想安安靜靜地想些自己的事情，卻被這些聒噪的人吵得心煩。

不僅是這些姑娘們，就連其他夫人媳婦們也都看著凝洛一臉羨慕，那些表情直讓鍾緋雲心裡犯堵。

「羨慕有什麼用？」鍾緋雲看著那墨綠和暗紅兩位姑娘冷笑。「羨慕得來那張絕世容顏？倒不如想想自己想要什麼、怎樣能得到，那才是正經。」

那二位姑娘停止交談，看向鍾緋雲，然後墨綠衣裙的姑娘不由開口嘲諷道：「話雖然有道理，可妳這位姑娘……倒是挺有趣。」

鍾緋雲看她的表情便知肚裡沒憋好話，只是這種場合也不好與她計較，便挑了挑眉、皮笑肉不笑地說了一聲「多謝誇獎」。

好在這招倒有效，那二人再談論鍾緋雲時便將聲音壓得極低，鍾緋雲半點也沒有聽到。這二人小聲說著鍾緋雲進屋的時候如何一副溫柔賢淑的樣子，對她們說話卻露出尖酸刻薄的表情，可見並不是個好相處的人。

宴席的氛圍倒是輕鬆，一起舉過三杯之後，大家紛紛起身走動起來，或去找相熟的人敬酒，或讓人引薦不曾見過卻又感興趣的人，好不熱鬧。

也有人過來向凝洛敬酒，凝洛少不得再找機會回敬回去，走了半圈回到自己的位置上，卻見一襲紫衣在屏風後一閃不見了。

這暖閣被屏風隔成了兩個部分，一邊坐了女眷，一邊則是男眷，這兩邊人也有互相串著走動的。

「喝多少了？」陸宸看凝洛臉頰微紅，不由有些擔心。

「這是第二杯。」凝洛老老實實地答道：「這酒好像不醉人，我倒不覺得暈。」

「哪有不醉人的酒！」

陸宸一面說著，一面將凝洛手中的酒杯拿到自己手中，然後又將自己手中那杯遞給凝洛。「妳喝這杯，喝完再找我要。」

凝洛一摸到陸宸遞過來的酒杯便笑了，想是已經換成了水。

「陸兄與嫂夫人這般難捨難分嗎？連出來吃個宴席也要黏在一起？」一位與陸宸相熟的公子走了過來。

陸宸向那人肩上一拍。「我正找你，走，帶你去見見閻將軍。」

那人似乎對陸宸口中的「閻將軍」仰慕已久，聽聞這話立馬兩眼放光地跟上。「真的？閻將軍也來了？」

凝洛正微笑地看著陸宸的背影遠去，眼前突然出現了兩位姑娘向她敬酒。

「陸少奶奶！」那二位姑娘齊齊向她舉杯，一位著墨綠一位著暗紅，看起來倒是相得益彰。

凝洛笑著也舉了舉杯，有些人只是眼熟並不認識也愛互相敬一杯，況且也沒人引薦沒有自我介紹的，互相敬過酒就算了。

凝洛將酒杯湊到唇邊抿了一點，果然是沒有滋味的溫水，喝下去心裡卻泛起甜來。

那二人敬過酒卻不離開，互相看了一眼，卻像是有話要對凝洛說。

凝洛耐心地看她們互相推了幾下，然後那位墨綠衣裙的姑娘才鼓起勇氣向凝洛道：「我們剛剛從那邊過來。」說著，她指了一下屏風那邊，臉上卻突然紅了。

凝洛微笑傾聽，想是屏風另一邊有這位姑娘的心上人吧！

只是那位姑娘似乎還沒想好話要怎麼說，說完了這一句便尷尬地停了下來，無措地看向穿暗紅的那位姑娘。

暗紅的姑娘給了一個恨她不爭氣的眼神，然後才轉向凝洛笑道：「方才我們看一位紫衣姑娘和陸家姑娘一起進來的，陸少奶奶認識嗎？」

凝洛一怔，她原想這二位是來向她打探陸宣，畢竟陸宣走到哪裡都是姑娘們關注的焦點。不想她們一開口談的竟是鍾緋雲，這讓她有些意外了。

「那是我們陸家的親戚……」凝洛說著有些猶疑，猜不透這二位姑娘的來意。

二位姑娘互看了一眼，傳遞了一個意味深長的眼神，然後其中一位姑娘才勉強笑笑向凝洛道：「也許是我們二人並未看真切，方才在男眷宴席那邊，我們好像看見那紫衣姑娘，往陸家公子的酒杯中抖落了些什麼。」

凝洛不由一驚，不知為什麼第一反應會覺得二位姑娘口中的「陸家公子」是陸宸，下意識便用眼睛去搜尋陸宸的身影。

那二人見凝洛一副擔心的表情，也不安起來，又忙安慰道：「許是我們二人看錯了，方才陸二公子飲了酒好像也沒什麼。」

凝洛暗暗鬆了一口氣。不是陸宸就好，至於鍾緋雲要對陸宣做什麼，她實在不感興趣。可如今她是陸家的管家少奶奶，不聞不問也說不過去。

「那位姑娘確實是我們陸家的親戚，一向交好，也許真的是二位看錯了，還請二位莫將此事四處宣揚。」凝洛微笑著囑託道，聲音不大，讓人聽在耳裡卻又很有說服力。

就連那二位姑娘也覺得是自己看錯了，畢竟她們只看到鍾緋雲在陸宣的酒杯前停留了一下，又有寬大的衣袖遮擋著，想來是她們對鍾緋雲存了偏見而想差了。

那二人對視了一眼，向凝洛抱歉道：「是我們多心，給少奶奶添麻煩了！」

凝洛也不忍讓這兩位姑娘自責，笑道：「哪裡！二位姑娘古道熱腸，我要謝謝二位才是。」

一直沈默著的墨綠姑娘總算忍不住開口。「少奶奶這般溫柔，又是這樣傾城的樣貌，真叫人羨慕！」

另一人覺得這話說得不妥，不由用手肘碰了碰墨綠衣姑娘，這才向凝洛尷尬地笑道：「少奶奶請自便，我們再去別處了。」

在二位姑娘離開之後，凝洛慢慢地環視一圈，卻並未見那一襲紫衣。猶豫了一番，要不要過去屏風那邊看看陸宣，到底作罷了。

正要看看陸夫人在哪裡，陸寧卻不知從哪裡冒出來，一把拉住她向外走，口中低聲道：「出事了！」

凝洛被陸寧的舉動弄得心裡一沈，緊張地問道：「出什麼事了？」

陸寧拉著凝洛，腳下不停。「我也不清楚，就有人說咱們家的人出事了，母親已經趕過去，我方才沒看見大……」

「大哥？」

陸寧一個急停，凝洛腳下一時沒收住，險些撞進陸宸懷裡。

陸宸順勢將凝洛接住，扶到自己身邊，才向陸寧問道：「去哪裡？」

陸寧方才沒看到陸宸，還以為是陸宸出事了，如今看到大哥在面前，腦子裡一時有點亂，而且大哥的臉為什麼那麼黑？她這次可不是橫插在大哥大嫂中間，是大哥突然出現搶走了大嫂。

凝洛看陸寧一時說不出話，仰頭向陸宸道：「聽說有人出事了，我們打算過去看看。」

凝洛直覺是陸宣出了事，可她也是才聽陸寧說了那麼一句，不好直說。

陸宸聽了這話臉色卻更黑，看了看凝洛，然後向陸寧沈聲道：「已經沒事了，我們回家吧！」

陸寧總算找回了語言，驚訝地問道：「回家？」

宴席好像還沒散，凝洛也向陸宸身後張望了一番。「若說回家的話，母親呢？」

凝洛好像聽見陸宸發出一聲嘆息，才向她們輕聲道：「母親他們已經先回去了，我們也回去吧！」

「哦。」說話的卻是陸寧。「那就好，我們回去吧！」

凝洛沒有說話，就陸宸方才的臉色來看，顯然是出事了，而且這事應該還沒完。

從明賢侯府一路走出來，有不少賓客向他們三人問好，只是眼神都意味深長，甚至有些人雖然並未向他們問好，卻一臉幸災樂禍地看著他們。

陸寧雖一臉懵懂，心裡也覺察出不尋常來，可陸宸那副樣子她又不敢開口問，看了看一旁的凝洛，臉上也不見笑容，她真是存了一肚子疑問。

走出明賢侯府，竟有兩輛馬車在等著，陸寧終於出聲問道：「他們乘一輛馬車走的？」

陸宸徑直扶著凝洛上了其中一輛，回頭見陸寧仍站在那裡，黑著臉問道：「還不走？」

陸寧心裡忐忑得很，可到底大著膽子問了一句。「大哥，我……我能跟你們坐一輛車嗎？我心裡七上八下的。」

陸宸似是思考了一下，然後很快向後側了側身子。「上車。」

陸寧見狀心裡總算鬆了一口氣，一面說著「謝謝大哥」一面快步走過去。

只是三人在車廂裡也都沈默著，陸宸什麼也不想說，凝洛猜著各種可能，只有陸寧是想問又不敢問，憋了一肚子話。

走了大半路，陸寧一直坐也坐不安穩，一會兒看看陸宸、一會兒看看凝洛，小心翼翼地長吁短嘆，怕陸宸注意不到她，又怕陸宸太注意她。

凝洛見她這樣總算有些不忍心，向陸宸開口問道：「到底出了什麼事？」

陸寧一聽這話，馬上坐定不動了，雙眼緊緊盯住陸宸。

陸宸看了凝洛一眼，又看了看一副洗耳恭聽狀的陸寧，然後好像是在心中思量了一番，才下了決定似地嘆口氣道：「反正妳們早晚也要知道，索性我就告訴妳們，省得待會兒回家又一頭霧水。」

原來是陸宣在席間不適，被人扶著去明賢侯府的客房休息，後來明賢侯夫人到底不放心派人去查看，誰知竟看到陸宣和鍾緋雲衣衫不整地倒在床上。

陸夫人聞訊險些沒背過氣去，多虧當時陸宸正在身邊，陪著陸夫人到出事的地方走了一遭，好歹將事情壓了下去。

只對外說二人已要訂下親來，鍾緋雲見陸宣醉酒便前去照顧，年輕人一時忘了規矩讓大家見笑了。

然後陸夫人自然也無心在明賢侯府多逗留，面似沈水地帶著陸宣和鍾緋雲先行離開，讓陸宸去找凝洛和陸寧二人了。

且說事發當下，陸宸一離開，鍾緋雲也鬆了一口氣，她抬頭看了看前面一人走得帶風的陸夫人，又看了看被小廝扶著勉強有點意識的陸宣，她嘴角微微一笑，手向旁邊一揚又低頭前行，倒好像委屈又羞恥一般。

一個紙包隨著鍾緋雲揚手的動作落入湖中，很快被浸濕，然後要沈不沈地在水中浮動，像一個知道他人秘密的人，欲言又止。

陸宸三人回到家中，被下人引著到老太太房中，見他們幾人前來，房裡的下人們大氣也不敢出地退了出去。

老太太沈著一張臉，是凝洛從未見過的嚴肅模樣。

陸宣和鍾緋雲並排跪在地上，都低著頭，屋裡靜默著，氣氛壓抑得很。

過了許久，老太太才看著堂下跪著的二人道：「那就成親吧！」

陸宣猛地抬起頭來，向著老太太的方向膝行幾步。「老太太！三思啊！我……我根本不知道發生了什麼！」

凝洛已猜出大概，想來是鍾緋雲在陸宣的酒中下藥，陸宣沒有察覺便中招了。

老太太一掌拍在那張沉香木椅寬大的扶手上，喝道：「這樣的醜事還有什麼辦法能瞞過去！平日裡大家都縱著你，你便不知天高地厚起來，丟人都丟到明賢侯府去了，現在倒叫我來三思？」

「還有妳！」老太太像是有一腔的怒火，說完了陸宣又對上了陸夫人。「孩子這麼大了不知道給娶媳婦嗎？鬧出這種事來讓人笑話也有妳的不是！」

陸夫人心中也是又氣又委屈，可看老太太那個樣子也不好頂撞，忙上前一面為老太太撫著心口一面勸道：「是兒媳的錯，老太太要打要罵都使得，可萬萬不要氣壞了身子！」

勸慰完了，陸夫人又向陸宸幾人道：「今日的事你們幾個不許再提了，咱們家馬上就和鍾府過禮，訂親、娶親都要快些，才能將這事蓋過去。」

說到最後，陸夫人望向凝洛。「明日妳就幫我準備這些。」

「母親！」陸宣又向陸夫人喊道，聲音裡自是有許多不甘。

陸夫人向陸宣高聲道：「出了這種事，我都與人說了你們要訂親，你還能如何？」鍾緋雲低著頭小聲啜泣著，陸夫人皺眉看了她一眼，然後再對陸宣斥道：「你們都出去吧，這事就這麼定了，等老爺回來我自會向他解釋！」

「母親，我……」陸宣還想辯白幾句，卻被陸夫人打斷了。

「你非要把老太太氣出個好歹來嗎？滾出去！」

陸宣想了想，只得無奈起身，鍾緋雲自然是跟著他行動。

看那二人出去老太太才向陸宸道：「你也帶她們兩個出去吧！」

聲音無力得很，竟像是一下蒼老許多。

待到房中只剩老太太和陸夫人，老太太才向陸夫人道：「她是個姑娘家，又是表親，兩家一向交好，我不好罵她，倒叫妳受委屈了。」

陸夫人忙勉強一笑。「不委屈，老太太罵得對，確實是我這個做母親的不好。」

老太太擺擺手。「不關妳的事，孩子們有孩子們的造化。扶我回房，然後妳就去忙吧，到底要先給鍾家一個交代才是。」

這件事便這麼定了下來，凝洛自然每日陪著婆婆準備陸宣娶親所用的各色東西，鍾緋雲也回到鍾家待嫁，當陸家人慢慢接受了這件事，陸府漸漸地也有了一些喜氣。

唯有陸宣，仍是接受不了卻又反抗不得，日日關在房中飲酒，一副醉生夢死的樣子。陸夫人也罵過幾次，陸宣完全聽不進，陸夫人又因為婚期緊得再無暇管他，便也任他去了。

陸宸卻是看不過去，找了個時間去了陸宣房裡。

一推門便有酒氣撲面而來，地上也散落著酒罈子，下人們見陸宸前來忙上前將各處的酒罈子收了，又有人跑到裡屋去叫陸宣。

陸宸皺皺眉，也跟著進了陸宣的臥房，迎面撲來卻是更重的一股酒氣。

陸宣正在床上昏睡，小廝一面搖著他一面喚道：「二爺、二爺！醒醒！大爺來了！」

陸宣卻只是翻了個身，口中含混不清地咕噥道：「誰都能來我這裡當大爺……」

陸宣環視了一番屋中，並不比外面整潔多少，在外面收拾的下人又小跑進來繼續收拾，陸宸不由嚴厲道：「你們主子這兩日不上進，你們不知道勸著點也便罷了，還偷起懶來，待會兒每人都去領十大板！」

陸宣房裡的人自知理虧，也不敢辯駁，飛快地略收拾一下就退出去了。

陸宸將房裡的窗子都打開，然後向床邊還在喚陸宣的小廝道：「你也出去吧！」

那小廝總算鬆了一口氣，擦了擦額上的冷汗，向陸宸行了一禮便跑出去了。

正是春寒料峭之時，風從窗子裡灌進來一下就讓陸宣清醒不少，正伸著手要去拉棉被，卻聽陸宸沈聲道：「起來吧！」

陸宣仍是閉著眼睛，然後腦中突然反應過來方才的聲音是誰的。

「大哥！」陸宣一骨碌爬起身，坐在床上有些緊張地看向陸宸，幾乎不敢抬頭去看。

陸宸年長陸宣幾歲，又在家中頗有地位，陸宸或許不怎麼怕陸老爺、陸夫人，對於這位大哥到底還是又敬又怕。

陸宸點點頭，然後指了指自己面前。「過來坐。」

陸宣忙穿上靴子，又整了整衣襟，才走到陸宸對面小心地坐了下來。

「聽說已經多日不去打理生意了？」陸宸看陸宣垂著頭坐在他面前，不覺又皺起眉來。

陸宣看著鞋尖，半天才說了一句。「沒心情。」

「為何？」陸宸逼著陸宣自己說出原因。

陸宣索性側過頭看向別處，他只是想著人醉了就不用想這些，偏偏大哥過來問，問他為什麼如此這般，家裡上上下下，誰不知道他是為什麼呢？

「為何？」陸宸繼續追問，聲音比先前還提高了一些。

陸宣再次低下頭，只得不情願地說道：「我不想娶鍾緋雲。」

「所以你就打算蹉跎一生？」陸宸厲聲反問。「好男兒應心有大志，你就為這點子事醉生夢死？先不要說緋雲是與你一起長大的表妹，便是一無所知的陌生人，你不願娶，難道就要糟蹋自己的一生？」

陸宣先是被陸宸的聲音震住了，再一想大哥的話也是十分有道理，自己成日飲酒睡覺，又能解決什麼問題？

「你如今還年輕，以後會成為什麼樣的人，過什麼樣的人生，難道會由妻子是誰而決定嗎？」陸宸繼續質問。

陸宣啞然，大哥的話十分有道理，是他太短視，只看到了眼前的不快，而荒唐了自己的人生。

看陸宣的眼神，陸宸便知道他聽進了自己的話，也不再多說，只起身道：「你自己好好想想吧！」

陸宣忙將陸宸送出門外。「大哥放心，我這就去做我應該做的事。」

雖然陸宣人是振作了起來，也無非是不想為了親事而荒廢自己的生意，對於娶鍾緋雲這回事，他心裡仍舊是千百個不願意。

而這種不喜歡他也沒想著隱藏，成親那日滿座的賓朋都向陸宣道喜敬酒，陸宣也只是勉強擠了笑容來回應他們，有心人自然看出陸宣對這門親事是不情不願。

鍾緋雲在洞房中滿心歡喜地等著，不管中間經歷了什麼，她到底還是嫁給了陸宣，那是她從小的夢想，一朝得償所願原來是這般欣喜與滿足。

只是坐了很久也不見陸宣回來，鍾緋雲直坐得腰痠背痛，忍不住一面派丫鬟去看看前邊散了沒有，一面叫了一個丫鬟為她捏肩捶背。

捏肩的丫鬟心裡暗暗納悶，這位二少奶奶好像與做姑娘那會兒不一樣，語氣不似先前那般客氣，還頗有些頤指氣使的樣子。而且，有新娘子坐在洞房裡讓人捏肩的嗎？

那丫鬟正胡亂琢磨著，門突然被大力推開，去尋陸宣的那個丫鬟正扶著陸宣跨進門來。

鍾緋雲忙閃身推了捏肩的丫鬟一把，然後在蓋頭之下含羞一笑，靜等著陸宣過來。

陸宣踉蹌著走到鍾緋雲面前，卻立住不動了。

鍾緋雲看著面前的那雙靴子，只覺臉上慢慢地熱了起來。

「妳們都出去吧！」陸宣開口道，滿是酒氣。

丫鬟們對視一眼，然後默默地退了出去，鍾緋雲的一顆心撲通撲通地跳，不明白陸宣為什麼讓伺候的人出去，又盼著和陸宣單獨相處，心裡甜蜜又矛盾。

鍾緋雲努力保持著坐姿，聽到丫鬟帶上門的聲音，然後地面上的那雙靴子移動了一下，她的心瞬間跳到了嗓子眼。

只是下一刻陸宣直接趴到鍾緋雲身旁的床上，一動也不動。

鍾緋雲的一顆心又跌落谷底，深吸了一口氣努力平靜了情緒，才伸出手去推了推陸宣。

陸宣卻輕聲打起鼾來，鍾緋雲心中氣急，一把掀了蓋頭，然後雙手搖著陸宣喊道：「表哥！表哥醒醒！」

只是搖了半天也沒有回應，她又不能大聲喊，強忍著心中的怒氣。

也許等到半夜，陸宣的酒就能醒了？

可鍾緋雲到底高估自己的耐性，沒過一會兒她就忍不住去喊陸宣，陸宣被吵得心煩，口中沒好氣地回了一句。「別煩我！」

洞房花燭夜，竟然得了這麼一句，鍾緋雲心中怒極，轉身就把桌上的點心盤子等物全都掃到地上，回頭一望，陸宣好像什麼也沒聽見，仍繼續熟睡著。

鍾緋雲咬著牙又砸了幾樣東西，直到覺得沒力氣了才停下來。

鍾緋雲也不知道陸宣是真的爛醉如泥還是故意逃避，發洩了一通最後也不知怎麼就睡著了。

天一亮，第二日的敬茶是必須去的，剛嫁過來最重要的就是籠絡人心。

好不容易叫醒了陸宣，他卻還是臭著一張臉，鍾緋雲少不得耐下性子跟他講了一番敬茶的利害，也不知他聽進沒有，但最終還是和她一起去老太太那裡。

老太太對於多了一個孫媳這件事是樂見其成，接了鍾緋雲的茶，還賞了她一對金鐲子，臉上的笑容一直沒收，如今有了兩個孫媳，想來很快就能見到重孫了。

鍾緋雲接過那對鐲子時卻是臉色一變，聽說凝洛敬茶時從老太太這裡得了一只價值連城的鐲子，她原想著自己也算在老太太跟前長大的，不應該比凝洛差才是，沒想到卻只得了一對普通的金鐲。

老太太的神色也微微一變，鍾緋雲只是尋常地道了謝，卻看都沒看一眼那鐲子，明眼人都能看出來她並不喜歡那鐲子，甚至還帶了幾分嫌棄。

鍾緋雲又給婆婆敬茶，陸夫人微笑著接了，然後賞了她一支釵，鍾緋雲勉強維持著笑接了並道謝，然後就來到凝洛面前。

鍾緋雲兩步走到凝洛面前，等著丫鬟端茶跟過來的時候，定定地看著凝洛。

凝洛坐在椅子上，看著站在她面前的鍾緋雲——這個前世也同樣嫁給陸宣的人。

她想起自己驚慌失措地被人追趕，卻怎麼也甩不掉那幾個強盜；想起最終跑到河邊的自己，是怎樣萬念俱灰；想起那縷孤魂曾眼睜睜地看著自己的屍體漂在水面上，想起鍾緋雲故作同情地在陸宣面前流淚……

鍾緋雲從丫鬟手中接過茶遞向凝洛。「大嫂，喝茶。」
凝洛只是淡淡地應了一聲，臉上連假笑都沒有。
這輩子鍾緋雲不要再妄想跟她耍手段，她定然要把鍾緋雲捏在手心裡。
看鍾緋雲擎著茶故意裝出一副畢恭畢敬的樣子，凝洛沒有馬上去接茶，直到鍾緋雲眼神中帶了幾分不耐，連畢恭畢敬都懶得裝的時候，她才慢慢接過茶來。
只是凝洛卻沒有喝，只是照著禮節掀了掀杯蓋，便遞給身旁的丫鬟，然後給了鍾緋雲一對墜子。
鍾緋雲心裡暗暗咬牙，表面上仍是規規矩矩地道了謝。掀杯蓋確實就代表喝過茶了，可如今為了表示對新人的喜愛，大都湊到唇邊擺擺樣子甚至喝上一口，凝洛這般舉動雖然不失禮節，卻讓鍾緋雲覺得受到了羞辱。
待到老太太發話，凝洛一刻也沒多待，直接就和陸宸向老太太和公婆告辭了，讓鍾緋雲又是一肚子氣撒不出來。
天氣暖了，院子裡的花結出小小的花朵，含苞待放的樣子格外惹人喜愛。
凝洛一路沈默著，陸宸也十分默契地沒有開口，直到回到他們的院子裡，陸宸才輕聲問道：「要不要玩鞦韆？」

凝洛終於在自己前世死於鍾緋雲手中的回想中醒過神來，向陸宸微笑道：「好！」

陸宸扶凝洛在鞦韆上坐好，然後立在凝洛身後。「要不要盪高些？」

「你不用推我，我自己晃幾下就好。」

陸宸聽凝洛的聲音還是沒什麼精神，靠在鞦韆架子的一側看著凝洛，心裡想著如何能讓她多說些話。

微微帶起的風讓凝洛鬢旁的碎髮輕輕飄著，陸宸看著那張絕美的側顏，心裡也像吹進了春風一般。

「方才……」凝洛在鞦韆上晃著，說起話來也像是心不在焉。「你會不會覺得我太倨傲了？」

說完，凝洛卻停下鞦韆作勢要下來，陸宸見狀忙上前扶住，凝洛本想自己跳下來，卻一下被陸宸接住，跳入他懷裡。

二人相視一笑，陸宸並未放開摟住凝洛的雙手，而是低聲道：「妳做什麼自然有妳的道理。」

凝洛扶在陸宸的腰間，心裡因為這句話一下明亮不少。

「不管妳做什麼我都喜歡。」陸宸繼續認真道。

凝洛之前心中的陰霾，因為陸宸的兩句支持而消散在陽光下，情不自禁地抬手勾住陸宸的脖子，側著臉貼在他胸前。

原來身邊有個人可以倚靠是這麼幸福的一件事。

二人正甜蜜著，只聽院門被急急地叩響，原來是外頭有公事要找陸宸。

陸宸向凝洛簡單地告別就匆匆離開了，凝洛也回屋去處理家事，不再多想。

有管事的來問二少奶奶回門時都帶哪些東西，凝洛正提筆記錄著今日所辦理的事宜，聽了這話不由抬頭問道：「按規矩都帶什麼？」

管事的想了想才答道：「咱們這邊您是最近才過門的，我方才在公中查了，您並未去公中領什麼東西。再往前就是夫人成親時候的事了，那時候還是舊例，現在怕已不時興了。」

凝洛點點頭。「我那會兒是自己備了些東西就沒去公中領。」

而且婆婆和老太太給她準備了那麼多的禮，公中的那份就更顯得無足輕重了。

管事的犯難。「不知道二少奶奶會不會像您一樣，可若是她去領，咱們也不能沒準備呀！」

凝洛將手中的毛筆放下。「去打聽打聽，叔伯家的那幾位嫂子都是依什麼例，然後照著那些準備就好。」

管事的一聽覺得十分有理，心中也覺得有了底便領命出去了。

晚飯過後，陸宸向凝洛問道：「還要去書房嗎？不如去園子裡走走？」

如今天氣剛剛好，不冷也不會熱，院子裡的花草都鬱鬱蔥蔥，雖然在夜色中看不清顏色，可到底比蕭索的冬日多了許多生氣。

二人走到那棵榕樹下的石桌旁入座，便有丫鬟奉上茶水點心。

陸宸為凝洛倒上茶。「這是今年的新茶，雖然現在名聲不如那幾大名茶，可口感清香得很，妳來嚐嚐。」

凝洛端起茶杯，才湊到唇邊便聞到茶香撲鼻，淺嚐了一口，果然茶香凜冽回甘悠長。

「好茶！」凝洛不由讚嘆道。

陸宸見凝洛喜歡也忍不住微笑起來。相愛的人總是如此，有了什麼好東西總是想要與對方分享，若是對方也如自己那樣喜歡，就覺得猶如尋到知己般千金難得。

「還記得我曾經說過要給妳摘星星嗎？」陸宸問道，低沈的聲音在淺淺的夜色中擴散開來，有著說不出的溫暖與溫柔。

凝洛不明白陸宸為何又提起這個話題，不由詫異地看向他。

陸宸微笑地抬起頭來，卻見那榕樹的枝葉間有點點璀璨的光芒，像是有幾十顆星星在閃爍。

凝洛驚喜地站起身，看著那星光點點，竟激動得說不出話來。

陸宸溫柔地看向凝洛，微笑道：「那我要給妳摘星星了！」說完，一伸手便摘下了兩顆。

凝洛的手被陸宸拉起，然後手心中被他放上那兩顆「星星」。

凝洛低頭望去，卻是兩顆寶石，一顆藍色，一顆黑色，正閃耀著奪目的光芒。

「喜歡嗎？」陸宸柔聲問道。

凝洛猛點頭，然後才像找回語言似地說道：「喜歡！」

柔和的風慢慢流淌著，頭頂是陸宸為她製造的點點星光，凝洛從未像現在這般深深地覺得這個世界的美好。

陸宸卻覺得不夠似的，笑著向凝洛張開雙臂，凝洛羞澀地一笑，然後投入那個懷抱。

陸宸滿足地將凝洛摟在懷中，一雙長臂纏繞著凝洛的肩，凝洛依偎在陸宸懷中，抬起手看掌心那兩顆閃亮的寶石。

也不知陸宸是從哪裡尋來這麼多漂亮的寶石，又是在什麼時候趁她不注意掛到樹上。

凝洛將寶石握在手心中，就像握住了珍貴的感動。

陸宸的心跳隔著胸腔傳出來，聽在耳中讓凝洛感到幸福又甜蜜。她最喜愛這樣的擁抱，好像抱住了陸宸就什麼都不怕了。

廊下的丫鬟等候著主子們的吩咐，並不敢靠近，卻將二人幸福甜蜜的樣子盡收眼底。幾個人暗暗地相視一笑，心中想的都是少爺對少奶奶可真好。

「我也想要摘一顆星星。」凝洛從陸宸胸前抬起頭，語氣中不覺帶了嬌憨。

「好。」

陸宸自然是有求必應，抬頭尋了一顆稍低一些，拉著凝洛的手走過去。「妳來摘這顆。」

凝洛在那顆「星星」之下伸出手，卻還是觸碰不到指尖，正打算原地跳一下，身體卻突然騰空了。

凝洛低頭，陸宸正抱著她笑。「這樣摘得輕鬆一些。」

凝洛含羞一笑，忙將那顆寶石摘下來，陸宸卻並未急著放下她，而是抱著凝洛直接坐在石凳上，凝洛則被他放到自己的大腿上。

凝洛臉上一熱，掙扎著要下來，陸宸自然摟住不放。「我們自己的院子裡，不必那樣拘著。」

凝洛見掙扎不過他，也停止了動作，向陸宸伸出手心道：「喏，這一顆是我摘給你的。」

陸宸鬆開一隻手剛剛拿起來，凝洛便一閃身站起來笑道：「不早了，去歇著吧！」

「凝洛！」陸宸看著手中的那顆寶石，突然喚住正要回房的凝洛。

凝洛疑惑地回頭。「怎麼？」

陸宸走到凝洛身邊，只是那兩步的距離卻被他走得異常緩慢。

凝洛心裡湧起隱隱不安，而陸宸站在她面前卻不發一言。

「什麼事？」等了一會兒，凝洛終於忍不住出聲問道，心裡好像猜到了什麼，又不敢去細想。

一縷碎髮被風吹得貼到凝洛臉上，陸宸忙抬手輕輕地為她整理好，動作極為輕柔。

「你想要說什麼？」凝洛追問，像是急於求證心中的想法。

陸宸為凝洛整理碎髮的那隻手，順勢捧住她的臉頰，然後才像鼓起勇氣般艱澀地開口道：「今日被叫出去，是因為……」

陸宸慢慢地深吸了一口氣，凝洛一顆心懸在半空，緊緊盯著陸宸，腦中卻是空白的。

「邊疆情勢急轉直下，所以……我要去打仗了。」他的手在凝洛的頰上輕輕摩挲，那種光滑細膩的觸感，能夠真實觸到她的感覺，很快成為他夢中的奢望。

凝洛的一顆心不再懸著，卻也不知道去了何處，只覺空落落的若有所失。

縱然她改變自己的命運，貌似將自己的命運握在手中，當面對那些命中注定的事，她還是無能為力啊！

「去吧！」凝洛微笑著看向陸宸，沒發覺自己的聲音發飄。「你習武多年卻空有一腔抱負，此時正是報效朝廷建功立業之際，放心前去便是！」

陸宸只覺滿腔柔情和留戀說不出口，凝洛又接道：「家中一切均不需掛念，你有勇有謀，定能凱旋而歸，我就安安穩穩地在家等你回來，再一起品茶看星星。」

凝洛說完，笑著伏到陸宸懷裡，下一刻便有淚珠滾落下來。

陸宸又怎會沒看見，凝洛向他伏過來的那一霎，眼中閃亮如星，不是眼淚又是什麼？

第四十章　離別之後

凝洛沒想到離別竟來得那樣快，二人前一晚才說了這事，第二日陸宸便收拾行囊去了營中。凝洛原想陸宸也許會在營中操練幾日，誰想竟直接拔營奔赴邊疆。

凝洛即使早有離別的心理準備，一時也有些承受不住，幾日寢食難安險些病倒，又不想讓別人看出什麼，每日只強撐著在公婆面前盡孝，回來還要處理家務，整個人迅速地消瘦一圈。

直到陸宸在行軍途中寫的書信遞到凝洛手中，凝洛才覺得七魂六魄回來了一些，人也慢慢打起精神。

陸宸上了戰場，全家人都為他牽腸掛肚，唯有一個人表面上和大家一樣擔心著陸宸，心裡卻因為凝洛的失魂落魄而竊喜不已，這個人便是鍾緋雲。

看到凝洛失意，簡直是她嫁過來以後最高興的事，尤其是看到凝洛日漸消瘦，鍾緋雲心裡又痛快又得意。

老太太知道長孫媳婦的心事，便以凝洛一個人不好好吃飯為由，讓凝洛每餐去她房裡一起吃，陸夫人自然也是在的。

兩位長輩這般疼愛，凝洛自然不好辜負，硬是逼著自己多吃幾口飯菜好讓二位放心。

鍾緋雲得知凝洛去老太太房裡用飯，生怕老太太和婆婆背著她送凝洛什麼好東西，也藉口說陸宣成日不回家用飯，她一人也是孤單，便去求老太太也容她一起用飯。

老太太自然喜歡人多熱鬧一口應允，但陸夫人卻難免多心，這妯娌之間最怕暗自較勁，凝洛才過來吃了一次飯，鍾緋雲就眼巴巴地也跟過來，若是單純湊熱鬧便也罷了，怕就怕她存了什麼一較高下的心思。

幾人一起用了幾頓飯，雖然老太太和陸夫人看起來並未給凝洛什麼好東西，可飯桌上那種勸凝洛多吃些的疼愛，到底讓鍾緋雲嫉妒不已。

於是陸夫人再次勸凝洛喝些魚湯的時候，鍾緋雲也笑著開了口。「是呀，大嫂！您到底應該多顧著自己的身子，大哥才剛剛離開您就消瘦成這個樣子，時日久了又怎麼熬得住？還怎麼等大哥回來呀？」

聲音是溫柔的，聽起來也在勸慰凝洛，可這話裡卻總覺得哪裡讓人彆扭。

「謝弟妹關心，我身子好得很，陸宸也定能凱旋而歸，我對此深信不疑。」凝洛不冷不熱地回了一句。

鍾緋雲只覺碰了個軟釘子，又看老太太和陸夫人也不接她的話，便訕訕地笑了笑繼續用飯了。

和鍾緋雲一起將陸夫人送回房，凝洛正要離開，鍾緋雲卻三兩步追上她，像是關係很密切地走在她身旁。

「大嫂。」鍾緋雲喊了凝洛一聲，聲音裡卻有無盡嘲諷似的，可以預見她接下來說不出什麼好話。「您這身子還是多少要顧著些，若是因此傷了，以後不能有身孕，難為陸家開枝散葉就麻煩了！」

凝洛腳下未停，只覺得這鍾緋雲終於露出真面目，不在她面前做出一副溫柔嫻淑的樣子，而是陰陽怪氣地冷嘲熱諷。

「妳還是顧好妳自己吧！」凝洛反唇相稽。「明明已經是陸家二少奶奶，若再被人叫做鍾姑娘可就尷尬了！」

陸宣在洞房花燭夜喝得爛醉而沒有碰鍾緋雲的事，已經傳得府裡上下都知道了，陸夫人為此還把陸宣叫過去背著人罵了一通，後來二人到底怎樣，誰也不知道了。

鍾緋雲被凝洛氣得雙頰通紅，氣上心頭的時候，一句更惡毒的話也跟著泛上來，然後想都沒想就說出口了。「也是，就算大嫂養好了身子，大哥也未必能回來留個骨血……」

「啪！」

話音未落，一記響亮的耳光已經落到鍾緋雲臉上。

鍾緋雲捂著臉滿面震驚，甚至都忘了疼痛。「妳竟敢……」

「啪！」

竟然又是一掌！

「管好妳的嘴！」凝洛無心再跟這種人講道理。「若是讓我聽見妳嘴裡再吐出什麼我不願聽的話，別怪我見妳一次打一次！」

凝洛說完轉身就走，留下鍾緋雲捂著臉頰，撲簌簌地落下淚來，也不知是因為疼還是因為羞惱。

這兩掌挨了是沒處訴苦，若是讓婆婆知道她是因為咒了陸宸而挨打，只怕還會嫌打得不夠。是她太衝動了，只圖一時嘴快，最後吃了這麼一個啞巴虧。

可鍾緋雲並不覺得自己有錯，大家只是不敢說而已，陸宸能不能回來誰知道？凝洛竟然這般不留情面地打她，她簡直要恨死這個女人了。

回房偷偷冷敷了很久，才勉強看不到臉上的印子，鍾緋雲看著鏡中的自己暗暗咬牙，她以後會更加小心行事，待到時機成熟，這兩掌之仇她必定要加倍討回來！

陸宣回來根本沒注意鍾緋雲的臉，丫鬟端了水進屋本來要伺候陸宣更衣洗漱，鍾緋雲直接將丫鬟趕了出去。

「以後妳們備好了東西就得，其餘的事我來。」陸宣也不管那些，他一向被人伺候慣了，只要有人為他端茶倒水、更衣梳洗，誰管他是丫鬟還是鍾緋雲呢！

「又吃酒了？」鍾緋雲一面為陸宣解開外衣一面問道。

陸宣伸開雙臂，懶洋洋地答道：「做生意哪能不吃酒！」

鍾緋雲聽他仍是對自己不耐煩，心裡一陣怒氣，卻仍是笑著溫柔說道：「生意要緊，身子更要緊。」

陸宣看都不看她一眼，口中敷衍道：「知道了。」

換好了衣服，鍾緋雲又轉身去端丫鬟放好的洗腳水，走到床邊卻見陸宣已經倒下睡了。

「表哥？」鍾緋雲喚道：「不洗一下腳嗎？」

陸宣沒有回答，甚至還傳來鼾聲。

鍾緋雲忍著怒氣，看了看自己端著的銅盆，忍住將那一盆水潑向陸宣的衝動，轉身走了出去。

丫鬟正在門外候著，見鍾緋雲親自端著盆子出來便忙上前去接，鍾緋雲故意在丫鬟的手指剛觸到盆沿時鬆開手，眼看著那盆水扣到丫鬟身上然後打翻在地，銅盆撞在地上發出很大的聲音。

鍾緋雲藉機一耳光甩過去。「這麼點事都辦不好！」

丫鬟忙將銅盆撿起來，捂著臉也不敢哭，只低著頭不住地認錯。「我錯了二少奶奶！」

「滾！」鍾緋雲感覺終於將心中的惡氣發作出來一些。

那丫鬟忙拎著盆轉身，還沒走幾步又被鍾緋雲叫住。「站住！」

丫鬟一個哆嗦，戰戰兢兢地轉身。「二少奶奶……」

「去跟廚房說今晚弄些燕窩，我明早要吃。」說完，鍾緋雲欲回房去。

「二少奶奶……」丫鬟硬著頭皮喊住她。

這時候自然應該是鍾緋雲說什麼便是什麼，可這件事不說，明早燕窩端不上來，只怕就不是挨巴掌那麼簡單了。

「怎麼了？」鍾緋雲不耐地回頭。

「您……您這個月的燕窩份例已經用完了。」

那日明明已經跟二少奶奶說過了，今日偏偏趕在觸霉頭的時候提燕窩的事，她可真是倒楣啊！

了。

鍾緋雲一怔，這才想起上次吃燕窩的時候，丫鬟確實說過她這個月的燕窩已經吃完了。

其實公中給各房的燕窩份例倒是不少，只是鍾緋雲為了保養，特意每次都多吃些，甚至有時一日早晚各要一次，因此她的那份老早就吃完了。

「吃完了不會再去要嗎？這也要我來費心？」鍾緋雲沒好氣地說道。

「二少奶奶！」丫鬟見鍾緋雲又要走，忙上前一步再次喚住。「這種名貴補品若是份例不夠，倒是可以加，但管事的卻做不了這分外的主，得二少奶奶您親自去跟大少奶奶知會一聲才行。」

補品這類的東西一向都有定數，但也並非用完了就不能再領，須得那房的主子親自去凝洛那裡領個牌子，以免下人們打著主子的名義胡亂支領。

鍾緋雲聽了這話又覺一口氣憋在胸中，只是丫鬟領不了燕窩是既成的事，她也沒什麼法子，只瞪了那丫鬟一眼怒道：「知道了，滾吧！」

丫鬟向鍾緋雲行了一禮，忙一手提盆一手提著濕漉漉的衣裙急匆匆地走開了。

鍾緋雲一晚沒睡好，這麼大的家都歸凝洛一人管著，她要吃點什麼、用點什麼還得經過她那裡，豈不是什麼都受制於人？

鍾緋雲越想越覺得氣，又想到如今沒有分家，就連陸宣的生意所得也得每年往公中交銀子，就覺得不甘，翻來覆去氣得心肝疼。

第二日一早，鍾緋雲自然也沒有燕窩吃，氣鼓鼓地起床梳洗了一番，去了陸夫人那裡。

陸夫人一開始見了鍾緋雲心裡還有些安慰，雖然這二兒媳不是她和陸宣千挑萬選的，可到底是認識多年的親戚，如今她日日晨昏定省也算是知禮的人。

可鍾緋雲一開口，就把陸夫人心裡那點安慰打得片甲不留。「母親，難道我連吃點什麼東西，都要問過大嫂嗎？那燕窩對咱們家來說也算不上多貴重的東西，怎麼就不能隨意吃得了？」

原來是來興師問罪的，陸夫人看著鍾緋雲暗想。從前住在陸家時，也算是個溫婉賢淑的姑娘，如今成了兒媳，倒讓她看出不對勁來了。

「家裡就是凝洛負責管家。」陸夫人直接回了一句，她不需要解釋為什麼要問過凝洛那邊，更不需要解釋東西貴不貴重，只這一句也就夠了。

鍾緋雲被這句話堵得心裡憋屈，又覺得連吃個燕窩還要看人臉色心裡委屈，可婆婆並不想做主的樣子，她那麼說自然代表一切以凝洛的規矩為準。

鍾緋雲換了更柔和的語氣，試探地跟陸夫人笑道：「這麼大的一個家，只讓大嫂一個人管著，也未免太辛苦她。如今我也過了門，倒可以幫著大嫂分擔一下。」

管家的權力不能獨握在凝洛手裡，她必須想辦法奪過一部分，甚至全部的管家權。

陸夫人的臉色並不好看。「咱們家沒那個規矩。」

鍾緋雲氣結，什麼規矩不是人定的？就算這個家現在是凝洛管著，老太太或者陸夫人說一句話誰敢不聽？這婆婆根本就沒將她這個二兒媳放在心上，也不給她分毫管家的機會。

心裡對婆婆有了怨言，鍾緋雲不想再面對陸夫人，接下來幾日都稱病不去晨昏定省，陸夫人心裡自然也對鍾緋雲多了層隔閡。

待到鍾緋雲想明白婆婆不能得罪，奪權要看時機慢慢來，必須尋個凝洛管家出紕漏的機會，又恢復前往陸夫人房裡伺候的殷勤模樣時，陸夫人已經對鍾緋雲的本質有所感知了。

老太太和陸夫人看凝洛每日為家事操心個不停，知道她是擔心陸宸故意讓自己忙碌，便都有些不忍心。只是凝洛自己不提，別人也不好勸慰，最終二人一商量，決計讓凝洛回娘家輕鬆幾日。

凝洛看著婆婆準備了一馬車的東西，有些哭笑不得。「母親，您給我準備了這些，是不打算讓我回來了嗎？」

「這說的什麼話！」陸夫人半是責怪地說。「只是幾套新被褥，我想著妳有些日子沒回娘家了，這次又是突然回去，家中的被褥未必來得及晾曬，不如直接帶過去反倒方便。」

「還有在家吃著的補品回去也不要斷了，我還給妳多備了一些，妳回去給家裡人分一分。」陸夫人拉著凝洛的手，絮絮叨叨地不放心。「妳最近瘦了許多，還沒補回來，回去可千萬記得吃。」

鍾緋雲在一旁終於忍不住。「母親對大嫂這麼周到，不知情的人看了，誰會以為這是送兒媳回娘家？都會以為是送女兒回婆家吧！」

鍾緋雲心裡又憋著氣，她回門的時候婆婆給她帶的東西也不過如此，如今凝洛只是普通回娘家，婆婆竟然給她帶那麼多補品，憑什麼？

陸寧在一旁不滿。「二嫂是說，母親對大嫂比對我還好嗎？」

陸夫人也覺得鍾緋雲的話裡帶刺兒，明明是帶了撒嬌的語氣，可總覺得那話說得別有用心。

「妳和凝洛兩個在我心裡都跟陸寧是一樣的！」陸夫人笑著向鍾緋雲說了一句，笑容卻沒有溫度。

陸寧催著凝洛上車。「大嫂快上車吧！過兩日我去接妳回來。」

凝洛一面笑著說了一句「我這還沒走，妳就惦記著接我回來了」，一面被陸寧扶著上車。

鍾緋雲假笑著，心裡卻對凝洛怨恨更深，她從小和陸宣、陸寧一起長大，陸夫人和老太太也都喜歡她，不過是比凝洛晚些進門，怎麼那些寵愛統統全不見了？

得了凝洛在路上的消息，林成川早早就帶著全家在門外等。

這個女兒嫁得那樣好，他只覺揚眉吐氣，雖然自己一生並不得意，但親家有權有勢也會被人高看一眼。

杜氏眼見凝洛不可能再被她所控，也想要與凝洛緩和一下關係，雖然會丟點面子，可若是凝洛心軟，她總不會吃虧的。

凝月養好傷不敢再想陸宸的事，又見凝洛不提那次的事，想來陸宸並未跟凝洛說。若是能與凝洛搞好關係，以凝洛現在的見識和人脈，只要她肯幫忙，凝月說不定還能尋門好親事。

宋姨娘帶著出塵和杜氏、凝月並排站著，他們大概是這個家唯二不存私心、只單純為能見到凝洛而高興的人。

只是凝洛一下車，就被林成川和杜氏母女圍住了，宋姨娘和出塵不好擠過去，也只好站在後面看著凝洛微笑。

凝洛應付著面前的三人，也向著宋姨娘母子微笑。「姨娘，出塵！」

林成川回首望了一眼，這才對凝洛道：「走，回家去！」

杜氏聞言也給凝洛讓開了路，凝月則厚著臉皮挽住凝洛的胳膊。「姊姊，妳這次回來可要多住幾日！」

凝洛看了一眼自己被挽著的胳膊，聽著凝月故作親熱的話，淡淡一笑將胳膊抽了出來。

凝月毫不在意，畢竟勾引姊夫這種事都做得出來，連被姊夫踹飛這種事都經歷過，凝洛的這點冷淡算什麼呢？

所以她臉上笑意不減，打算再度挽上去。

凝洛卻向出塵一招手。「出塵！」

出塵早就看出大姊被二姊貼得不耐煩，如今大姊喊他，當下一步就跨了過去。

凝月被出塵擠到一旁，卻也不敢惱，陪著笑向凝洛問道：「姊姊，妳看出塵是不是又長高了？」

凝洛嫁入陸家，她得罪不得；出塵進了豫園，前途不可限量，她也得罪不得。凝月自從上次大受打擊之後，突然發現自己那種硬碰硬的路子完全錯了。

跟杜氏一商議，杜氏也覺眼下的形勢是最好能巴結凝洛，然後再對那宋氏母子好一些，不然只怕她們母女兩個會越過越差勁。

飯桌之上，林成川和杜氏母女不住地為凝洛挾菜，極盡殷勤之能事，凝洛看著面前的菜碟中堆得高高的菜餚，又看了一眼滿桌只有貴客來的時候才會有的菜品，笑得意味深長。

哪怕陸宸已遠在邊疆，哪怕她是獨自一人回娘家，終於也得到貴賓的待遇。只是這番的刻意和客氣，哪裡像是回了娘家？倒像是來做客一般，被誇讚著、被捧著、被笑臉相對著。

杜氏看凝洛不動筷子，忙殷勤地問道：「不合胃口嗎？想吃什麼告訴我，我吩咐廚房去做。」

林成川也關心道：「是呀，回家了就自在些，想吃什麼就吃什麼，我看妳都瘦了。」

別人或許回娘家更自在輕鬆，可對凝洛來說，這裡未必比婆家更讓她隨心。

「對呀對呀！」凝月點著頭。「姊姊可要多吃些，若是姊夫回來看到妳瘦了這麼多，會心疼壞了的！」

凝洛看著這三人一個個粉墨登場，心裡也是五味雜陳，一面將碟子中的菜挾給出塵，一面淡聲道：「一家人哪裡需要客氣至此？」

那三人聽出凝洛的語氣中含了嘲諷，都尷尬了一下，還是杜氏先反應了過來，堆著笑道：「也是大家久不見妳，想得厲害了！」

林成川跟著點頭。「對，家裡人都很想妳。快吃吧，多吃些！」

上輩子將她推入火坑的杜氏母女，對她不聞不問的父親，如今都小心翼翼地賠著笑臉同她說話，她不知道自己是該笑還是該哭。

就算她重生了一次，可到底對前世的事意難平。

她特別想讓那個跳河冤死而孤零零躺在野外的凝洛看看，如果能早點認清這些人，她又何至於落得那樣悲慘？

擺脫掉那些假惺惺的熱情，凝洛獨自坐在芙蕖院寫信給陸宸。

陸宸只往家裡寫過一封家書，其餘都是送往朝廷的戰報。而凝洛寫的這些也沒打算送到陸宸手裡，她並不想讓陸宸分心，只是每日總有許多話想要說給陸宸聽，索性寫一遍就當傾訴了。

寫完之後，凝洛拿起宣紙輕輕吹了吹上面未乾的墨汁，剛要再看一遍，凝月便不請自來了。

見凝洛正收起紙筆，凝月笑著走過去。「若是我也能像姊姊這般讀書寫字、修身養性，說不定也能像姊姊這般氣質如蘭了！」

「那便回去讀書寫字、修身養性啊！」凝洛毫不留情。

凝月尷尬地笑了笑。「我這不是怕姊姊孤單，過來陪姊姊說說話嘛！」

凝洛皺眉。「可是我並不覺得孤單，反而妳來了以後覺得聒噪不已。」

凝月早練就了一副厚臉皮，這話讓一般人聽了早就掛不住，凝月竟能像沒聽到一般笑嘻嘻地坐了下來。

「妳我從來也沒什麼說體己話的習慣，有什麼事就直說，沒事就回去吧，我想歇著了。」凝洛繼續趕客。

凝月本想再多說幾句親熱的話，但見凝洛臉上半分笑容也無，怕自己多說無益，也顧不得羞澀，直說道：「姊姊如今嫁了好人家，妹妹著實羨慕得緊。」

豈止是羨慕，她簡直是嫉妒得要發瘋。

「妹妹本來就跟姊姊年齡相差無幾，早就到了說親的年紀。」凝月帶著笑，也帶著期待。「而姊姊嫁人後，想來交際更為廣闊，認識了不少達官貴人，妹妹不求能像姊姊那般嫁得好，但求姊姊能為妹妹操點心，幫妹妹尋一門好親事。」

凝洛耐著性子將凝月的一席話聽完，然後冷笑一聲。「妹妹高估了我的交際，這件事我大概無能為力。」

凝月一見凝洛推辭，心裡有些急，忙賠笑道：「姊姊過謙了！您嫁過去這麼久，只那些貴夫人之間的宴席就參加了多少？陸家的那些親戚又見過多少？好歹替妹妹留意一下吧！」

說到最後，凝月語氣裡不乏懇求的意味。

「原想給妹妹留幾分面子，」凝洛斜了凝月一眼。「可妹妹偏偏逼我把話說明白。妳說得不錯，我確實比從前多認識了一些人，也確實有不少好人家。」凝洛看向凝月，心裡也佩服凝月的臉皮之厚。「可是那些人之中，我不瞭解的也不能貿然說給妳。而我瞭解的那些……」

凝洛停頓了一下，凝月緊緊地盯住凝洛，身子不由自主地向前湊了湊，屏住呼吸聽她說什麼。

凝洛不屑地看了她一眼，然後才輕輕吐出幾個字。「妳不配。」

凝月只覺全身的血液直直升到臉上，憋了半天才脹紅著臉說道：「姊姊這話……這話說得……」說著又憋出一個難看的笑來。

「我真的要歇著了。」凝洛站起身來，再次下逐客令。

凝月也不好再坐著，站起身訕笑道：「好，姊姊先歇著，以後心裡有妹妹這事就行了！」

「妹妹太不瞭解我了！」凝洛絲毫希望也不留給凝月。「我心裡從來存不住事的。」

凝月尷尬地笑了笑，也不知道該說些什麼話，然後匆匆忙忙地離開了。

一走到杜氏房中，凝月又羞又氣，忍不住向杜氏哭訴了一番。

杜氏卻沒有責怪凝洛，反而數落起凝月來。

「誰讓妳從前那樣針對她？小時候妳不是曾經和她要好過一段嗎？怎麼後來就不在一起玩了？妳說說，明明是年紀差不多的姊妹兩個，反倒還沒她跟那個差了那麼多歲的出塵好！」

凝月聽了母親的埋怨也是一肚子不服。「您還說我呢！要不是您一直看她不順眼，我能不和她玩嗎？」

母女兩個後悔起來，早知道凝洛有這麼一天，她們當初就不該那樣對待她啊！

且說凝洛歇過一會兒，正打算過去找宋姨娘和出塵說話，那二人卻先行過來了。

宋姨娘穿著凝洛送的衣料所製成的衣裳，臉上的神情不似從前淒苦小心，倒像是年輕好幾歲，又見出塵儼然一位翩翩少年的模樣，心中便覺格外欣慰。

「姨娘這衣裙的樣式好新穎，顏色也適合妳，出去怕是沒人能想到姨娘會有出塵這麼大的兒子！」

宋姨娘聽了凝洛的話也是笑意盈盈。「姑娘嫁了人，越發會誇人了！」

「哪裡是誇？這是實話，不信問問出塵，姨娘是不是年輕又漂亮？」凝洛笑著看向出塵，出塵自然點頭附和，倒讓宋姨娘更不好意思了。

「沒想到我竟然沾了姑娘的光，這衣料都是姑娘從前送我的，」宋姨娘笑著低頭扯了扯衣襟。「後來出塵不用我怎麼操心了，我就自己做衣服，好歹沒糟蹋了料子。」

「姨娘還年輕，到底應該多打扮打扮自己。從前只一心顧著出塵，如今也該顧一下自己了。」

聽凝洛說到出塵，宋姨娘更是滿臉笑意。「出塵能有今日也全仰仗姑娘，從前我還想著姑娘出嫁之後，我和出塵的日子怕是也不會好過，誰知出塵考進了豫園，我們母子在這個家裡總算也能說句話了！」

凝洛笑著望向出塵。「有今天全靠出塵自己的努力，他勤奮又爭氣，姨娘的好日子還在後頭！」

「姊，」出塵看著凝洛認真道：「我會更努力的，以後我就是能給姊姊撐腰的娘家人！」

「好！」凝洛欣慰地看著出塵。「姊姊信你！」

在娘家住了兩日，孫林氏也聽說了凝洛回娘家的事，便帶著孫然過來林府這邊。

杜氏自然要熱情招待一番，雖然孫林氏和凝洛都不怎麼接她的話，可她還是一副女主人的派頭守在那裡。

孫然見凝洛穿著打扮雍容華貴，同母親說起話來也是神色舒展的模樣，談到陸宸時更是一臉幸福甜蜜，便知道表妹過得很好。

他心裡多少有些失落，可想到這樣的表妹值得世間最好的東西，又為她高興起來。凝洛看到姑姑高興的模樣，知道那些喜悅並不摻假，從小就只有姑姑疼她，看她現在這麼好，最高興的人應該就是姑姑了。

「若是妳母親還在就好了！」孫林氏拉著凝洛的手感嘆道。「妳母親當年成親後也是一副恬淡的模樣，在婆家也是上上下下都喜歡她。人長得美，性子又好，管起家來也絲毫不含糊，真是打著燈籠都難找的一個人。」

杜氏在一旁聽得一臉不自在，偏偏這大姑姊打開話匣子就關不上，直把凝洛的親娘誇得天上有地下無，說了半日才住口。杜氏又插不上話，聽又不知道擺什麼表情，真真是如坐針氈。

不過住了三日，陸寧前來接凝洛了，杜氏自然拿出十萬分的熱情挽留陸寧用飯。

陸寧推說老太太和夫人還在家裡等著凝洛回去，硬是推辭掉了。

一上馬車，陸寧笑著對凝洛道：「大嫂，明日跟我們一同上山吧！」

「上山？」

陸寧點點頭。「母親說去廟裡祈福，怕妳在家待得悶，特意讓我接妳回去一塊兒去。」

凝洛並未問陸夫人為何祈福，大家也心照不宣地不提這事，好像這次上山就是普通的拜佛一樣。

只不過在廟裡看到易雪時，凝洛多少有些意外，她猜到易雪對陸宸可能有些超常的感情。

婆婆這次祈福多半是為了陸宸，為何易雪和易夫人也來了？

這個疑問很快就得到了解答，易夫人迎上前，拉著陸夫人的手一起前行。「這孩子聽說陸寧今日會到廟裡來，一大早就鬧著要來玩，我也拗不過她。」

易雪看了看被陸寧挽著的凝洛，然後走到陸寧的另一側挽住，看著前面易夫人和陸夫人的背影嘆道：「希望我們兩個到她們那個年紀，也還能那麼要好！」

陸寧多少對易雪曾經詆毀凝洛有些介懷，畢竟大嫂的聲譽也是陸家的聲譽，可到底從小長大的情分仍在，也只是微笑答道：「那得看咱們嫁人後會不會常來常往了！」

二位夫人上過香，又添過了香油錢，便放凝洛三人去玩。

凝洛一開始還想陪陸夫人，陸夫人生怕凝洛會悶，如今好不容易出來，又哪裡會將她綁在身邊，於是半是趕、半是攆地讓凝洛離開了。

陸寧拉著凝洛道：「大嫂，我們隨便走走吧，如今這山裡天氣正好，城裡多少嫌熱了。」

易雪插話道：「這廟裡的菜園子結了不少蔬菜瓜果，以前雖然常吃，可卻沒見過長在地裡的模樣，咱們去看看怎麼樣？」

陸寧一聽之下也覺得十分新鮮，拉著凝洛跟上易雪的腳步。「走，說不定還能現摘個瓜果嚐嚐！」

這寺廟中的菜園子倒是不小，各色蔬菜瓜果都長勢很好，甚至還有兩棵桃樹，正掛著不少青桃。

三人一路新奇地走過去，陸寧拉著凝洛在黃瓜架前停了下來。

「摘幾根吃吧？」陸寧看著那些黃瓜個個頂花帶刺，甚至上面還帶著露珠，新鮮得令人生津。

易雪已經伸出手去。「吃便吃，這山裡的黃瓜必定比郊外莊子裡長得那些更好吃！」

「待會兒咱們須得向主持說明一下此事，再補上些銀子。」凝洛看了一眼周圍。「免得管菜園子的師父收責罰。」

陸寧已經從易雪手中接過兩根，還因為覺得扎手而不敢用力拿著。「還是大嫂想得周到。」

易雪轉過頭。「我知道那邊有一口井，我們洗一洗再吃吧！」

陸寧自是欣然同意，幾人又在園子裡的小路上，一路看著各色蔬菜指指點點地走過去，待走到井邊的時候，每人手裡又多了又大又紅的六月柿。

幾人先把手中的東西放置一旁，然後才圍在井邊想要打水上來，只是剛湊近井邊，易雪便驚呼道：「有西瓜！」

凝洛和陸寧定睛一看，果然見井下竹籃中隱約有一顆暗綠色的西瓜。

「我們撈上來吃吧！」陸寧躍躍欲試。「井水冰過的西瓜格外可口，這山裡的井水比咱們城中更涼些，想來會更好吃！」

「好！」易雪馬上接話。「陸寧妳先去找把刀來，我們這邊將西瓜提上來就可以切開來吃了！」

陸寧沈浸在要吃井水西瓜的雀躍中，想都沒想就答應了，轉身就向著菜園子門口小跑而去。

凝洛回過頭拎了拎那根繩子，好像還挺沈，便開口向易雪道：「一起將西瓜拉上來吧，一個人恐怕沒那麼大力氣。」

都是養在深閨的女子，平時如果不生病已經算是強壯了，若論起力氣來，還真都沒多少。尤其是西瓜出水的那一下，若沒點力氣還真提不上來。

易雪卻望著陸寧的背影道：「再等等吧，若是陸寧不回來，西瓜就沒那麼涼了。」

凝洛覺得易雪有些心不在焉，好像在考慮著別的什麼事。

凝洛也看向陸寧的背影，卻看不出什麼異常，直到陸寧消失不見，易雪才轉頭道：「不如先提些水上來洗洗瓜果。」

「好，妳來提吧。」凝洛立在井邊看著易雪。

易雪倒也不推辭，拎起井邊的木桶便要打水。

「這桶是不是要這麼放下去，才能打到水？」易雪在井邊將水桶倒轉，桶底向上地問凝洛。「還是說……」她又將桶斜過來。「這樣？」

凝洛其實也不大懂這些，但記得家裡的下人們好像不是這樣拿桶子。

「就是直接放下去吧？」凝洛忍不住將易雪手中的木桶擺正。

「是嗎？」易雪半信半疑地將木桶放下去，然後晃了晃手中的繩子。

「漂在水面上了，水進不去。」易雪抬頭向凝洛求助。

凝洛湊到井邊向下看，一股清涼的潮濕之氣撲面而來。「是不是要再放點繩子？」說著，凝洛便去抓井繩，而易雪卻悄悄放開手中的繩子。

凝洛專心地將井繩又往下放了一些，突然就在井水的倒影中看到易雪猛地向她伸手推過來。
凝洛本就一隻手扶著井沿，情急之下猛地鬆開井繩，直起身就朝身側的易雪揮了一掌。
只是那一掌卻沒打到，被易雪堪堪躲過了，只掃到她的鬢角，頭髮都亂了。
「妳幹麼呀！」凝洛還沒開口，易雪卻先氣急敗壞地質問道。
「我還要問妳幹麼呢！」凝洛心中有氣，不免聲色俱厲。
易雪倒是面不改色，故作鎮定地問道：「我怎麼了？」
凝洛盯住易雪冷笑一聲。「做了這種虧心事，可要提防著鬼敲門啊！」
她沒想到易雪竟然要害她，而且是打算要她性命，一個未嫁的姑娘人心竟能險惡至此，也真是讓人嘆為觀止。
易雪聽了凝洛的話只是心虛地轉過頭。「聽不懂妳在說什麼。陸寧怎麼還不回來？我去找找她！」說完拔腿便走，再不給凝洛說話的機會。
凝洛望了一眼井中晃動的水面，倒影也雜亂起來，像是將現實也打亂了。
她無心在這裡等著品嚐什麼瓜果，邁步打算回齋房，只是邁出一步後卻在地上的雜草中看見一個亮晶晶的東西。
凝洛彎腰撿了起來，竟是易雪的一只墜子。想來是方才凝洛揮過去的那一下給打掉了。凝洛將那墜子攥在手心裡，不動聲色地回房去了。

在廟裡住了一夜，二位夫人各自帶著自己的孩子準備離開，山門外又向那主持表達了一番謝意，一行人這才上各家的馬車。

「易雪姑娘！」卻突然有男子的聲音傳來，眾人詫異間紛紛轉過身，看著一位沙彌走出山門向他們走來。

就連山門處的主持也是一臉疑惑地應對眾人詢問的眼神，眾人看著那位年輕帥氣的沙彌走到易雪面前，都一臉驚訝，唯有凝洛垂下眼簾，嘴角閃過不易讓人察覺的微笑。

那沙彌先向易雪行了個佛禮，這才說道：「姑娘，小僧自幼遁入空門，早已斷卻紅塵諸事，昨晚姑娘贈予小僧的墜子，還請收回去吧！」

說完，那沙彌掌心向著易雪一攤，裡面赫然出現易雪前一日戴過的一只墜子！

易雪臉上的血色瞬間褪盡，還未開口說什麼，易夫人已然衝了過來。「這是怎麼回事？」

易夫人不只帶了易雪，還帶了易雪的嬸子大娘並他們家的媳婦，再加上各家的下人，均尷尬地站在那裡。

易雪只覺有嘴說不清，周圍各色的眼光簡直能把她吃掉，想到自己的名聲竟然在這麼多人面前受損，心中只覺痛苦無比。

「是妳！」易雪猛地指向凝洛，幾乎是從牙縫裡惡狠狠地擠出話來。「都是妳害我的！」

凝洛迷茫又無辜，求助似地看了易夫人一眼。

易夫人登時大怒，一掌甩在易雪臉上。「妳那墜子明明白白待在那人手裡，關陸家少奶奶什麼事！沒想到妳竟然能做出這種不知廉恥的事！」

易夫人見那沙彌仍托著那只明晃晃的墜子，心裡更氣，一把拿過來，朝易雪摔過去。「我真是白養了妳！」

易雪捂著半邊臉，蒼白地解釋道：「不是我！我沒有！」

易夫人見此事已經鬧得眾人都知道了，甚至山門口還有別的小沙彌不斷探出頭來，一把拉住易雪的胳膊怒道：「上車！」

易雪滿肚子的苦說不出，很想要把身上的污名洗乾淨，可是她根本不知道她丟失的那只墜子如何到了那沙彌的手中，也不知道那沙彌為何認定了是她所贈。她只知道，沙彌的話一出口，那墜子一出現在他手中，她就已經是百口莫辯了。

陸夫人見易夫人暴怒，知道此時安慰勸解也無濟於事，默默地帶著凝洛和陸寧上了馬車。

坐好之後，凝洛微笑著說道：「昨日母親說廟中的西瓜甜美，方才臨行前我跟主持買了幾個，回去我們也用井水冰了，然後一起去老太太房裡吃吧！」

陸夫人見兒媳努力緩和氣氛，心中也是欣慰，笑著誇讚道：「到底還是妳懂事！」

只有陸寧還如墜夢中一般，喃喃自語道：「易雪怎麼這樣了呢？」

回到家中不久，凝洛便聽陸寧說易雪出嫁了，嫁得很匆忙，甚至大家都不清楚男方是什麼樣的人家，下嫁是肯定的，而且離京城很遠很遠。

凝洛微微一笑，存了害人之心的人，再淒慘也不值得同情。

第四十一章　功成名就

時光流轉，又過了一段時日，朝中竟來消息了。

先是各種封賞的消息接踵而至，然後陸家才得了消息，陸宸在邊疆屢立戰功，每次出戰均大獲全勝，三戰成名，如今敵方已不敢輕易應戰。

封賞的聖旨一接，宮裡賞賜的東西如流水般往凝洛房裡送，就連從前比陸老爺這房名望大的叔伯幾家也都羨慕不已。

幾位年輕的嬸子對著凝洛一通猛誇。「咱們陸宸自己有本事，凝洛也旺他，這才嫁過來沒多久，陸宸的名聲就起來了！」

「對對對！」另一位忙附和。「第一次見到凝洛，我就覺得這個面相是有福氣的，自己有福氣，也給婆家帶福氣，真是難得的妙人兒！」

凝洛微笑著傾聽，思緒卻不由地飄遠，前世的她也是這般長相，為何是個沒福氣的？

又想到陸宸，戰事大捷是不是快要回來了？如果還不能回來，邊疆從來都是天冷得早，那是不是該準備冬衣給他了？

鍾緋雲在一旁冷冷看著，誇讚的話她說不出來，只是沒想到陸宸打仗還能為凝洛帶來這樣大的榮耀，一時心裡又酸又苦，只覺離管家之權又遠了好多。

陸宸很快就要回朝了，陸家自不必說，朝廷也派了人去城外迎接。

陸宸回朝中述職，風光地返家，這一切對於凝洛來說，是早已預料到的，但如今想著自己夫君如此風光，依然是驚喜不已。

那邊廂述職還未回來，朝中封賞的聖旨就下到陸家，陸宸因平亂有功，被封為平遠侯，凝洛也被封為侯夫人。

陸家上下自然都喜氣洋洋，唯有鍾緋雲一臉不快地在人群後，看著凝洛向道喜的人道謝，因那種風光嫉妒得心癢。

夫妻久別重逢，凝洛自是想念夫君，兩個人好一番親熱。

正親熱間，宮中的賞賜又流水般送到陸宸院裡，那些名貴的綾羅綢緞即使有錢也難買到，如今一疋疋地送到房中，可見朝廷有多重視陸宸此番立下的功勞。

「這些都交給妳吧！」陸宸向桌上堆積的料子拍了一拍。「做衣裳什麼的，妳來看著辦。」

凝洛撫摸著那一疋疋的綢緞滿心歡喜，朝廷這番舉動總不枉陸宸的一腔熱血。

陸宸見凝洛高興，自己也高興，坐在凝洛身旁變著法子地求誇獎。「咱們家『男主外女主內』配合得還不錯啊？」

凝洛將眼神從料子上移開，看著陸宸點頭笑道：「嗯，你是功臣，於國於家都是！」

陸宸將凝洛拉到他的雙腿之上。「那妳要怎麼犒賞一下『功臣』？」

凝洛裝糊塗，看著堆積的綾羅綢緞驚訝道：「朝廷已經犒賞你了呀！」

陸宸呢喃著「還不夠」，已經勾著凝洛的後頸吻了上去……

凝洛將那些料子分給家中各人，其中一疋松鶴延年暗紋彩錦是最為珍貴的，送給了老祖宗。

老太太笑得開懷。「不想我如今也能得到孫媳送的好東西。」

除了老太太，陸夫人、陸寧和鍾緋雲等人也都分到那些布料，陸夫人見兒子平安歸來，心中已十分高興，如今又得了小倆口孝順的宮中賞賜之物，更是欣喜。

陸寧也相當高興，她正想做一件新衣，哥嫂的這份禮物來得剛剛好。

唯有鍾緋雲，只淡淡地向凝洛道了謝，看不出是什麼心情。

她心裡是不痛快的，凝洛分給她的那疋是她不喜歡的顏色，可當著婆婆和老太太的面也不好挑揀，可得了那麼好的料子表面上還得承凝洛的情，她心裡真是鬱結。

況且陸宸離開的這段日子，她也並未從凝洛身上分到半點管家之權，如今見他們夫妻相聚，只覺猶如眼中釘一般。

帶了那疋料子回到房中，鍾緋雲仍是氣不順，看料子又不順眼，扔又捨不得，索性將那疋料子扔進箱子鎖了起來，以為不看便能不想了。

可是心裡存了疙瘩，又怎會那麼容易解開？

即使鎖了料子，鍾緋雲也止不住地回想這幾日，想到陸宸回城時，陸家上下怎樣笑臉相迎，噓寒問暖，只差沒捧在手心裡。

又想那宮中封侯的消息傳出來，前來道喜的人差點踩壞了門檻，而凝洛憑藉丈夫的功績，竟然就從昔日一個小門小戶家的姑娘，一躍成為了侯夫人！

再想到宮中給陸宸的賞賜，最後都歸了凝洛，鍾緋雲越想越不甘，又想到自己機關算盡才嫁了陸宣，而陸宣對她不冷不熱甚至不聞不問，有時候她覺得二人之間都沒有做表兄妹那時親密，不由得黯然神傷起來。

晚飯時，鍾緋雲對著飯菜食不下嚥，陸宣又沒回來，想來又在外面有所謂的應酬。

鍾緋雲看著桌上的飯菜，想著這幾道菜和那道湯，廚房在做的時候會考慮老太太的口味、考慮婆婆的喜好、考慮凝洛的習慣，獨獨不會考慮她愛不愛吃，吃不吃得慣。

怔怔地出了一會兒神，鍾緋雲才放下筷子道：「去讓廚房做一盤水晶蝦仁餃子，這些我吃不下！」

丫鬟一臉為難。「二少奶奶，這……」

鍾緋雲倒是俐落地掏出一錠銀子。「怎麼？有錢還吃不到我想吃的東西不成？」

丫鬟聞言不敢再說別的，拿了銀子只說去廚房看看，便匆匆走出去了。

一個人在家的二少奶奶是誰都不敢頂撞的，若是二少爺在家，二少奶奶自然是溫柔無比體恤下人，可一旦二少爺不在家，二少奶奶就一丁點耐心都沒有了。

鍾緋雲一面想著凝洛今日的風光，一面對照著自己，明明自己出身比凝洛好，可如今卻屈居她之下，她真是越想越不甘心。

又想到凝洛的這一切也不是她自己掙來的，都是陸宸帶給她的，又忍不住想到了陸宣。想著陸宣雖表面上得了老太太和陸夫人的寵愛，可實際上家中的長輩還是更為器重陸宸……

正這麼在心裡將陸宣和陸宸做著比較，那丫鬟又匆匆走回來了。

「二少奶奶……」丫鬟開了口，卻欲言又止。

鍾緋雲眉頭一皺。「說！」

丫鬟大氣也不敢出，低頭看著地面說道：「因為已經傳過飯，所以廚房裡只剩了一位廚娘當值，可那廚娘說老太太房裡要了一道火腿鮮筍湯，如今正忙著做那個，問您的餃子可否等上一等？又說那水晶餃子皮做起來費時，若是二少奶奶肯等，也要做到很晚了。」

鍾緋雲聞言心中又是氣憤又是煩躁，今晚的湯是老太太素來愛喝的，可老太太那邊偏又再要一道湯，誰都知道凝洛愛喝那火腿鮮筍湯！

她不能搶在老太太前頭讓廚娘做吃的，要讓她乾等下去又怎麼嚥下這口氣！

「算了！」鍾緋雲站起身一甩袖子。「我不吃了！」

鍾緋雲正想著要不要找藉口去老太太房裡看看，便聽院中傳來陸宣回來的動靜。

她忙向那丫鬟道：「告訴二少爺說我不舒服，連飯都沒吃。」

說完三步併作兩步走到臥房去，丫鬟想攙扶也不是，回頭去迎陸宣也不是，在原地呆了一下，直到陸宣推門才反應過來。

「二少爺！」丫鬟慌慌張張地迎過去，生怕陸宣太快走進臥房，而鍾緋雲還未準備好。

「怎麼了？」陸宣皺眉。以前還不覺得，自從鍾緋雲過了門，這房裡的丫鬟也都怪怪的。

「二少奶奶身子不舒服。」丫鬟怯生生的，怕哪裡說得不對又惹二少奶奶生氣。

陸宣卻不在意，直接走到桌邊拿起茶壺倒茶。「身子不舒服去請大夫就是了，跟我說有什麼用？」

「那個……」丫鬟自然知道鍾緋雲的用意，如果陸宣看都不看鍾緋雲一眼，鍾緋雲最後肯定會拿她出氣。

「二少奶奶連飯都沒吃，您去看看她吧！」

陸宣將一杯茶一飲而盡，然後看了丫鬟一眼，那丫鬟正可憐巴巴地看著他，眼中盡是乞求之意。每每看到姑娘們這種眼神他便心軟，因此淡淡地應了一聲，放下茶杯去了臥房。

丫鬟看著他跨進房中，這才長長地舒了一口氣，總算完成了一件二少奶奶交代的事。

陸宣進房去，見鍾緋雲正面朝裡躺著，也不知是睡著還是醒著。

「哪裡不舒服？」陸宣站在床前問道，並不打算坐下來。「要不要去請個大夫？」

鍾緋雲本想矜持一下不理他，又生怕陸宣以為她睡著了而離開，細聲說了一句：「心裡不舒服。」

陸宣索性回了一聲，坐在房中的桌邊。「那可能是妳心太窄了。」

鍾緋雲心裡一堵，索性翻過身來看向陸宣。「你就不能讓我寬寬心？」

陸宣苦笑一聲，從善如流。「妳且放寬心吧！」

鍾緋雲坐起身來，質問道：「你就不問我出什麼事，只讓我寬心？」

在陸宣看來，這根本就是無理取鬧了，抛過去一個不耐的眼神，語氣更加冷淡了。

「妳不說我怎麼知道什麼事？」

鍾緋雲氣極，隨手抄起床上的枕頭，向陸宣扔了過去。「你就不懂問一句嗎？」

陸宣一個不防備被砸中頭部，不由站起身對鍾緋雲吼道：「妳發哪門子瘋？」

鍾緋雲被陸宣吼得一怔，她還從未見過陸宣這般模樣，印象中表哥一直對姊妹們都是和顏悅色，鍾緋雲何曾見過他凶神惡煞發脾氣的樣子？

只是愣了一下，鍾緋雲很快又反應過來，心中又是憤怒又是委屈。

「你竟然對我大吼？」眼淚隨著這一聲大喊也迸了出來。

「妳不要無理取鬧！」陸宣大聲斥責，心裡也是想不明白，為什麼昔日那樣友好的表兄妹，成親後會變成這樣。

「我無理取鬧？」鍾緋雲猛地站起身來反問，流著淚拍打著自己的心口。「你問問你自己，成親後你可對我有過半點關心？即使不說這些，你又何曾給這個家帶來半點榮耀？你那年紀也不小了，成日守著個茶樓生意能有什麼出息？」鍾緋雲不由將心裡話說了出來。

她就是覺得陸宣不爭氣，陸宸都已封侯了，陸宣還不思進取，在外只能仗著家裡人的榮耀，從別人那裡得到些尊重，可自己卻什麼都掙不來。

「妳什麼意思？」陸宣一步跨到鍾緋雲面前脹紅了臉，語氣也頗為羞惱。可惜鍾緋雲並未看出來，不管不顧地仰頭喊道：「什麼意思？我說得還不夠清楚嗎？我要你爭氣，以後別讓妻兒因為你覺得丟人！」

話音剛落，鍾緋雲耳中傳來「啪」的一聲，半邊臉覺得火辣辣地痛起來。還沒從那種被打的巨大震驚中回過神來，就聽陸宣咬著牙問道：「我怎麼讓妳覺得丟人了？」

鍾緋雲頓時覺得天都塌了，猛地就放聲大哭起來。「陸宣，你好樣的！你竟然打我！我告訴老祖宗去！」

鍾緋雲一面喊著，一面捂著半邊臉向外跑，陸宣忙伸手去拉她，這大晚上再嚇到老太太，他罪過可就大了。

鍾緋雲自然不肯就範，甩又甩不開陸宣，一怒之下低頭向陸宣的手狠狠地咬了過去。她本就心裡存著一口惡氣，因此這一口咬得毫無保留。

陸宣吃痛之下放開了鍾緋雲，鍾緋雲乘機向外跑出去。

陸宣忙甩了一下劇痛的手跟上，他原想將鍾緋雲拉回來，可一路上拉拉扯扯，眼見離老太太那邊越來越近，索性就放棄了。

陸宣沈著臉心想：反正那麼多人都看見他倆爭吵的模樣，遲早要鬧到老太太那裡去，還不如今日將事情說個明白。

兩人一路鬧到老太太那裡，老太太早就得了消息，本來要更衣歇息又重新起來了。陸宣雖跟著鍾緋雲，仍一隻手拉著她的衣袖，生怕她再做出什麼不當的舉動。

鍾緋雲見他雖然扯著她的衣服，但是並未阻攔她，便也沒去管。

如今進了老太太房裡，一眼看見老太太正在屋中坐著，鍾緋雲一扯衣袖將陸宣甩開，撲到老太太跟前跪下痛哭起來。

老太太本就因為這二人鬧得全家皆知而不快，見到這副情形更是直皺眉，可眼下鬧騰到她眼前了，她又不能不管。

「這是怎麼了？」

老太太向一旁的嬤嬤使了個眼色，那嬤嬤幫鍾緋雲從老太太膝上攙起來了。

「二少奶奶快不要如此，您這樣傷心，老太太看見了心裡也難過呢！」那嬤嬤攙著鍾緋雲坐在一旁的椅子上。

鍾緋雲哭啼啼地向老太太哀怨道：「老太太要為我做主啊！」說著，又要從椅子滑下來，看起來還是要跪。

嬤嬤一個眼明手快撈住她，欲扶她坐好，這才聽老太太向陸宣斥道：「你先跪下！」

陸宣梗著脖子氣呼呼地跪下了，早知道會鬧到老太太這裡來，他就不打鍾緋雲那一巴掌，直接藉機搬出去多好，還能落個清靜。

「到底怎麼了，妳跟我說說。」老太太又耐著性子向鍾緋雲問道。

鍾緋雲抽抽噎噎地露出半張臉。「表哥打我！」

老太太一眼看見那又紅又腫的半邊臉，心裡也真急了，向著陸宣怒道：「你如今越發不懂事了，竟連自己的媳婦都打，咱們陸家何曾出過這種事！她嬌滴滴的身子，你給打壞了怎麼辦？」

老太太氣得直拿枴杖向地上猛戳，嬤嬤見狀忙上前為她撫著胸口，又喚丫鬟去取涼血消腫的藥膏來。

陸宣自然也是不服氣，伸出手讓老太太看那上面的牙印。「那她還咬我了呢！」

老太太一看之下更是氣血上湧，一想那二人是如何扭打在一起就覺得家門不幸，手中的枴杖再次重重砸在地上。「成何體統！你們倒是說說，為何鬧到這般田地！」

鍾緋雲聽老太太問起，生怕陸宣說了什麼於她不利的話，忙搶先喚道：「老祖宗！」

老太太的眼神果然落在她身上，鍾緋雲馬上接著哭訴道：「表哥今晚沒回家用飯，我心裡就有些不舒服，待到他帶著酒氣回來，我就勸他以後上進些，誰知他竟然惱了，上來就給了我一掌！」說完，又拿著帕子捂住臉嗚嗚咽咽起來。

老太太最不喜這般的吵鬧，聽得直皺眉。

陸宣想辯解，卻又覺得鍾緋雲嫌他沒出息的那些話說不出口，只得狠狠地向她瞪了兩眼。

老太太是見過世面的人，像鍾緋雲這種將兩人的爭端，把自己說得很無辜，她是不怎麼相信。可鍾緋雲畢竟是嫁進來的孫媳婦，她到底不好偏著陸宣說話。

「你媳婦勸你上進，也是為了你們小倆口，你不感激她為你們的將來著想也就罷了，怎麼還打起人來了？」老太太痛心疾首地質問陸宣。

陸宣看她氣成那樣，生怕老太太有個好歹，根本不敢吱聲。

「還不向你媳婦陪個罪？」老太太對陸宣又喊了一句，心裡只盼著快點把這紛爭了斷，不用再聽鍾緋雲哭哭啼啼的聲音。

陸宣咬了咬牙，也著實覺得這一晚鬧得有夠荒唐，起身向鍾緋雲作了一揖。「表妹看在老太太的面上，就原諒我這一次吧！」

進門之前，他其實動了休妻的念頭，只是一見老太太就沒敢說出口，若是給老太太氣出個好歹，父親、母親怕是會扒了他的皮。

鍾緋雲在老太太面前也不好再拿捏，擦了擦淚委屈道：「那表哥要答應我，以後能推的應酬要全推了，回來陪我用飯才是正經。」

陸宣皺眉，心中只覺鍾緋雲得寸進尺，但老太太在一旁催促道：「你媳婦說得對，還不快答應她！」

陸宣聞言才向鍾緋雲道：「好，我答應妳！」

心中卻是暗想，大不了以後只說推不掉，她又不能出門求證。

看鍾緋雲破涕為笑，老太太又向鍾緋雲道：「妳這性子也該收收，學學妳大嫂。妳大哥大嫂他們何曾這般鬧過？」

鍾緋雲一聽這話又變了臉色，她本就因為陸宣不如陸宸而苦惱，老太太一句話又踩到了她的痛處，一時心中更氣了。

偏偏陸宣還是一副無所謂的樣子，鍾緋雲突然有些後悔，她為什麼要嫁給陸宣呢？一個不學文不學武的生意人，她圖他什麼呢？

陸宣經過這番折騰，對鍾緋雲更冷淡了，從前只是偶爾不回家吃飯，現在竟然推脫生意忙，三五日都不回家了。

第四十二章　妻隨夫貴

自陸宸封侯後，這一天是他回京首次陪著凝洛回娘家。陸宸如今地位不比從前，過去林府的時候自然是頗有些威儀。

一進門，林成川和杜氏簡直不知怎麼表達對凝洛和陸宸的熱情，恨不能將他二人請到主位上供起來。

凝洛卻向著出塵微笑。「聽說你在豫園很得先生賞識，如今連朝中的幾位大人也聽過你的名字了！」

杜氏忙獻寶似地將出塵推到凝洛面前，倒像是誇自己親生兒子一般。「出塵越發有出息了，書讀得好不說，人也長得越發英俊挺拔，甚至都有人暗暗打聽咱們家出塵呢！」

宋姨娘在一旁微笑著，誰能想到如今的翩翩少年，曾經是一副躲在她身後不敢看人的模樣呢？

凝月也湊到凝洛身邊。「姊姊，自妳上次離開後，全家都很擔心妳，也擔心姊夫，還好姊夫平安回來了！」

林成川點著頭道：「我早就說過妳姊姊、姊夫是有福之人，咱們的擔心根本就是杞人憂天。」

不知道是不是許久不曾回家的緣故，凝洛只覺這座林宅更加陳舊了。

在娘家住了一日，隔天突然就有許多親戚拜訪，甚至還有杜氏結交的那些夫人、閨密什麼的，凝洛覺得心煩便找了個藉口回婆家。

陸宸見她好像不開心，微笑著說道：「以後想見誰，就把誰請到家中去，省得還要應付那些不願見的人。」

凝洛看向陸宸，眼睛裡總算有了笑意。「真的可以？」

「為什麼不可以？」陸宸反問。「莫說妳現在管著家呢，就是家中的其他人每年都接待多少次親戚呢！說起來大概就數探望妳的親戚少了。」

凝洛想起出塵第一次去陸家，老太太和夫人又是送吃的又是送用的，讓她頗有些過意不去，便憂慮道：「我也怕老太太和母親太客氣了。」

「那也要看是什麼親戚。」陸宸將凝洛攬到懷裡勸慰道：「若是妳的至親，她們過問也是理所應當；若是普通親戚，她們想來也不會干涉過問。」

說著，陸宸又將凝洛的頭拉向自己，在她額頭一側輕吻了一下。「既然已嫁給了我，陸家就是妳的家，在自己家想那麼多做什麼？」

馬車輕晃著，凝洛笑著看向陸宸，忍不住也直起身子，向陸宸頰上親了一下。

凝洛小小的主動總是讓陸宸感到欣喜，只是當他再湊過去索吻的時候，卻被凝洛害羞躲開了。

凝洛紅著一張臉扭過頭去，心裡也是甜甜的，原來偶爾主動一下的感覺是這般讓人心跳。

且說凝洛才和陸宸說好，往後在陸家見娘家親戚，沒幾日就有人登門了，只是這位卻不是凝洛想見的罷了。

來人是杜氏。

凝洛其實早就想過她會來，只不過能在她嫁過來這麼久才登門，也不得不佩服杜氏的忍耐力。畢竟杜氏從前使出渾身解數來巴結陸家，自凝洛嫁過來之後，她更有藉口過來走動來往了，可她竟然一直沒有來，只是在凝洛回娘家時一次比一次熱情。

杜氏不是不想來，畢竟有陸家這樣的親戚，誰不想頻繁地走動，越來越親近呢？只是她總有些心虛，覺得凝洛會跟陸夫人說她從前的那些行徑，再者說，她畢竟是繼母，又跟凝洛處成那個樣子，去陸家走動多少有些名不正、言不順。

可如今看著陸宸封了侯，眼見著那前途越發不可限量起來，她有些按捺不住。況且這兩日又有一位閨密從旁攛掇著，她便心思活絡起來。

說起這位閨密，杜氏跟她認識比凝洛的生母段氏要久，二人出嫁前也是無話不說，只是到了杜氏謀事的時候因為不願讓人知道，便與這位走得遠了。

這幾年兒女們都大了，機緣巧合下二人又走動起來，倒是像從前那般親密，好像從未疏遠過。

這一日，二人又坐在一起閒話家常，那閨密就問起凝洛和陸宸來。

杜氏到底有些自豪，笑道：「從前只道凝洛嫁得不錯，家裡有錢有勢，雖然陸宸不過一介武夫，可到底有家裡這棵大樹乘涼。誰想陸宸竟立下那樣的戰功，一舉封侯了呢！」

見杜氏笑得合不攏嘴，閨密也笑道：「是呢！如今誰不羨慕妳是侯爺的岳母！」

杜氏卻擺了擺手，嘆道：「凝洛到底不是我生的，隔太遠了！」

閨密雖然不清楚當年到底發生什麼事，可到底也聽過些隻言片語，眼下杜氏這樣感嘆，她也十分聰明地避而不談，只是安慰道：「到底是妳養大了她，再怎麼說她也曾叫妳一聲『母親』，娘家這邊的人，再怎麼說也比別人親近。」

杜氏想到從前的種種，只是苦笑了一聲。

閨密又神秘兮兮地湊近杜氏說道：「聽說宮裡賞賜了幾十疋綾羅綢緞，都是南邊來的貢品，城裡買都買不到的。」

杜氏點點頭。「我也聽說了。」

早知道凝洛這麼有福氣，當初就對她好一點！就連什麼都沒有的宋氏母子，都能得到凝洛的照顧，如果她當初對凝洛用點心，現在的日子還不知道要多好過。

閨密不知杜氏心中正懊悔，又笑著追問了一句。「她得了那麼多，沒送妳一疋？」

杜氏看了閨蜜一眼，尷尬地笑道：「宮中賞的東西哪能隨便送人？」

「我可是聽說陸家人都得了料子！」閨密一撇嘴，毫不留情地拆穿杜氏。

「聽說那些蜀錦都是今年的新款式，那蠶絲又光滑又柔軟，花色又絢麗無比，妳不如去要一疋來裁衣服，肯定又舒適又高貴。」閨密慫恿著。

杜氏也有些心動，可到底還有些猶豫，閨密見狀又加了把火。「雖說妳是凝洛的繼母，可到底一個屋簷下住了這麼多年，又把她拉拔大，孝敬一疋料子也是應當的。不管怎麼說，妳也是娘家人，是她名義上的母親，是陸宸名義上的岳母，妳走出去也代表他們的臉面呢，妳穿得金貴了，還不是為他們好？他們想到這層也該給妳一疋。」

杜氏已經完全被閨密說得動了心，恨不能當下就去找凝洛要疋料子，連跟閨密接下來的對話都心不在焉了。

且說杜氏到了陸家先去拜訪陸夫人，畢竟從前也是有過一些交情，後來又結為親家，理應先過去見一面。

陸夫人也知道凝洛與這位杜氏繼母情分極淡，也不會太過熱絡，只客客氣氣地招待著，並吩咐人去請凝洛。

凝洛倒是很快前來了，杜氏看著陸家的丫鬟們為凝洛打簾子、搬椅子奉茶，都恭敬得很，心裡不由也對凝洛產生一絲敬畏。

凝洛向二位見過禮便坐了下來，杜氏正不知說些什麼，陸夫人突然想起什麼似地問凝洛：「昨兒個老太太唸叨著一個舊年的屏風，可找到了？」

「找到了！」凝洛笑道。「就在公中庫裡收著呢！老太太也不知怎麼想起那個了，說記得那扇屏風擺在房中，比現在用的這個好看，唸叨著要換下來。結果搬過去之後，怎麼看都跟屋子裡的其他擺設不搭，老太太看得直皺眉，又讓人收回公中了。」

陸夫人聞言笑了起來。「老太太如今越發惦念從前的舊東西，只是拿出來又覺得根本沒記憶中那樣好，前兩日讓嬤嬤找了一套她成親時的頭面，當時也是稀罕樣式的金貴東西，如今拿出來看也是不時興了，讓老太太好一番掃興。」

杜氏忙抓住話頭。「人嘛，總是愛念舊的，老太太心慈面善，自然對舊人舊物念念不忘。」

陸夫人點點頭。「林夫人說得是。」

正要再開口跟凝洛說句什麼，便有丫鬟過來報，說有管事的要見少奶奶。

「沒見少奶奶正忙著？」陸夫人皺眉。「什麼事不能等等再說？」

凝洛卻向陸夫人笑道：「若不是沒有別的法子，他們怕是不會找到這裡來，總歸這也不算外人，讓他們進來回話便是了，免得耽擱了什麼。」

杜氏小心地看了陸夫人一眼。

凝洛竟然敢反駁婆婆？尤其婆婆的話還是向著她說的，這樣未免也太不懂事。

誰知陸夫人竟笑著對凝洛點頭。「既然妳說無妨，那自然要依妳。」

杜氏心中大為驚奇，凝洛嫁到陸家來，怎麼說都是高攀了，不承想這陸夫人竟然對凝洛這般疼愛。

杜氏正琢磨著凝洛前世是修了怎樣的福氣，嫁了對她百般寵愛的男人不算，還能得到婆婆這樣的喜愛，便見幾位衣著打扮十分俐落樸素的婆子走了進來。

那幾位管事的都對凝洛恭恭敬敬，挨個兒向凝洛回話，又得了凝洛的話挨個領命出去。

杜氏從旁看著越發佩服凝洛的本事來。想當年凝洛在林家怯弱地不敢開口的時候，誰能想到她能有威風凜凜的今天？

杜氏一時更加懊悔起來，後悔自己眼界太窄，只想著私吞凝洛生母的嫁妝，卻不想最後什麼也得不到。

待到那幾個管事的都出去，陸夫人這才笑著向杜氏問道：「方才我們說到哪裡了？讓他們一來我都給忘了。」

杜氏沈浸於凝洛在陸家地位之高的震驚中還未恢復過來，說話的時候不覺也帶了幾分小心，賠笑道：「我也不叨擾夫人了，不如讓凝洛帶我去她房裡說幾句話，夫人就先忙吧！」

陸夫人也無意留她，見她要跟凝洛說話，想來此番登門也是本著凝洛來，便笑道：「也好，妳先去凝洛房裡看看，過會兒來這邊用飯。」

杜氏忙推辭。「我就過來看看凝洛，說幾句話便回了。」

陸夫人自然還要再留，杜氏執意不肯，陸夫人才鬆了口。「那就待會兒再說吧！」

隨著凝洛一路走過去，杜氏見下人們在凝洛面前全都是恭敬有禮的模樣，再看著陸家的庭院如何高大奢華，更加羨慕起凝洛來。她在家裡時覺得自己一個當家主母已足夠威風，不想如今見了凝洛的派頭才知天外有天。

杜氏到了凝洛房中多少有些不自在，屋中所用之物皆是上品，她有些擔心自己碰壞了什麼反倒讓這趟不成事。

剛坐了下來，還沒來得及說什麼，又有管事的來問話，說是什麼親戚家的孫子擺百日宴，送了帖子來。

凝洛看了看那帖子，只道最近陸夫人不愛出門，到時候只派人帶了禮金並禮品過去便得了。

杜氏暗想那親戚怕是陸家的遠房親戚，又沒什麼家世，因此凝洛才這麼辦了。

正胡亂琢磨著，杜氏便聽凝洛問道：「妳找我有什麼事？」

杜氏回過神，她自從見了凝洛還未好好說句話，一直看她料理著家務，在管事的面前說一不二，因此到了這個時候，連她也不自覺地矮了半分。

「妳父親想妳了，我想著他過來總歸不方便，所以替他來看看妳。」杜氏賠著笑，繞著彎子。

凝洛端起茶杯呷了一口，然後又將那杯茶放在桌上，淡淡地說道：「有什麼話不妨直說，老太太房裡那邊還等著我，若是今日不把話說明白，豈不是白來一趟？」

杜氏囁嚅了一下，原想先和凝洛套近乎再提料子的事，聽凝洛這麼說，她一時卻不知怎麼開口了。

凝洛等了一會兒見她不說話，不由抬眼問道：「怎麼？」

她才不會相信杜氏真的只是來看看她，只是杜氏這樣的態度，卻是她兩世都沒見過，心裡多少也有些波瀾。

杜氏下定決心似地一張口，還沒出聲卻被人打斷了。

「大嫂！」

鍾緋雲一推門走了進來，見凝洛正在待客也是一愣，看清是杜氏之後，才不屑地笑道：「原來是林夫人來看女兒了呀！」

杜氏聽了這話多少有些掛不住，她一見鍾緋雲的時候，原是下意識地想站起來叫「二少奶奶」，可一想到自己到底是個長輩便沒動，那一刻她又想到自己怎麼樣也是凝洛的繼母，鍾緋雲原應向她行禮才是，不想竟等來這麼一句帶刺的話。

凝洛掃了鍾緋雲一眼。「有事？」

鍾緋雲的眼神這才從杜氏身上收回來，看著凝洛似笑非笑地說道：「老太太讓我和妳一塊兒過去呢！」

凝洛站起身，竟像要和鍾緋雲一起出去，待邁出一步才想起杜氏似地回頭。「什麼事還不說嗎？」

杜氏一見凝洛果真要走，又想到自己今日前來帶了許多東西，若是此次不提那個要求，下次來的話又要破費，於是也顧不得鍾緋雲在場，只笑著說：「也不是什麼大不了的事，妳最近不是得了一些蜀錦嘛，我想著妳多少也分我一疋，我給家裡人做做衣裳。」

「哦，」凝洛說著便向外走。「沒有了。」

鍾緋雲噗哧一聲笑了出來，還回頭看了杜氏一眼，滿是幸災樂禍。

杜氏臉上掛不住，登時鬧了個紅臉，她開口要了一回，若是給了倒也罷，凝洛沒給，這丟人可丟大了。

「送送林夫人。」一隻腳都跨出門口時，凝洛才向身後的丫鬟吩咐一聲。

杜氏臊得沒勇氣直視送她的丫鬟，卻對鍾緋雲一肚子埋怨，早不來晚不來偏要在這個時候來，看她出醜也就算了，說不定還會四處宣揚這事。

鍾緋雲自然不會放過這個機會，陪著老太太打牌的時候，她一副無意中提起此事的樣子。

「大嫂對林夫人是不是太冷淡些了呀？」鍾緋雲輕聲說道，仍是從前那般柔弱無害的模樣。「可她到底是林老爺的妻子，大嫂這樣做，只怕會有人背後說妳不近人情呢！」

凝洛從牌上方看了鍾緋雲一眼。「所以弟妹妳是不適合管家的，心太軟。」

當著老太太的面，凝洛不好太強硬，可她知道鍾緋雲心心念念也能得到些管家的權力，這一句足夠刺痛她了。

鍾緋雲果然一噎，臉也白了一陣子，正琢磨如何回擊，老太太卻催她出牌。「年紀輕輕的，怎麼倒比我還慢？」

鍾緋雲忙從手中抽了一張牌丟出去，又聽老太太有意無意地說了一句。「咱們過好自己的日子就行了，凝洛將家裡打理得井井有條，誰都不用操心，也不用去操心別人家的事。背後說人家的是非，倒像是那些愛嚼舌根的鄉村野婦了！」

老太太並未點鍾緋雲的名字，可這話明明白白就是敲打鍾緋雲。

看到牌桌上另一位叔伯嫂子意味深長的微笑，鍾緋雲直氣得心口疼。

從老太太房裡回來後，鍾緋雲氣得沒有吃飯，只撲在床上將那枕頭當作凝洛，狠狠地捶了幾拳。

可心裡的氣仍是消不了，她真是不服氣，處處被凝洛壓著一頭，家裡的事都是凝洛說了算，她簡直翻身無望；連拿陸宣和陸宸一比，也是比無可比，真真氣死人。

鍾緋雲不甘心，她才嫁過來沒多久，以後日子還長著，現在就讓她認命，根本不可能。

中秋節臨近了，凝洛又忙了起來，各家親戚已經開始走動，她也得將回禮都備好。

如今不只尋常親戚們到陸家來，連朝中的官員也比從前走動得多了，陸家在京城本來就是有地位，今年陸宸又封侯，就有一些從前並不相熟的人，打著過節的旗號送禮來巴結了。

這一日家中便收了兩筐螃蟹，正是時令的吃食，膏滿黃肥又大又鮮，老太太看了高興，當晚就要擺一桌螃蟹宴。

這宴席擺在菊花園旁邊，月下微風吹過，金黃的菊花輕輕擺動，便有菊香縈繞在人們周圍。

陸夫人知道老太太愛熱鬧，讓凝洛請了位說書的過來，先說了一段書給大家聽，這才把螃蟹陸續端上來。

「今日是小團圓，」陸夫人笑著向老太太說道：「咱們就小小熱鬧一下，等八月節正日子那天，讓凝洛給您請個戲班子過來，再好好熱鬧熱鬧！」

老太太自然高興地直點頭。「今年阿宸有驚無險，又立了功回來，理應好好熱鬧熱鬧！」

凝洛笑著看向坐在一旁的陸宸，陸宸也正回望她，二人相視一笑，陸宸便在桌下拉住凝洛的手，凝洛也不敢動，生怕被別人看出端倪。

說話間每人面前又放了一碟薑汁，凝洛看著面前那隻通紅的大螃蟹微微皺了皺眉，又看了一眼盤子旁邊的各種工具，心裡不禁犯起難來。她從前在家的時候根本沒吃過螃蟹，根本不知道要如何用那些奇怪的工具，也不知道要吃螃蟹哪裡。

鍾緋雲從老太太說話的時候就一直盯著凝洛看，如今注意到凝洛的表情不由地心裡一喜，原來凝洛不會吃螃蟹！

鍾緋雲暗自高興，這下有熱鬧看了，平時一副管著家說一不二的模樣，如今竟然要出醜了！

正盯著凝洛看著，老太太在上面發話道：「咱們先舉杯，然後就各自隨意吧！」

鍾緋雲端起面前的菊花酒，與眾人附和著，心不在焉地喝了一口，眼睛卻一刻也不離開凝洛。

放了酒杯，眾人紛紛拿起工具拆起螃蟹來，凝洛看了一眼眾人，竟是拿什麼工具、從哪裡開始的人都有，正躊躇間，面前的盤子便被人端走了。

鍾緋雲正等著看熱鬧，卻見陸宸端過凝洛的螃蟹，拿起工具熟練地拆解起來。

包括鍾緋雲在內的眾人，看著陸宸熟練地拆出蟹鉗中的肉，然後放在薑汁碟中蘸了一下，才挾到凝洛面前的空碟中，一連串的動作自然無比，倒像是常這麼做似的。

鍾緋雲羨慕又嫉妒地看著陸宸細膩地幫凝洛拆著螃蟹，殊不知就連其他家人也都驚訝不已。要知道從前家裡吃螃蟹，陸宸往往嫌麻煩根本就不吃，而今日在凝洛面前竟如此體貼，與往常簡直判若兩人。

鍾緋雲頓覺不爽，心中又酸又澀，本想看凝洛出醜，竟然又一次親眼看到她如何在陸宸面前受寵。她下意識地轉頭看了陸宣一眼，只見他正自斟自飲，半個眼神也不給她，頓時就一股氣從心中起，若不是老太太和婆婆在場，她恨不得掀桌子走人。

為什麼她從前會覺得陸宣細緻體貼呢？為什麼她會覺得陸宣溫柔周到呢？為什麼她會以為嫁給陸宣，就能受盡寵愛、幸福一生呢？

回想成親後和陸宣的相處，鍾緋雲心裡像有一萬隻螞蟻在咬，再看到陸宸和凝洛說說笑笑的，甚至陸宸將自己那隻螃蟹中的蟹黃，也拆出來給了凝洛，鍾緋雲再一次覺得自己嫁錯了人。

凝洛也察覺到眾人的眼神，一時有些不好意思，身子向陸宸湊了湊低聲道：「不用管我了，我自己來就可以了。」

陸宸不但把凝洛的那隻螃蟹拆了，還把自己的那隻拆好放到凝洛的碟子裡，然後才一面淨手一面笑道：「從前我因為麻煩不愛吃這個，如今拆好了，也懶得吃了！」

老太太就愛看小倆口恩恩愛愛的樣子，有人看見老太太笑咪咪地看著陸宸二人，心思活絡地誇起來。「咱們家阿宸這樣的男人，我看京城裡再難找出第二個！朝廷裡都封了侯爺，回家還能一如從前地疼媳婦，真是羨煞旁人。」

「嫂子這話真是過獎了！」陸宸笑著接過話來。「凝洛既嫁了我，我自然是要從一而終去照顧疼愛的，跟封不封侯、做不做官沒關係。」

鍾緋雲心裡直冒酸水，忍不住用手肘碰了碰陸宣，低聲道：「你看看人家！」

陸宣正拿著酒壺要斟酒，猛地被鍾緋雲一碰便灑到桌上，不由有些惱怒，扭頭瞪著鍾緋雲道：「看什麼看？看看妳自己！」

鍾緋雲一直盯著凝洛和陸宸看，根本沒去看陸宣正在做什麼，如今碰灑了酒本來有些過意不去，可被陸宣這麼一呵斥，那點過意不去全變成怒火了。

「我自己？」鍾緋雲指了指自己。「你怎麼不看看你自己？三天兩頭的不回家，今日要不是有家宴，怕還是不會回來吧？」鍾緋雲充滿嘲諷。「怎麼著？是本事大到這個家容不下你了嗎？」

陸宣本就因為被鍾緋雲碰灑了酒而不快，結果鍾緋雲還夾槍帶棒地說了這麼一通，心中的怒氣也升了上來。

他忍不住看了凝洛一眼，凝洛正在為陸宸挾菜，好像並未注意他們這邊的動靜。

「是！」陸宣對著鍾緋雲從牙縫裡擠出一個字。「容不下我了，我這就走！」

說完，陸宣站了起來，繞過凳子就要離開，鍾緋雲一把拉住他的衣袖。「你還嫌不夠丟人嗎？」

老太太見狀也放下了筷子。「阿宣，你要做什麼？」

陸宣神色鬆了一下，硬著頭皮道：「回老祖宗，我有些不舒服，想先回房裡歇著。」

老太太一看到鍾緋雲的臉色便知事情沒那麼簡單，忍不住替這小輩操起心來。

「一個大男人，有什麼不舒服的？」老太太指了指身旁的空位。「過來，到我這邊來吃，陪老祖宗吃一會兒再走！」

陸宣低頭看了一眼鍾緋雲，鍾緋雲訕訕地鬆開陸宣的衣袖。

老太太是個明眼人，她自然看出陸宣和鍾緋雲這對的矛盾，只是也不說破，卻撿起二人小時候的趣事說了起來。

老太太說完才感嘆道：「那時候你們一個體貼、一個溫柔，怎麼看都是一對璧人，怎麼如今在一起，反而誰都不肯讓步了呢？」

陸宣根本沒聽進老太太說的那些，他只是想著凝洛發呆，想著若是凝洛嫁了他，他過得肯定不是現在這樣的日子。

又想到大哥如今飛黃騰達，連凝洛也有了誥命，不由懷疑凝洛當初也是看自己沒什麼前途，所以才討厭自己，一時又洩氣起來。

在場的眾人也不由看著陸宣嘆氣。從前是多麼風趣體貼的人，又慣會討人喜歡的，自從成親後，雙眼中的光彩便一點一點褪去了。倒是鍾緋雲，從前一副無害的模樣，如今眼中凌厲的光芒卻漸漸顯現出來。

再看向陸宸和凝洛兩人，從前就是男的英俊、女的漂亮，成親後二人越發光彩照人起來，那種眼中流露出的恩愛之情，真是讓人看多久都不會膩。

「可以再吃一點酒，」陸宸一反常態向凝洛勸起酒來。「螃蟹屬寒，配上酒吃才好。」

凝洛摸了摸微微有些發熱的臉頰。「還是不要了，會出醜的。」

陸宸也忍不住拿手背貼在凝洛的臉上，笑道：「也好，醉酒後的可愛樣子，還是只給我一個人看就好！」

第四十三章 一憂一喜

杜氏因為沒要到料子覺得丟人現眼，而在家中悶了好幾天，後來有人邀她參加宴席，她才強打起精神出門去。

這次出門竟給她攀上一戶還不錯的人家，姓方。方家老爺比林成川要官高二級，是杜氏高看的對象。

藉著臨近中秋節，杜氏便給方家送了禮去，對方也是知禮的人家，很快就送了回禮，一來二去便熟悉起來。

待到杜氏見過那方家公子之後，心思就活絡起來，凝月的親事還沒定下來，若是能與這樣的人家結親，也是個不錯的歸宿。

因此杜氏託人前去跟方家夫人提了此事，提親的人著重說了一下凝洛，又說了一下凝洛的夫家如何，對方一聽是凝洛的妹妹，也覺得這門親事不錯，打算趁著八月節的時候將這事定下來。

杜氏簡直心花怒放，從前發生那麼多的事，她幾乎都不指望凝月能嫁到什麼好人家，不想能與方家這樣的人結成親家，想來也是凝月的造化。

本就為中秋節出門採買的杜氏，一高興就往採購清單上，加了許多嫁女兒才用得到的東西，每日帶著人出去採買回來，總忍不住看著那些東西又笑又摸的，舒心得很。

凝月也感到高興，雖然大人們在她面前不提這事，偶爾聽見人們談論起來，她也含羞躲開，可她心裡知道這門親事，基本上是她能結到最好的人家了。

一直到中秋節那天，說要來結親的方家卻遲遲沒有來人。

杜氏一開始還能沈得住氣，可眼看著到了晌午還不見人來，心裡深深地不安起來，正要派人去打聽，便聽門房來報，說方家來人了。

杜氏大喜，忙讓凝月回避了，然後正襟危坐地等著方家前來。

可當看到方家只派了一個嬤嬤過來，結親應帶的東西、應有的人、應設的排場統統沒有的時候，杜氏不由心裡一沈。

待到那嬤嬤坐也不坐，茶也不讓上的時候，杜氏更覺事情不妙了，懸著一顆心聽那嬤嬤一張口，杜氏險些沒暈過去。

來人卻說不結親了！

看那嬤嬤轉身要走，杜氏忙從椅子上起身追過去，拉住嬤嬤的衣袖道：「怎麼好好的，說不結親就不結親了？」語氣裡又是失望又是不甘。

那嬤嬤既掙不開杜氏的手，只尷尬地笑道：「主子的事也不會跟我們這些下人說。」

杜氏拉著那嬤嬤不肯撒手，像是溺水的人抓住一根浮木一般。「還請嬤嬤給個明示吧！」

杜氏幾乎是用懇求的語氣說出這句話來，她無論如何也得搞明白是為什麼，萬一其中有什麼誤會，說不定她還能有補救的餘地。

方家嬤嬤仍是不肯鬆口。「林夫人這是問錯人了！」

杜氏忙從袖袋中拿出一張銀票，慌亂地向方家嬤嬤手中塞過去。「嬤嬤幫幫忙吧！」

嬤嬤自然是不肯收，與杜氏推拉起來。

杜氏急了，她好不容易攀到這樣的人家，若是不能成，凝月以後可怎麼辦啊！

「嬤嬤好歹透一點消息給我，」杜氏甚至有些卑微地求道：「也請嬤嬤體諒體諒我這個做母親的心吧！」

那張銀票皺巴巴地被塞到了嬤嬤手裡，那嬤嬤終於停止推辭的動作。

見她猶豫，杜氏忙道：「我一定不會說是嬤嬤告訴我的，再說了，這世上沒有不透風的牆，即使嬤嬤不說，我多少也能打聽到消息，只是求嬤嬤體諒我的急切，告訴我吧！」

那嬤嬤倒是認同杜氏的道理，這事即使她不說，杜氏早晚也會知道是為什麼，倒不如承她個人情。

於是方家嬤嬤將那銀票收到袖袋中，悄聲道：「聽聞是因為林夫人去陸侯爺家要料子的事。」

杜氏一滯，拉著嬤嬤的手也放開了，嬤嬤見狀忙道一聲「告辭」，然後匆忙轉身走掉了。

凝月氣得要死，從藏身之處出來向杜氏大聲埋怨。「都怪妳！用腳趾頭想她也不可能會給妳，還巴巴地去要，現在好了，連我也給耽誤了！」

杜氏只覺一頭冷水被從頭潑到腳，就連凝月這般不講尊卑地指責，她也說不出話來反駁了。

因為凝月的婚事，杜氏一下就頹廢起來，她突然覺得自己的前半生似乎全都做錯了，卻不知道要從哪裡改，一下失去了所有的心氣，竟對家中大小事情不聞不問了。

凝月見母親指望不上，又想到自己的年紀日復一日大了，心裡也是急得恨不能親自出去找媒人。後來倒也有前來提親的人，只是人家一個比一個差，凝月又不肯低頭將就，漸漸地不再有媒人上門了。

從陸宸封侯之後，他在外面的應酬越發多了起來，可他還是儘量將能推的都推掉，然後回家陪凝洛，經過了之前的分離，兩人都格外珍惜相處的時光，即使相對坐在書房，各自捧了書看，心中也是甜蜜的。

到了年底，凝洛處理起家事便比前一年更得心應手起來。一日，凝洛將管事們都打發了，一轉眼就看見陸宸正望著自己微笑。

「笑什麼？」凝洛從丫鬟手裡接過暖手爐，心裡盤算著還有什麼事需要辦。

陸宸走過去，拎過一張凳子，放在凝洛對面坐下，然後將雙手覆在她的手上。

一旁的丫鬟垂了眼簾，眼觀鼻鼻觀心地默默走出去了。

「我是看妳如今游刃有餘的樣子，突然想起妳在山中走失的那一夜。」陸宸雖微笑著，可想起那時還是會有微微的心疼。「像一隻無助的小動物被我撿到了，我是世界上最幸運的人。」

凝洛手心發熱，乾脆將手爐放到一旁，陸宸自然追著她的雙手不放，又將那雙柔若無骨的小手握到手中。

那時他們二人還沒那麼親近，凝洛走在夜晚的山裡心中滿是恐慌，陸宸就在那時候出現了，像是她這輩子注定的救贖。

「我也很幸運。」凝洛看著陸宸的眼神中滿是珍愛，心裡很慶幸此生沒有錯過陸宸。

三十晚上，有一場家宴。凝洛又仔細看了一遍宴席的菜單才交給廚房去做，看時辰也不過才申時，離晚宴還早，也沒有其他的事要做。

幾個叔伯嬸子正陪著老太太打牌，凝洛在一旁看了一會兒只覺乏累，老太太也心疼她連日來的操勞，便放她回房了。

不知是不是最近忙著過年太辛苦的緣故，凝洛每日都覺得像是睡不醒，回到房中又覺睏倦，便命丫鬟鋪床去躺著了。

這一覺睡了也不知多久，醒來只覺屋子裡都沒什麼光亮，凝洛不由心下一驚，忙喚了丫鬟進來。

「都什麼時辰了？怎麼不知道叫我？」不知道是不是剛睡醒的緣故，凝洛心裡有些慌。

丫鬟將房中的燈點亮，這才扶著凝洛起來。「大少爺過來守了您半天，走的時候特意吩咐我們不要叫醒您，要讓您睡夠了自己醒來。」

又有兩個丫鬟進來忙為凝洛找出家宴上要穿的衣服，然後幫著她梳洗打扮。

「什麼時辰了？」凝洛還是很在意，家裡人都很看重三十的晚宴，她不在的話，也不知陸宸要怎麼跟大家解釋。

「酉時剛過，那邊想來還沒開始呢，您不用急。」丫鬟口中雖勸慰著，手上卻飛快地幫凝洛梳著髮髻。

「今年冬日我這一睡好像比往年多了許多。」凝洛見時辰並不晚，當下心裡也就放寬了。

丫鬟為凝洛細細地上了妝面，口中接了一句。「您是最近操勞太過了！」

走到擺宴席的暖房那邊，果然還未開席，可到底人都全了，只少了凝洛一個。

凝洛向長輩們見過禮，又為自己來遲賠不是，長輩們也都知這段時日，凝洛是家中最忙的人，於是也都不怪她，趕緊讓她入席。

鍾緋雲自然看不慣這一切，斜著眼睛看了凝洛一眼，鼻子裡也低低冷哼了一聲。

菜餚一道道端了上來，凝洛不知怎地只覺心口犯堵，下午看菜單的時候就覺得沒胃口，如今那一道道山珍海味擺在眼前，倒好像勾著胃裡翻騰起來。

凝洛側過頭不想再看那些菜餚，可卻有香味飄至鼻尖，讓凝洛再也忍不住，竟然乾嘔了一聲。

鍾緋雲好像很難不關注凝洛，從凝洛走進來，她的眼神就老是落在凝洛身上，她就是忍不住要從凝洛的舉止找出不妥來，畢竟凝洛是小門小戶出來的，從底子裡就比不過她。

因此凝洛強忍的那一聲乾嘔，也是鍾緋雲第一個發現的，她登時雙眼放光，不無嘲諷地大聲說道：「大嫂讓一家子人都等妳一個也就算了，如今竟然在宴席之上公然犯嘔，也太失禮了。」

陸宣聞言臉色一沈，向鍾緋雲斥道：「閉嘴，這裡還輪不到妳來指責！」

在這樣的場合被陸宣呵斥，鍾緋雲哪裡忍得了，當下要站起身來與他理論。

陸夫人見狀，不由沈下臉向鍾緋雲二人道：「今兒是什麼日子，都給我安安分分地待著！」

鍾緋雲見婆婆動了氣，咬了咬下唇也只有忍下了。可凝洛失禮也是事實，她倒要看看老太太和婆婆要怎麼處理這事。

誰知老太太竟也不顧她這邊差點打起來，只是關心地向凝洛問道：「妳覺得怎樣？」

鍾緋雲早就覺得老太太和婆婆偏心，因此老太太會關心凝洛她倒不奇怪，只是那語氣中的驚喜是怎麼回事？

再看向陸夫人，也是面帶著喜色等著凝洛回答，鍾緋雲心中怒氣更甚，她們竟然都不生氣！

凝洛以手帕掩住口鼻，想不再去聞那飯菜的味道，強忍著向老太太道：「我沒事。」

話是那麼說，可她心裡對自己能坐在這裡堅持多久，真是一點底都沒有。

「快去請大夫來，要快！」老太太向身旁的丫鬟吩咐道，雖口氣急切，可仍是帶著笑。

凝洛忙擺手。「不用。」

這可是年三十的家宴，就因為她胃口不舒服就去請大夫，未免太掃興了。

陸宸也是關心則亂，竟沒看到老太太和陸夫人面上的喜色，握住凝洛的手關切地問道：「到底哪裡不舒服？」

凝洛移開帕子，剛想說話就聞到一股魚腥味，雖然馬上又掩住鼻子，可到底又彎著身子乾嘔一聲。

陸宸眉頭緊鎖，正扶著凝洛，便聽老太太吩咐道：「阿宸先扶凝洛回房歇著，待會兒大夫來了，直接過去瞧！」

待到陸宸攙扶著凝洛離開，老太太向眾人吩咐道：「都隨意吧！」

眾人心裡也多少有了思量，當下也不多說，只端了酒杯敬老太太新春大喜，老太太笑著一一應了。

鍾緋雲氣鼓鼓地拿起筷子才吃了兩口，便見老太太和陸夫人起身互相攙著要走，鍾緋雲眉頭一皺也放下筷子跟上，走了一段再看方向。

原來她們竟要去看望凝洛！

鍾緋雲滿肚子不服氣，不就佔了一個「長」字嗎？這二人何以將凝洛看重至此？

一路跟到凝洛房裡，大夫也已經來了，正在房中把脈。

老太太和陸夫人根本沒看到鍾緋雲進屋，鍾緋雲悄悄站在門口，她倒要看看凝洛在搞什麼鬼。

正凝神等著，又有其他嬸子或嫂子跟了過來，一見屋中的情形都在門口處靜靜等著。鍾緋雲腦中突然就有些回過味來，還來不及細想，便聽那大夫向老太太道喜。

凝洛果然是懷孕了！

鍾緋雲一怔，還來不及想這件事對她來說意味著什麼，只見一家子人都圍過去向老太太和陸夫人道喜了。

凝洛一時也有點懵，她靠坐在床邊暫時忘了身體的不適，看著陸宸總算舒展了眉頭，拉著她的手笑道：「太好了！」

送走了大夫，老太太又開口向陸夫人吩咐道：「凝洛才有了身子，必須好生養著，家裡的事妳就先擔起來吧！」

陸夫人一想到很快就要當祖母，也是心花怒放，聽了老太太的吩咐，自然一口應承下來。「那是自然！」

「還有，」老太太接著囑咐。「這邊院裡的小廚房再收拾收拾，配兩個廚娘，揀著凝洛想吃的做，讓她什麼時候想吃便能吃到。」

凝洛根本就插不上話，只能任由長輩們安排。

陸宸伸出手小心地覆上凝洛的小腹，嘴角不自覺地上揚。

凝洛看了一眼滿屋子的人，慌亂地將他的手拍下去。

鍾緋雲咬著下唇發呆，她嫁過來的時候也曾想過，凝洛尚未有身孕，說不定她能先懷上身子，這樣長孫出在她房中，婆婆也能多看她一眼。

老太太見席上的女眷都聚集到這裡，想著讓凝洛好好休息，便開始攆人。「走吧！都回去吃酒，這可是我們家的喜事！」

陸夫人正向丫鬟吩咐著。「過會兒看大少奶奶有沒有什麼想吃的，直接去廚房找廚娘做，妳現在先去燉上一盅補品，給少奶奶補補身子……」

正說著，一抬頭看見鍾緋雲，陸夫人突然想起什麼似地向鍾緋雲道：「還有妳，以後不要說些讓妳大嫂不高興的話，妳要敬著妳大嫂。」

鍾緋雲只覺這幾句話像是一記耳光打在她臉上一樣，心中氣得要死，卻只能不情不願地應了。

然後接下來的日子，鍾緋雲看著婆婆將各式各樣的補品送到凝洛房中，每日都派人過去噓寒問暖，全家上下都小心翼翼地照顧著凝洛，就連陸寧的婚事都沒那麼上心了。

陸寧的親事在陸宸從戰場回來不久就定下來了，是當朝相爺家的公子，相爺一生為人正直，兒子在薰染之下也是一位謙謙君子，訂親之前，兩家特意先安排兒女互相見過面，親自點了頭，才定下這門親事。

上元節前，下了一場雪。

鍾緋雲聽說老太太將房裡最好的炭都送到凝洛的房中，心中實在是看不過卻又無計可施，她氣狠狠地將桌上剛開了一朵的水仙撕了，才稍稍平靜下來。

她突然想到了什麼，忙喚丫鬟拿出大氅穿上，直奔陸寧房裡去了。

陸寧正在書案前寫著些什麼，見鍾緋雲前來忙收了起來。

鍾緋雲笑著坐下來。「上元節馬上就到，跟魏公子相約見面嗎？」

魏公子便是陸寧的未婚夫，上元節原就是年輕人相約看燈的日子，鍾緋雲此次挑起話頭，卻是要聲東擊西。

陸寧並不想跟鍾緋雲談論這些，若眼前人是凝洛，她或許還願意多說兩句，可鍾緋雲不知怎麼的，自從她嫁過來就跟變了一個人，雖然看起來還是從前的做派，可那眼神總讓陸寧覺得不舒服。

「這又下了雪，也不大好出門。」陸寧隨口敷衍了一句。

鍾緋雲卻幽幽地嘆了口氣。「也是，家裡如今都只顧著大嫂，都沒人為妳操心這些了！」

陸寧斜了她一眼，只是勉強笑了一聲算是回答。

鍾緋雲以為陸寧被她說中心事，又自顧自地說起來。「母親也真是的！就算大嫂懷了孕，可孩子到底還在大嫂肚子裡，哪裡用得著事無巨細親自過問呢？如今倒不提妳的婚事了，妳可是家裡唯一的姑娘啊！我都替妳覺得委屈呢！」

鍾緋雲搖著頭，好像遇到了多麼不公的事。

「何時不提我的事了？」陸寧柳眉倒豎再也忍不住了。「母親日日為我操勞，妳背後卻這麼說她，妳安的什麼心？」

鍾緋雲愣住了，她覺得這話說給誰聽，誰都會覺得要怪凝洛呀，怎麼到了陸寧那裡，卻成了她在背後說婆婆的不是了？

「不不不！」鍾緋雲慌忙擺手。「我不是那個意思，我是……我是心疼母親要忙妳的婚事不說，還要照顧大嫂，我是心疼她呀！」

陸寧站起身來。「我敬妳是我二嫂，所以難聽的話我也不想多說。但咱們陸家從來都是相愛和氣的，還請妳以後少做這些挑撥離間的下作事！」
這話已經很難聽了，直讓鍾緋雲臉上紅一陣白一陣的，口中還小聲辯白著。「我沒有……」
「我還有事要忙，二嫂請回吧！」陸寧揮手朝門口一指，毫不客氣地下了逐客令。
鍾緋雲訕訕地起身。「那我就先回了，妳這邊有什麼事需要我幫忙的，儘管叫我！」
「您不給我們家添亂已經是幫忙了！」陸寧沒好氣地說道。
鍾緋雲被她說得無地自容，惱陸寧的同時更恨凝洛了，若不是凝洛，她怎麼可能被昔日姊妹這樣指責？
然後又想到陸寧的夫家，一時又豔羨不已，那魏公子要家世有家世，要樣貌有樣貌，要人品有人品，陸寧怎就那麼好命呢！
再想到自己，想到陸宣，鍾緋雲再次不甘起來。
陸寧嫁出去也就嫁出去了，如今有個備受全家寵愛的凝洛在她面前擺著，她是羨慕又嫉妒，也不知道這種日子什麼時候是個頭。
只是凝洛如今日子也不好過，她從來不知道害喜是這麼讓人難受的事情，每日莫說吃東西了，連一口水也不想喝，好像那些飯菜和水像是惡魔一樣，一旦進了腹中便會打鬥起來，直讓人覺得昏天黑地。

陸宸也跟著著急吃不下，硬逼著凝洛多少吃些喝些，可看她吃過之後難受的樣子，心中也是不忍，可若是由著她，身子又怎麼受得了？

就這麼過了幾日，凝洛的胃口絲毫不見好轉，甚至開始每日嘔吐起來。

眼見著凝洛一點一點地憔悴消瘦下去，陸宸卻毫無辦法，白日裡陪著凝洛，一顆心都要操碎了，晚上想到凝洛如何難熬就睡不著覺。

凝洛只覺得自己陷入一個萬分讓人難受的世界裡，她本來已經無心去看這個世界之外的任何事情，可覺察到陸宸這麼寢食難安地陪著她，到底也有些擔心。

「聽母親說，我撐過這兩個月就沒事了。」凝洛看著為她調製蜜水的陸宸說道：「你也不要太放在心上，總歸我能忍過去，你陪著我不吃不喝不睡，又是何苦呢？」

陸宸端著蜜水走過來，滿是心疼。「我只恨不能替妳難受。」

「你若能替我難受，再替我生孩子，就沒我什麼事了。」凝洛笑了一下，看起來卻蒼白虛弱。

「今日有沒有什麼想吃的？」陸宸將蜜水遞給凝洛，坐在床邊問道。

凝洛努力想了一下，其實她很抗拒想那些吃的東西，因為光用想的，都能讓她胃裡翻騰。可為著陸宸的一片心，她又不得不去想出一樣勉強能入口的東西。

陸宸看著她，耐心地等她的回答。

凝洛喝了一小口蜜水，感受口中的甜蜜漸漸變成酸澀的感覺，突然就想到了一樣東西。

那是她上輩子吃過的甜羅酸果，雖然名字叫甜羅，可那酸果基本上沒什麼甜味。上輩子也不知是哪個遠方親戚從外地帶回來，杜氏和凝月都不愛吃，便當著林成川的面給了凝洛，說什麼是京城中吃不到的好東西。

那時的凝洛嚐了一個，不知怎麼竟吃出些酸之外的甜來，讓凝洛喜歡上這酸果。她覺得那就像她的人生，雖然酸得厲害，可到底還有一絲甜在裡面。

後來當那些酸果都吃完了，凝洛就再也沒吃過，畢竟產那種酸果的地方太遠了，她哪裡有資格向家裡提什麼要求呢？如今突然想起那酸果，竟覺滿口生津，好像能吃到，便不再犯嘔難受了。

陸宸一看她的表情便知她想到了什麼，忙欣喜地問道：「想吃什麼？」

凝洛卻有些猶豫，那地方也太遠了，為了一口吃的跑那麼遠，她總是覺得欠妥。

陸宸看出凝洛的為難，又拉起她的手鼓勵道：「只要妳想吃的，不管是什麼，我都可以去找。只要妳能吃得下，我也就有胃口了。」

凝洛這才說出那酸果來，誰知陸宸竟在行軍途中見過這酸果，一聽凝洛想吃那個，立即就派人快馬加鞭去取。

也不知陸宸派了什麼人配了什麼馬，竟然只用了半天，就將那酸果取了回來，凝洛吃到口中，果然覺得舒服許多，甚至還吃了小半碗清粥，陸宸總算舒展了眉頭。

陸夫人幾乎每日都帶著補品過來，凝洛每每強撐著吃幾口卻又忍不住吐出來，陸夫人甚至還心疼地抹過眼淚，只道凝洛太受苦了。待聽說凝洛吃了酸果能有些胃口，便忙命人去搜羅各種帶酸的水果，一時都堆在凝洛房裡，讓陸寧直感嘆，進了她的屋子，嘴巴裡就生出許多口水來。

「本來我還想著親手做點什麼給妳添妝的……」凝洛抱歉地對陸寧說道：「沒想到會懶得一動也不想動。」

陸寧也心疼道：「妳哪裡是懶，分明是不吃東西，身子弱得沒有力氣了！

「再說了，我的事妳根本不用操心，家裡什麼都準備好了，就等那天花轎來抬了。」陸寧安慰著凝洛，自己卻紅了臉。

凝洛看著她微笑。「我聽說了，魏公子是極好的，相貌堂堂為人正直，對妳也很好。」

陸寧羞著低下頭，卻顧左右而言他，摸了摸凝洛的小腹。「也不知是個小姪子還是小姪女，讓妳娘親受這麼多苦，生下來一定要打幾巴掌才行！」

凝洛也不由低頭撫摸了一下小腹，如今月分還小，她又害喜得厲害，那裡似乎比從前還要平些，若非凝洛因為虛弱而起不了床，誰會想到那裡正孕育著一個小生命呢？

凝洛突然就想到了未曾謀面的生母，想到當初母親懷著自己時，是不是也這麼受折磨？而父親在那時候應該已經與杜氏勾搭在一起了吧？

想到那個給了自己生命的女人，在最需要陪伴和鼓勵的時候，卻被父親忽視矇騙著，凝洛心裡的悲傷就止不住地翻滾。

陸寧看到凝洛落淚，嚇了一跳，忙檢視她身上一輪，口中問道：「怎麼了這是？哪裡不舒服了？」

「沒有，」凝洛忙笑著擺擺手。「我沒事，就是不知道為什麼很想哭。」

陸寧看著又哭又笑的凝洛半信半疑。「沒事怎麼會想哭？」

凝洛也不知自己怎麼了，她不覺得自己是個愛哭的人，卻莫名地想要掉眼淚。

「我也不知道……」凝洛拿帕子擦了擦淚。「可能……是因為有孕的緣故？」

陸寧也不懂了，又見凝洛確實是沒事的樣子，再次坐下來疑惑道：「還會這樣嗎？」

凝洛努力不再想讓自己想要落淚的事，又同陸寧談起她成親的準備，這才收住了淚。

正閒聊著，陸宸從朝中回來了，凝洛向窗外看了一眼天光，笑道：「怎回來得這麼早？」

「今日無事。」陸宸簡短地答道，大步走到床邊。

陸寧忙站起來。「那大哥陪著大嫂吧，我回去了。」

陸宸從一進屋就看著凝洛，聽了這話忙向陸寧道：「沒事就過來陪陪妳大嫂。」

陸寧點頭。「我有空就會來跟大嫂說話的。」說完便向著門口走去。「大哥不必送我。」

「我在的時候，妳也儘管來。」陸宸突然看著陸寧的背影說道。

陸寧身形頓了頓，才一面向外走，一面答道：「知道了！」

只是跨出門去，陸寧也掉下眼淚來，她聽出大哥那句話裡有不捨的情緒，也聽出了弦外之音。她很快就要出嫁了，以後能這樣與家人相處的時間越來越少了。

陸寧用手背將臉上的淚拭去。真是的，好端端的流淚，怕是被大嫂給傳染了。

第四十四章　錦上添花

陸宸直到陸寧出去很久，還盯著門口看，凝洛忍不住出聲問道：「你也捨不得陸寧吧？」

陸宸轉過身卻嘴硬。「她早該嫁出去了，再留在家裡，只怕會讓老太太和母親操碎了心呢！」

凝洛笑了笑，也不去拆穿他。不像她和凝月，陸家的孩子感情都很好，彼此相親相愛、相互掛念著，倒很讓她羨慕。

「妳今天怎麼樣？」陸宸坐在床邊，握住凝洛的手關心地問道。

凝洛輕輕回握住陸宸的手，微笑道：「還好，方才陸寧陪著說話，都忘了難受的事。」

「要吃點什麼嗎？」陸宸接著問道。

凝洛卻皺起眉來，酸果帶來的幾日胃口好像又沒了，她再次吃不下東西。

陸宸見狀，安慰似地拍了拍凝洛的手，笑道：「那我要施展一下我的手藝了！」

凝洛疑惑地看著陸宸放開她的手，然後幫她揉捏按摩起來，還用手指比量著，像是在找穴位。手法雖有些生疏，可卻溫熱輕柔，漸漸地凝洛真的覺得胸口不那麼悶了。

「你何時學會這些？」雖然她一直覺得陸宸無所不能，可連這種緩解的按摩都懂也太厲害了。

陸宸一邊幫凝洛揉按著穴位，一面笑道：「覺得還行嗎？」

凝洛不禁連連點頭，陸宸這才接著說道：「是跟著宮中大夫學的，應該會有效。」

凝洛心中一陣感動，她驀地又想到生母，然後看著對她關懷備至的陸宸又落下淚來。

陸宸看了也是一驚，忙停下來急切地問道：「可是按疼了妳？」

凝洛流著淚搖了搖頭，卻伸出雙手做出要抱陸宸的姿勢。

陸宸忙伏過身，將凝洛擁在懷中柔聲問道：「那是怎麼了？」

凝洛勾著陸宸的脖子，靠在他的肩上。「就覺得很感動，很想哭一哭，你不用管我，讓我痛快哭一下。」

陸宸早就向宮中的大夫打聽過，知道女子有孕時情緒會有各種波動，可能會易怒易悲，所以聽凝洛這麼說也稍稍放下了心。

可他到底不忍凝洛一直流淚，輕撫著凝洛的背說道：「怎麼辦？孩子生下來會不會是個愛哭鬼？」

凝洛本來正感動於自己有陸宸陪著，有他細緻體貼的呵護，正放任眼淚流著呢，突然聽了陸宸這句，不由又笑出聲來。

凝洛在陸宸的肩頭蹭了蹭眼睛，這才推開他道：「難道我現在如何，孩子就會如何？」

陸宸捧著凝洛的臉，用手指幫她擦去餘淚。「雖然我能接受現在的妳掉眼淚，可卻怕妳真的傷心，多想想高興的事，好不好？」

在全家人的關懷愛護下，凝洛到了懷孕四個多月的時候，總算好轉起來，不但胃口好了，人也能四處走動了。

只是陸寧成親那天，因為有孕在身的緣故，凝洛並未露面，雖然陸寧說不在意，可老一輩的規矩在那兒，又是陸寧大喜的日子，凝洛還是老老實實在房中待了半天，直到送親的陸宸回來，才向他打聽一下成親的場面。

且說出塵在豫園的表現出類拔萃，竟然成為帝王封賞的三位學子之一，一時也是名聲大振，人人皆覺其前途不可限量，甚至已有朝中的小官前去結交。

出塵考到好名次時，凝洛還沒渡過那種吃不下、喝不下的時期，自顧不暇中也就只為出塵感到高興罷了，如今凝洛覺得一切都好，便派人去請出塵過來做客。

陸夫人聽說此事，張羅著擺一桌宴席好好款待出塵，甚至連公公也驚動了，說也要見見凝洛的弟弟。

凝洛一開始覺得陣仗有些太大，可後來想到出塵總是要面對此類場面，又想到他從前躲在宋姨娘身後的情形，覺得還是讓他歷練一下好。

而出塵的表現卻出乎凝洛預料，讓凝洛非常滿意。

一段時日不見，出塵又長高一些，身上的衣物應是宋姨娘親手做的，針腳精細、量裁得體，穿在出塵身上，直讓凝洛覺得變了一個人似的。

出塵在丫鬟的指引下走進房來，也是風度翩翩，又一一向在座的各位見過禮，並無不妥之處。

待到宴席之上，出塵面對凝洛公公的發問，也是不卑不亢、侃侃而談，眾人見他飯桌之上的禮儀也是不錯半分，斯文有禮的樣子格外讓人歡喜。

陸老爺感嘆道：「如今的年輕人真是不可限量！林家弟弟如今在朝中都有了名氣，日後必定能大展宏圖啊！」

凝洛聽著公公對出塵誇讚不已，自己面上也覺得有光，不想從前那個不敢走到人前開口的出塵，有一天竟能這樣為她掙臉面。

鍾緋雲看著出塵絲毫沒有流露出小家子氣，心裡又難受又失望，尤其是公婆還一直誇獎著，想著自己家也沒個爭氣的兄弟，她真是一點辦法都沒有，只能任心中嫉妒的情緒蔓延著。

低頭將碟子中一小塊魚肉用筷子一點點碾碎，鍾緋雲全神貫注地發洩著情緒，沒看見婆婆投過來不滿的目光，以鍾緋雲的出身來說，這種行為太過失禮了。

「緋雲，」陸夫人終於開了口。「若是沒胃口就回房歇著吧！」

鍾緋雲聽了這話才猛地回過神來，看著碟子中被她拿筷子戳得亂七八糟的菜餚，不禁臉上發熱，忙向陸夫人道：「母親，我沒事！」

若是被從席上攆出去，她只會更難受，於是帶了滿臉的歉意看著婆婆，希望她放過自己這一次。

好在陸夫人不想在客人面前鬧出太大動靜，見鍾緋雲知錯，也就不再理她了。

鍾緋雲鬆了一口氣，又看了一眼凝洛，她根本看都不看自己一眼，這讓她心裡的難過又加倍了。她把凝洛當作對手，處處跟凝洛相比較，可凝洛連個眼神都不屑給她，可見她無一處能被凝洛在意。

想到這一點，鍾緋雲更沮喪了，可是又不敢表現出來。那凝洛的弟弟正因為有禮而被人誇讚著，她只要有一點不妥，就丟了娘家的臉面。

好不容易等到宴席散了，看凝洛和出塵回房說話，鍾緋雲本也打算離開，誰知又被陸夫人留下數落了一通，一時心裡又氣又恨，也不知如何排解。

且說出塵和凝洛姊弟敘舊，自有一番體己話要說。

出塵喝了一口茶，才向凝洛關心道：「從聽說姊姊有孕到現在，一直沒能見到姊姊，不想姊姊竟瘦了這麼許多！」

凝洛不自覺地將手放到小腹上，那裡已經微微隆起，偶爾會有什麼在裡面動一下，就像魚兒在水中突然擺了下尾巴一般。

「我先前胃口不好，如今沒事了，正慢慢長肉呢！」凝洛微笑道。

「姊姊一定要注意身子，姨娘說了，娃娃用的東西她都會準備好，不用姊姊操心。」

「不必煩勞姨娘，那些物什，家裡下人們都能做。」

說了一會兒凝洛的事，出塵突然有些吞吐起來，手在袖袋裡不知摸著什麼，口中道：「我如今進學順天府，每個月都有銀子拿，還可以自由出入，以後可以多來看望姊姊了！」

凝洛雖然奇怪為何這事說得這樣吞吞吐吐，但還是微笑著點頭道：「好，你有空了，就過來找我說話。」

出塵卻沒有馬上接話，停頓了一下才下定決心似地，從袖袋中拿出一串東西放在桌上。「姊，這是給妳的。」

凝洛往桌上望去，卻是一串火紅的手珠，她驚喜地拿起來看向出塵。「你送給我的？」

出塵看著凝洛高高興興地將手珠繞在手腕上，多少還是有些不好意思。「聽說有孕的人總是睡不好，我尋了一串朱砂手珠，應該能安神靜氣。」

那串珠繞在凝洛手腕上，更襯得肌膚雪白，煞是好看。

凝洛欣慰地看向出塵。「想不到我都能收到弟弟送的禮物了！」

出塵這才自在些，笑著說道：「以後我會買更好的送給姊姊。」

送走了出塵，凝洛回房歇著，躺在床上一時睡不著，便看著腕上的朱砂串想了許多事情，想著周圍這些人在她的前世今生裡扮演著不同的角色，慢慢地才睡著了。

她作了一個夢，好像回到前世一般，她在遇到陸宣之前便遇到了陸宸。

在那座寺廟外，陸宸向她伸出手道：「放心跟我走吧！」

前世那種怯弱的心情還在，可看著陸宸充滿愛意的眼睛，凝洛鼓起勇氣將手放在陸宸溫暖的掌心中。

然後她就這麼醒來了，意識恢復的時候，凝洛覺得自己的手正被人握著，那種熟悉的感覺不用去看也知道是誰。

「什麼時辰了？」凝洛抬眼向上望去，果然對上陸宸寵愛的眼神。

陸宸卻沒有回答她的問題，輕輕地撫摸了一下她腕上的朱砂串。「怎麼沒見妳戴過，真漂亮！」

凝洛撐起身子，陸宸忙扶著她起來，然後讓她靠在自己懷中。

凝洛抬起手腕，欣賞著那串紅彤彤的珠子，微笑道：「出塵送我的，我也很喜歡。」

陸宸將凝洛抬起的那隻手握住，然後二人交疊著雙手放在凝洛小腹上。

陸宸吻著凝洛的頭髮，輕聲道：「妳喜歡，我就會很高興。」

凝洛看窗外還早，不由納悶道：「你今日回來得這樣早？」

陸宸輕嗅著凝洛的髮香，應了一聲才說道：「晚上要跟同僚們吃酒，我先回來看看妳。」

「會很晚嗎？」

派人回來說一聲不就得了？

「我儘量早回，不過可能不容易，今日又升了官，他們大概不會放過我。」陸宸苦笑道。

「又升了？」凝洛一笑，她知道陸宸在朝中受重視，不想這麼快又晉升了。

陸宸聽她語氣倒像是意料之中，不由笑道：「再次升官妳都沒感覺了？不替為夫高興？」

凝洛被他逗笑，只是那笑突然戛然而止，發出一聲「哎喲」。

陸宸一驚，忙坐直身子著急道：「怎麼了？」

凝洛已緩過來，笑著向陸宸側了側臉。「沒事，踢了我一腳。」

「哪裡？在哪裡？」陸宸總聽凝洛說娃娃在肚子裡動，卻從來也沒感受到過。

凝洛拉著陸宸的手放在腹部某處，陸宸靜靜地感受了一下，皺眉道：「沒有啊！」

凝洛豎起食指在唇邊「噓」了一聲，才輕聲道：「別急，你再等一下。」

話音剛落，陸宸就覺得隔著凝洛的腹部和衣物，好像有什麼東西在他的掌心下拱了一下。

陸宸好像燙手似地飛快將手抬了一下，又忍不住覆了上去。「真的動了！」

凝洛被他那樣子逗得發笑，腹中的孩兒跟著又動了兩下，陸宸感受著那股小小卻倔強的力量，笑道：「妳不替為夫高興，自然有人替為父高興。」

凝洛靠在陸宸的懷裡微笑，她嫁的這個人，越發到風光發達的時候了。

凝洛想到之前的那個夢，想到那間寺廟，便向陸宸道：「有空帶我去寺廟燒香吧！」

「好。」陸宸一口應承下來。

宮中大夫說了，如今凝洛轉好了，要注意適當活動，不能成日在家待著不動。

幾日後，陸宸兌現承諾，果真帶著凝洛前往寺廟上香。

上過香，陸宸扶住凝洛道：「回房歇息還是四處走走？」

凝洛難得從家中出來，興致很高，聽了陸宸的問話，答道：「先走走吧，這山中的空氣格外讓人心曠神怡。」

他們從佛殿出來險些撞上一個人。

陸宸忙扶著凝洛穩住身子，那人皺著眉抬眼看向凝洛二人就要張口，卻在看清陸宸時愣了一下。

然後，凝洛看著那位貴夫人變臉似地，從惱怒不耐煩的樣子變成微笑的模樣。

「這是……陸侯爺和夫人呀！」那貴夫人笑著寒暄。「方才我只想著出門晚了，急著進來上香，險些撞到你們，沒事吧？」

陸宸也不知這位何時認識自己，見她開口問，便客氣地表示並未撞到，沒什麼。

凝洛也向她點了點頭，打算離開，誰知她竟親熱地扶住凝洛一起下臺階。「妳有了身子，要多加注意才行！」

凝洛有些尷尬地被她扶了下來，然後才不著痕跡地抽出胳膊，向她道謝。

那貴夫人看著凝洛的肚子一臉羨慕。「再有幾個月就該生了吧？真是命好，陸侯爺連連高升，妳又要給陸家添人進口，滿京城再找不出第二個比妳好命的人呢！」

凝洛又聽了幾句誇讚，才在貴夫人羨慕的眼神中讓陸宸扶著離開。

走沒兩步，凝洛突然想起來，她上輩子見過這位夫人！

難怪她方才覺得在大殿門口，那人的一臉不耐那麼眼熟，她上輩子就是見過她那種眼神。

不，也不全然是，上輩子那位貴夫人看她的眼神充滿著鄙視，還有不屑和嘲諷。她就那樣斜著凝洛，毫無顧忌地當著凝洛的面指指點點，對身邊的人說：看，那就是陸家老二的外室，一個不要臉的狐狸精。

凝洛已經忘了上輩子的自己是何時被她刺痛了，可想到那位夫人方才的眼神、言語中處處流露著羡慕，凝洛不免覺得充滿諷刺。

凝洛抬頭看一看身邊的陸宸，剛毅的側臉仍是英俊如初的模樣，又見他眼眸中的溫柔仍是一日深似一日，不由滿足地嘆了口氣。

寺廟中香火裊裊，遠山松翠像是被薄霧籠罩著，而寺廟中近處的樹木卻還掛著清晨的露珠，一片片葉子青翠欲滴，看了就讓人覺得舒爽。空氣中夾雜佛香和松柏的味道，一切都是靜謐安好的模樣。

陸宸聽聞凝洛嘆息，不由轉過頭來。「怎麼了？」

凝洛見他關切地望著自己，不由微笑搖頭。「沒事，我覺得此生足矣。」

這輩子，有你，我別無所求。

陸宸微笑，雖然不知道凝洛何出此言，可看著她臉上滿足的神情，自己又何嘗不是有跟她同樣的感覺！

將凝洛攬在身側，二人面向遠山並肩而立，就這麼靜靜地感受著彼此的心跳，就像天地間只剩下他們二人一般。

日子漸漸地流淌而過，凝洛在家人的照料下，臉色越發紅潤起來，可老太太和陸夫人還是不滿意似地嫌她吃得太少。

「還是細胳膊細腿的，除了肚子還明顯些，哪裡像一個快要生的人！」老太太拉著凝洛的手心疼道。

凝洛看著一桌子菜和補品苦笑。「最近已經吃很多了！」

自從陸寧出嫁之後，老太太和婆婆就以看她吃東西為樂，每日都備了許多吃食喚她過來，看到她喜歡哪道菜，必定要連做三天讓凝洛吃到煩，以至於凝洛後來根本不敢表現對哪道菜有偏好。

凝洛一動筷子，老太太和陸夫人就歡欣鼓舞，比賽似地往她碟子裡挾東西，直堆得如一座小山。倒也不逼著她吃完，只說挑愛吃的吃，不愛吃的就換。

這一日，凝洛覺得小腹偶爾一陣疼痛。之前也出現過這種情況，當時她嚇得不輕還以為要生了，忙派人告訴陸夫人。陸夫人也慌慌張張地喊了穩婆過來，誰知穩婆一看說還早著，根本不是要生，即使真的要生也不用急，開始疼到真正生還早著呢。

因此凝洛一開始沒把疼痛放在心上，直到老太太和陸夫人不停地挾菜時，凝洛才覺得那疼痛不但沒有消失，還一陣跟著一陣起來了。

陸夫人看著凝洛的臉色有些不對勁，忙關切地問道：「怎麼了？飯菜不合口還是哪裡不舒服？」

「母親……」凝洛有些不確定地開口。「我覺得有些腹痛。」

老太太忙站起來。「哪裡痛？痛多久了？一直痛嗎？」

凝洛看老太太站起身，自己也忍著一陣疼痛站了起來。

陸夫人也忙扶著她起身，口中道：「坐著說話就行了！」

「一陣一陣地疼，出門的時候就開始了，現在越來越頻繁了……」

「快！」老太太不等凝洛說完，便向身邊人吩咐。「去叫穩婆，再多叫幾個人扶凝洛回去。」

「不，」老太太又向滿屋子一下忙亂起來的丫鬟吩咐道：「去抬我的轎子，讓院子裡的小廝們抬著凝洛回去！」

凝洛本不想這麼大陣仗，要制止的時候又一陣疼痛襲來，把她到了嘴邊的話又給吞了回去，於是凝洛再沒機會說什麼，任由一群人一會兒扶著、一會兒抬著地回到房中。

好幾個穩婆已等在那裡，眾人手忙腳亂地將凝洛扶到床上，便被穩婆請了出去，房中一時只剩下穩婆和丫鬟，如此安靜了下來。

「夫人現在覺得怎麼樣？」一個圓臉的穩婆一臉和藹地湊過來問道。

凝洛這麼一折騰，又覺得好像沒什麼感覺，有些羞赧地向穩婆道：「好像……不疼了。」

穩婆倒是見慣了的樣子，向凝洛笑道：「夫人放輕鬆些，我們幾個幫您看看。」剛除去衣物，陣痛又開始了，凝洛忙告訴了穩婆，想著可以不用查看了，誰知竟也沒能躲過。

查看過後，穩婆向凝洛回道：「依我們幾個看，夫人怕是還得有兩個時辰才能生，現在不如抓緊吃些東西，到時候好出力。」

凝洛點了點頭，心裡有些慌，她想問穩婆可不可以起來走動一下，又莫名不想開口說話。

穩婆剛對外面守著的人吩咐送吃的過來，陸宸就猛地推門進來了，也不知是誰給他送了消息，他策馬回來進了大門，一路狂奔，陸夫人攔也沒攔住，他走進房中幾步跨到凝洛的床邊。

「怎麼樣了？」陸宸握住凝洛的手，眼中除了急切，竟還有絲慌亂。

老太太已被送回去等消息，陸夫人在外聽說凝洛還有兩個時辰才能生，索性也跟了進來。

「沒事。」凝洛向陸宸笑了笑，卻又惹得陸宸一陣心疼。

陸夫人坐在床邊，幫著凝洛按後腰，嘆道：「女人總是要走這一遭。」

「很痛嗎？」陸宸接著問。

凝洛卻向陸夫人道：「母親，不用幫我按，我並不覺得很痛。」

確實有些腰痠，陸夫人按著也確實舒服些，可讓婆婆親自做這些，凝洛多少覺得有些擔不起。

陸宸見母親在這裡，凝洛口中只一味地說「沒事」，便向陸夫人道：「母親，妳先去歇著，我在這裡陪凝洛吧！」

「你懂什麼！」陸夫人自然不肯輕易離開，兒媳要生產，做婆婆的卻躲得遠遠的，沒這種道理。

「母親，有穩婆在呢，我沒事。」凝洛也想和陸宸待一會兒，也開口勸婆婆離開。

陸夫人知道這小倆口一貫恩愛，若不是覺得這事陸宸幫不上忙，她也不會執意要留下，如今聽凝洛說起穩婆，她心裡才鬆動了一下。

這幾個穩婆是早就請好了住在家裡，都是很有經驗的婆子，有她們在，或許她可以離開讓小倆口說說話。

陸夫人想到這裡，站起來又向陸宸囑咐道：「你幫她按摩一下後腰，我就在旁邊房裡待著，有事讓人叫我，到了時辰你就去那邊找我吧！」

穩婆們在陸家住的這段時日，也頗知這侯爺和夫人極為相愛，都紛紛離床遠遠地去收拾待會兒要用的東西。

凝洛這邊總算只剩了她和陸宸。

「痛嗎？」陸宸再次問道。

凝洛搖搖頭。「還可以忍受。」

正說著，飯菜又送了進來，圓臉穩婆沒過來，只轉頭說道：「侯爺勸夫人趁著不痛的時候多吃些，待會兒好有力氣。」

陸宸聞言，扶凝洛坐起來，將飯菜放在小几上，擺在床前親自餵給凝洛吃。

凝洛也不知道接下來等待自己的是什麼，如今也只有乖乖聽穩婆的吩咐，在疼痛的間隙用起飯來。

吃得差不多的時候，疼痛更密集些，凝洛不想再吃了，陸宸卻覺得她吃得太少，端著小半碗蔘湯道：「到底把這些喝完才是。」

凝洛卻不想說話，只忍著痛向陸宸擺了擺手，陸宸一看忙放下碗握住凝洛的手，感覺到凝洛用力地回握住他，陸宸忙回頭喊穩婆。

幾個穩婆忙走過來看，只看凝洛的表情便斷定還沒到時候。

陸宸有些急。「她明明已經很痛了！」

「侯爺，」穩婆耐心解釋。「真到了時候，夫人不可能忍住的，她現在的表情還很放鬆。不如您先出去，我們幫夫人看一下。」

陸宸生怕被趕出去就再不能回來，忙起身站得遠遠的。「我就在這邊等著，我背過身去。」

穩婆一查果然還差一點，陸宸於是又回到床邊陪凝洛，只是凝洛已無暇回答他的問題，只咬著牙生生忍著。

陸宸心疼得要死，一隻手幫凝洛按著腰，另一隻手卻被凝洛死死攥著，他換了個姿勢，將被凝洛攥住的那隻手，湊到凝洛唇邊。「別咬到自己了！」

凝洛低哼了一聲，將頭轉向一側，指甲都掐進陸宸的手背中，陸宸卻渾然不覺，只是心痛又著急地看著凝洛。「妳想跟我說說話嗎？」

凝洛卻說不出來，她不關心周圍的一切，只能感覺到疼痛一波一波襲來，好像沒有盡頭一般，而她卻毫無辦法。

也不知忍了多久，穩婆終於要請陸宸出去了，凝洛鬆開他的手，他卻不肯離開，凝洛心裡只有一個念頭，就是讓穩婆幫她把孩子生下來，她就不用再遭受這種痛苦，因此強擠出幾個字來。「出去吧……」

陸宸總算被關在門外，凝洛雙手攥住床單，直攥得指節發白，先前穩婆囑咐不要大叫以免洩了力氣，如今她再也忍不住痛哼出聲來。

陸宸在門外心急如焚，只恨不能替凝洛疼。屋裡卻遲遲沒什麼動靜，直叫人又是焦急又是擔心。

房內幾個穩婆的神色也漸漸凝重起來，這侯夫人的身子太瘦，早期害喜嚴重又虧了些，如今孩子太大，竟是難產了！

凝洛在穩婆的指揮下用著力，也不知過了多久竟突然昏死過去，再聽不見穩婆們的聲音。

第四十五章　前世今生

陸宣從用飯時就覺得沒有精神，待到凝洛要生的消息傳過來，他也只是看了鍾緋雲一眼，然後冷聲道：「我去躺一下。」

作為妯娌，大嫂生孩子她不露面也說不過去，因此鍾緋雲磨磨蹭蹭地收拾一番，前往凝洛那邊去了。

而陸宣突然發起燒來這事，她毫不知情。

陸宣躺在床上昏睡著，身上一陣冷一陣熱，直到墜入一個十分逼真的夢中，他才沒了不適的感覺，好像人已經去了那個夢中的世界，這邊的一切都沒有感覺了。

夢的開始，他還沒有成親，凝洛卻跟在他身邊，他看到凝洛被人指指點點說是他的外室，而凝洛只是委屈地將眼淚吞回去，並不反駁。

他哄著凝洛，說會娶她，可心裡卻不是很確定，林家那種小門小戶，凝洛又沒名沒分地跟了他這麼久，怕是家裡不會同意。

然而，事實是他根本沒有跟家裡提過凝洛，他先在心裡以家中不同意否決了凝洛，卻自私地還要留她在身邊。

夢境一轉，他看到自己歡喜地迎娶鍾緋雲，那個從小一起長大的女子，他認定她是會被家裡接受的人，會是他的賢內助。

可是鍾緋雲顯然不像她自己說的那樣，願意多個妹妹一起服侍陸宣，她迫不及待地朝凝洛下手了。

陸宣在夢裡眼睜睜地看著凝洛走投無路跳了河，又看著被蒙在鼓裡的自己勸慰著假惺惺哭泣的鍾緋雲……

陸宣的這個夢境好長，從他對凝洛一見鍾情，到杜氏母女幫著他得到了凝洛，從凝洛認命跟著他，到他一面哄著凝洛，一面準備迎娶鍾緋雲；從凝洛死了心要逃跑，到鍾緋雲出手加害……

一切都無比真實，陸宣完全相信那些事一件件都發生過，他曾經那麼真實地觸碰到凝洛的臉，又因為她的「想不開」而切切實實地傷心，陸宣想從那個夢裡醒來，又想在夢中回到過去，救凝洛一條性命。

在各種情緒的拉扯之下，陸宣猛地醒了過來，一時間，他有些不確定今夕是何夕，不知道這是鍾緋雲和他一起為凝洛傷心的世界，還是凝洛已成為他大嫂的世界。

愣怔之間，聽聞有丫鬟在廊下竊竊私語，他忙將她們喚進來詢問，丫鬟這才猶豫著回道：「聽說大奶奶難產，已經昏死過去了。」

陸宣一時猶如五雷轟頂，當下發狂般拔足狂奔，丫鬟見他甚至光著腳，忙拿了靴子追上前，卻無論如何也追不上。

陸宣心中全是悔意，他不該強占了凝洛又不真心娶她，不該在打算另娶他人的時候還哄騙著凝洛留在他身邊，最不該迎娶的是鍾緋雲這個毒辣的女人。

他腦中始終想著夢中的那個畫面：凝洛跑到了河邊，慌亂地回頭看著那群強盜，當時她的眼神中是怎樣淒涼和絕望！

陸宣一口氣跑到凝洛房外，等在院裡的陸夫人和鍾緋雲等人，都驚詫地看著陸宣光著腳一路發瘋般地從院門跑進來。

得知凝洛生產消息的陸寧也回來了，見狀不由出口問道：「二哥，怎麼了？」

陸宣眼中早已沒了他人，幾步跑到房門處便要進去。

陸宸正守在房門口，一把拉住他向後甩去。「你要做什麼？」

鍾緋雲都看傻了，陸宣大多時候都是斯文有禮的樣子，何曾有過這種紅著眼睛發狂的情形？

陸宣被陸宸甩下臺階幾乎摔倒，卻又不管不顧地邁上臺階，口中喊道：「凝洛！我錯了！是我對不起妳！妳再給我一次機會，我一定補償妳！」

這沒頭沒尾的幾句話，直喊得眾人心裡大駭，房內那是大少奶奶在生孩子，二少爺在院子裡說這話是什麼意思？

陸宣已經再次站到廊下，又向房門靠近的時候，被陸宸一把擰住了衣領。

陸宸看著貌似神志不清的陸宣，二話不說提拳朝陸宣的面頰揮了過去。

這一拳陸宸卯足了勁，要不是另一隻手還提著陸宣的衣領，想來陸宣能被他這一拳打飛。

即便這樣，陸宣一時也覺得眼冒金星，口中也泛起了血腥味。

陸宸拎著陸宣的那隻手向前一推，陸宣整個人跌落下臺階。

陸夫人忍不住上前罵道：「這是什麼場合，你跑來發瘋？混帳東西！」

就連其他長輩也都紛紛指著陸宣罵了起來，鍾緋雲呆立在人群之後，卻怎麼也想不明白，陸宣喊的那幾句話是什麼意思。

陸宣挨了一拳好像清醒了一些，可被眾人圍著指責謾罵之下更沮喪了。

陸夫人越罵越氣，想到這個小兒子從前的行徑，如今又在這時候鬧起來，一怒之下便罰他去跪祠堂了。

陸宣被人拖著往祠堂走的時候，拿著靴子的小丫鬟才追上來，一見這副情形，話也不敢多說，忙又拎著靴子跟去祠堂了。

陸宸在打了那一拳之後，不再理會陸宣的事，凝洛在房中生死未卜，他實在是揪心得很。

陸夫人將院裡的事處理好，本想再勸慰陸宸幾句，陸宸卻向陸夫人問道：「母親，裡面好像沒什麼動靜了，會不會出什麼事？」

陸夫人見陸宸一臉心疼和焦急，便放棄了談陸宣的事，只是勸慰道：「那幾個穩婆是城中最有經驗、口碑最好的，一定不會有事的！」

可陸宸好像根本聽不進她的話，轉回頭又凝神聽起房中的動靜來。

陸夫人嘆了口氣看向院中，卻見鍾緋雲正一臉高深莫測地望著這邊，不由心中生厭，向她狠狠地瞪了一眼。成親這麼久，這個鍾緋雲都沒能攏住陸宣的心，想來成親前，被人看到二人衣冠不整倒在床上的情形，也是另有隱情了。

鍾緋雲也不明白婆婆為什麼瞪自己，難道她看穿了自己的想法？方才陸宣的那一齣，讓她更加嫉恨凝洛。聽陸宸說房中沒動靜，鍾緋雲正想著凝洛就此沒了最好，就見婆婆回頭瞪了她一眼。

鍾緋雲打了個冷顫低下頭去，心裡卻忍不住想像，如果凝洛死了，陸宣說不定還會傷心一陣子，可過去也就好了，她還能有機會跟陸宣好好過日子，說不定婆婆還會把家交給她來管……

凝洛自然不知道外面發生的這一切，也不知道鍾緋雲打這樣的如意算盤。當她終於再次恢復意識時，只覺全身都脫力了，穩婆們正在一旁焦急地呼喚著她。

她突然想到自己的生母，在生她的時候是不是也是這般難過？而她會不會像母親那樣，生下了孩子，自己卻丟了性命？

「大少奶奶！」穩婆扶起她的頭，端起蔘湯餵到嘴邊。「您一定要撐住，馬上就生下來了！」

「凝洛！」陸宸的聲音突然從門外傳進來。「妳怎麼樣了，凝洛？」

凝洛將蔘湯喝完，然後躺在床上深吸一口氣。

她不會像母親，陸宸也完全和她的父親林成川不一樣。她和陸宸還有很長的路要走，她和陸宸做夫妻還沒做夠……

當嬰兒的啼哭聲響亮地傳出來的時候，陸宸再也忍不住推門而入，陸夫人沒來得及阻攔，索性也跟了進去。

穩婆正將娃娃抱起來，見人們都進來了也顧不上攔著，忙囑咐道：「快關門，莫讓大人孩子著了風！」

陸宸已撲到床前。「妳怎麼樣了？」

穩婆已幫凝洛收拾好，搭好被子。

凝洛只覺全身上下一絲力氣都沒了，連動動手指都不可能，只得看著陸宸勉強扯出一絲笑來。「沒事……」

「恭喜陸夫人！」穩婆抱著孩子給陸夫人看。

陸夫人喜上眉梢，想伸手去接，又怕傷著那個剛出生的嫩白娃娃，便向旁邊的小床一指。「快放在那兒讓我看看！」

說完，陸夫人又往凝洛的床邊來，卻見凝洛閉著雙眼，陸宸正在床邊握著她的手靜靜待著。

「凝洛還好吧？」陸夫人湊過去輕聲問道。

陸宸沒有抬頭，怕母親看見雙眼中蓄滿的淚水，只低聲道：「太累了，說要看看孩子卻睡著了。」

知子莫若母，陸夫人聽出陸宸聲音中的異樣，卻什麼都沒說，只向陸宸肩上拍了兩下便轉身去看孩子了。

白嫩嫩的胖娃娃好像格外懂事，不哭不鬧地睜著一雙烏黑的大眼睛。

陸寧在一旁看著，壓低聲音向陸夫人道：「好想抱抱！」

陸夫人的眼神也捨不得離開那孩子，口中卻向陸寧道：「妳哪裡會抱孩子！」

因為這個孩子的出世，陸家上下都很高興，連下人們走路都輕快了起來，因為夫人說了，大家的月錢都可以領兩份呢！

待到凝洛醒過來時，房中已安靜下來，她睜開眼，感覺就像作了一場夢，想要去摸摸腹部，卻發現手被人握住了。

陸宸本來握著凝洛的手在床邊陪著，許是在凝洛生產之時太過緊張了，一放鬆下來不覺竟睡著了。

凝洛不忍吵醒他，保持著那隻手的姿勢不變，又聽房中有窸窸窣窣的動靜，循聲望去，卻見乳母正在小床邊幫孩子換尿布。

乳母也是一早就請好了，已經與凝洛相處了一陣子，她回頭見凝洛醒了，便笑著輕聲問道：「要不要吃些東西？」

凝洛幾乎不出聲，只用口型向乳母道：「讓我看看孩子。」

乳母忙點點頭，小心翼翼地俯身抱起孩子給凝洛送過來。凝洛指了指床內側，乳母將孩子輕輕放在凝洛身旁。

凝洛轉過頭看著兒子，一點也不像別人說的，剛出生的孩子會皺皺巴巴，反而小臉蛋肉嘟嘟的，看起來又嫩又軟，直叫人想親一口，一頭烏髮濃密許多，更顯得娃娃白嫩清秀。

許是感覺到身旁的母親，娃娃竟乾打雷不下雨地哭了起來。

陸宸一驚醒了過來，凝洛忙騰出手去拍打著孩子哄他。

「怎麼了？」陸宸站起身，向孩子望去。

乳母也走了過來。「剛換過尿布，方才也吃過了，要不我再餵餵？」

凝洛捨不得讓人把娃娃抱開，強撐著身子要起來。「我先抱抱他吧！」

陸宸忙扶住她。「我來吧！」

「我也想抱……」凝洛委屈巴巴地看著陸宸。

最後的結果，就是娃娃躺在凝洛的懷裡，凝洛靠在陸宸的懷裡，乳母見那一家三口溫馨的樣子，低頭笑著退了出去。

陸宸攬著凝洛，看著凝洛懷裡的胖娃娃，卻對凝洛有著無限的憐惜，七、八斤的孩子由那麼嬌小的凝洛生下來，還不知吃了多少苦。

「讓妳受苦了！」陸宸在身後吻著凝洛的頭髮。

凝洛卻顧不上他，娃娃到她懷裡就不哭了，她想要摸摸娃娃的小手，娃娃卻緊緊地攥住她的手指，她心裡滿是感動，看著這個讓她吃盡苦頭的孩子，有種心滿意足的感覺。

陸宸越過凝洛的肩，看她懷中的孩子，心裡滿滿的都是歡喜。「妳看他長得多像妳！」

吹彈可破的肌膚，水汪汪的大眼睛，紅潤的薄唇，看了就讓人心生憐愛。

「也像你。」凝洛看著孩子笑道，心中不由暗嘆生命的神奇。

接下來的日子，凝洛慢慢補著身子，而陸宸則忙忙碌碌地朝家裡搬東西，有的是給凝洛的補品食物，有的是給孩子的波浪鼓等小玩意。

凝洛笑他買那些還早，他卻只嫌屬於兒子的東西太少。

陸宸走到床邊和凝洛一起逗弄著兒子，凝洛看了看他笑著說道：「我這幾日覺得你越發像春日裡樑下的燕子，每日帶食物給我們。」

陸宸笑著向凝洛額上啄了一口。「我每日想到妳和兒子正在家裡等我，心中就快活得很，帶這些東西回來也是甘之如飴。」

凝洛笑著，將兒子放進嘴裡的小拳頭拿出來，突然想起之前聽小丫鬟私底下說，在她生產時二少爺被罰跪祠堂的事。

「孩子出生那天，二叔做什麼了？」凝洛隨口問道。

她其實不太想跟陸宸談起陸宣，只是聽丫鬟的意思，好像那天的事與她有關，她覺得有必要搞清楚發生什麼事。

陸宸猶豫了一下，知道這事也瞞不過凝洛，不得已便將那天的事說給凝洛聽，說陸宣如何光著腳、眾目睽睽之下飛奔到院裡來要見凝洛，如何說著一些不可理喻的話，說他錯了還要補償凝洛。

「陸宣簡直混帳！」陸宸憤憤地說道。

凝洛心下一驚，懷疑陸宣知道了上輩子的事。

可是，他又如何能知曉呢？總不能他在前世發生了什麼不測也重生了？

不對，上輩子她沒有嫁給陸宸，陸宣不可能像她這樣帶著上輩子的記憶重生。

可是據陸宸所說的情形，陸宣很可能知道了什麼。凝洛重生之後，最初的那段時間她有時候也會想，陸宣知道自己死了會怎麼樣，會不會一個人的時候，想起她陪在他身邊的那些過往？會不會有想念心痛之情？

但是，她現在完全不在乎這些，她有陸宸、有兒子，她只想好好過自己的日子，那個悲慘的前世就當作一場夢忘得乾乾淨淨才好。

然而陸宣顯然並不這樣想，他發了瘋似地要見凝洛，陸夫人只得再次將他關進祠堂。

鍾緋雲帶了飯菜偷偷去看他，勸他說只要不再說什麼見凝洛的話，她就去求求老太太讓人放他出去。

陸宣跪在祖宗牌位前，像是聽不到鍾緋雲的話一般，他死死地盯著那些靈牌，想著上輩子的凝洛，死後別說牌位，就是墳前連塊碑都沒有。

鍾緋雲看陸宣一副油鹽不進的樣子氣急，站起身恨不能朝陸宣身上踹幾腳。「她是你嫂子，別說這輩子，下輩子你都別惦記了！」

說完，鍾緋雲拿起食盒氣沖沖地走了。

陸宣卻呆呆地想，會有下輩子嗎？還會有跟凝洛再次相遇的下輩子嗎？他現在滿心都是悔恨，只想在這輩子補償她。

凝洛出了月子，總算能四處走走，一個月不曾出屋子，這園子中的花草都開始凋零了，而陸宣也總算見到了凝洛。

凝洛看到陸宣向她大步走過來的時候並未想著躲避，她知道陸宣有話對她說，若是不給他說的機會，他是不會善罷甘休。

不知道是不是凝洛的錯覺，她總覺得陸宣走的那幾步路，竟好像有些踉蹌似的，上輩子那個白衣飄飄的俊美男子，在面前的陸宣身上看不到半分影子。

如今他脊背不再挺直，好像背負了許多難以承受的情緒，下巴一層鬍渣，兩頰凹陷，眼圈發紅，一副形容憔悴的模樣。

「凝洛！」陸宣想要去拉凝洛的手，被她躲開之後，兩隻手伸著無處安放。

陸宣再次喚她，像他夢裡的上輩子無數次喚過她那樣，只是如今他悔恨交加。「凝洛我對不起妳！」

說完他的眼圈更紅，雙膝也發軟，想要給凝洛跪下，又怕嚇跑了她。是他做下了那麼多混帳事，逼得凝洛沒名沒分地跟在他身邊受辱，是他甜言蜜語地只想捆她在身邊，卻不給她最想要的名分，是他給了鍾緋雲下手的機會。

凝洛投河前絕望的眼神像是刀子一樣，在這一個月的時間裡，將他的一顆心一點一點地凌遲了。

凝洛看他佝僂著背，在自己面前一副悔恨的樣子，心裡卻是平靜無波。

「你對不起我一次，還想對不起我第二次？」凝洛淡淡地開口，陸宣猛地抬起頭來。

「你害了我一輩子，還想害我第二輩子？」凝洛盯著他的雙眼繼續逼問。

陸宣大驚，看著凝洛冷淡的眼神，隱隱約約明白凝洛是重活一世的人。

凝洛也看著陸宣，想著這個人從頭到尾都是自私的，他貌似多情卻是最無情的人。他得知上輩子的事，只不過為著自己心裡舒服，便不管不顧地來找她，口口聲聲要補償她。

可是，他何曾想過，她根本就不用他所謂的補償，如今的平靜生活才是她真正想要的。

陸宣呆呆地想著這一切，想著從他認識凝洛開始，她就一副拒人千里之外的態度，她的臉上曾經明明白白地寫著討厭他，而他竟然還在凝洛與大哥訂親後去問她為什麼不喜歡自己，多麼可笑，他讓凝洛喜歡他什麼？喜歡他強占了她？喜歡他哄騙她？喜歡他害了她性命？

他曾經為凝洛和陸宸之間的恩愛而妒火中燒，如今知曉了這許多事，他才明白，即使是上輩子，凝洛也並未愛過他。

他那個夢中，何曾有過凝洛如今看陸宸的眼神？而他又何曾真心實意地替凝洛做過打算？

回過神來的時候，凝洛早就不見了，陸宣灰心喪氣地離開，再沒了要找凝洛補償的念頭。

他知道這一切都無可挽回了，若是他能早些知道上輩子的事，或許還能補救，而如今，全都錯過了。

回到家裡，鍾緋雲向下人們逼問陸宣的去處，見他回來後，才沒好氣地將下人們趕出去，然後對他嚷道：「你又跑去了哪裡？祠堂還沒跪夠嗎？」

陸宣看著鍾緋雲，卻像是聽不到她說什麼。他心中有恨，痛恨鍾緋雲上輩子使手段殺了凝洛，也恨自己做了那麼多荒唐事。

鍾緋雲仍喋喋不休地說著什麼「生意」、「沒出息」之類的話，他看著鍾緋雲的嘴唇動個不停，偶爾幾個字蹦入耳中，卻完全不明白那是什麼意思。

是的，沒什麼意思，這種生活沒什麼意思……

陸宣轉過身，失魂落魄地向外走，鍾緋雲忙撲過去拉住他。「你去哪裡？」

哪裡？

陸宣轉過頭，木然地看著鍾緋雲，他想去的地方根本去不了。他想去夢裡的那個地方，去凝洛還未出事的時候。

鍾緋雲看著陸宣的眼神卻有些害怕，從前這個人不理她、跟她吵，可他的眼神裡是有東西、有情緒的。此刻陸宣看向她的眼神那樣空洞，整個人都是頹廢而無感情的，好像周圍的世界都與他無關了一樣。

鍾緋雲不由鬆開了他的手，只輕柔地說道：「早點回來，我等你用飯。」

不知道為什麼，鍾緋雲突然想到了很久以前，她在陸家借住，陸宣本來正和她玩耍，卻被幾個朋友約了出去，臨出門的時候，陸宣回頭望了她一眼，她鼓起勇氣向陸宣說了一句「早點回來」，然後陸宣對她笑了笑便離開了。

那時候他們還沒有成親，也沒有凝洛，甚至鍾緋雲還不明白自己的心意。

而如今鍾緋雲看著陸宣頹然離開，突然生出好好過日子的心來。

等陸宣回來，她一定不再指責他，不再跟他吵，還幫著他一起打理生意，再生個孩子。

只是鍾緋雲再也沒等到陸宣回來，陸家找了許久才知道陸宣出家了，原想勸著他還俗，可見他確實一副不再關心紅塵世事的樣子，便知他徹底死了回家生活的心。

陸家人對鍾緋雲失望極了，成親這麼久都不能留住陸宣的心。鍾緋雲心裡也覺得苦，她還想著要懷孕，可陸宣出家了。

如今陸家只當陸宣死了，甚至還給他在祠堂豎了牌位，鍾緋雲就這麼當了寡婦。

日子總歸漸漸平靜下來，凝洛的兒子不知什麼時候冒出了小牙尖尖，就像不知道什麼時候枝頭長出了新芽，翠綠地在太陽下反著光。

凝洛抱著兒子在院中的榕樹下，看著一年比一年粗壯些的樹幹，兒子還伸出手去想要搆一搆樹枝。

凝洛幸福地笑著，想到了上輩子，心中越發覺得要珍惜現在所有的一切。

陸宸從春日的暖陽中走過來，看著凝洛和孩子，心裡也是滿滿的幸福。

家裡剛處理完陸宣的事，凝洛抬起頭，看著正逗兒子發笑的陸宸。「你怎麼不問問我和陸宣怎麼回事？」

陸宸的眼神仍在兒子的笑靨上，口中反問道：「你們應該有什麼事嗎？」

凝洛搖搖頭。「這輩子沒有。」

「那要我問上輩子嗎？」

凝洛沒有說話，沈默了一會兒，笑了。

陸宸總算將眼神移到凝洛臉上，伸出雙臂抱住她，連帶著孩子，都擁在他的懷中，就像抱住了整個世界。

過了許久，陸宸才開口道：「我不管上輩子怎麼樣，這輩子妳是我的妻，妳就是我的妻，不是別人的。」

凝洛安心地靠在陸宸的胸口，滿足地閉上了眼睛。在這片溫暖中，她眼前又浮現了上輩子那個在她墳前燒三炷香的男人。

也許，今生的幸福，是上輩子結下的緣分。

——全書完

文創 風
807

良宸吉嫁 3 完

國家圖書館出版品預行編目資料

良宸吉嫁 / 葉沫沫著. --
初版. -- 臺北市 : 狗屋, 2019.12
冊 ; 公分. --（文創風）
ISBN 978-986-509-064-7（第3冊 : 平裝）. --

857.7　　108018110

著作者	葉沫沫
編輯	黃鈺菁
校對	周貝桂
發行所	狗屋出版社有限公司
地址	台北市104中山區龍江路71巷15號1樓
電話	02-2776-5889～0
發行字號	局版台業字845號
法律顧問	蕭雄淋律師
總經銷	知遠文化事業有限公司
電話	02-2664-8800
初版	2019年12月
國際書碼	ISBN-13　978-986-509-064-7

本著作物由北京晉江原創網絡科技有限公司授權出版

定價250元
狗屋劃撥帳號：19001626
網址：love.doghouse.com.tw　E-mail：love@doghouse.com.tw